遺跡発掘師は笑わない

三体月の呪い

桑原水菜

角川文庫
22914

遺跡発掘師は笑わない

三体月の呪い

Curse of the three moons

主な登場人物

西原無量　天才的な「宝物発掘師《トレジャー・ディガー》」。亀石発掘派遣事務所に所属。

相良忍　亀石発掘派遣事務所で働く、無量の幼なじみ。元文化庁の職員。

永倉萌絵　忍の同僚。特技は中国語とカンフー。

千波ミゲル　長崎・島原の発掘員で無量たちとは旧知の仲。萌絵に気がある。

犬飼さくら　天才肌で「宝物発掘《トレジャー・ディ》ガール」の異名を持つ。免許マニア。

佐分利亮平　元舞台俳優の発掘作業員。能の流派「発心流」本家の次男。

佐分利晃平　亮平の兄。「発心流」の跡取りとして期待されていたが、若くして急逝。

佐分利清彦　亮平の父。「発心流」の第十四世宗主。

富樫悠太　「発心流」宗主である清彦の一番弟子。

筒井萬海　大峯山に棲む修験者。若い頃は発掘調査のバイトをしていた。

序章

亀石《かめいし》弘毅《ひろき》が幼かった頃。

お気に入りの遊びは、土偶と怪獣を戦わせることだった。

家に本物の土偶があった。クッキー人形に似た平たい土偶だ。父親が考古学好きだった。物心つく前から博物館に連れていかれたものだ。

ただ遺跡発掘には向いていなかった。土いじりが大の苦手だったのだ。

大学の発掘実習ではゴム手袋をはめて挑んだが、虫やミミズが出るたびに大騒ぎするので使い物にならなかった。

発掘作業はごめんだが「遺跡」に関わる仕事はしたい。

進路に悩む弘毅へ、亀石建設の後継者である兄が、とある提案をした。「おまえは人付き合いだけは達者だから、発掘に関わる人材派遣業務でもしてみたらどうだ？」と。

最初は社内の一部署だった。その後、独立。

亀石発掘派遣事務所（通称・カメケン）は今年で十年目を迎える。

「創立十周年企画ですか」

相良忍《さがらしのぶ》と永倉萌絵《ながくらもえ》は、業務の手を止めて訊《き》き返した。

「兄貴がさ、イベント好きだろ？　予算は親会社で出してやるから、なんかやれっていうんだよ」

所長の亀石は困ったように言うが、まんざらでもない顔だ。

「十周年パーティーとかですか？」

「じゃなくてさ、なんかこう新しいこと。映画を撮るとか」

「は？　カメケンの記録映画でも作れっていうんですか」

「あー、ならYouTubeなんかどうだ？『〇〇を掘ってみた』とか『復元してみた』とかさ。せっかく親会社が金出してくれるってんだから乗らなきゃ損だろ。来週までに企画書出しといてくれ。いいカンジに盛り上げろよ」

丸投げして去っていく。忍と萌絵は困惑しきりだ。

「所長ったら、また思いつきで人を振り回して……。今度は私たちにユーチューバーにでもなれっていうんですか」

「でもなかなか面白そうだ」

は？　と萌絵は顔をつきだした。忍の目がキラキラしはじめている。

「専門チャンネルを作って遺跡発掘や埋蔵文化財をあれこれ紹介するんだろ？　うちのＣＭにもなるし、学生の目にとまって求人にもつながるかも」

思わぬところでスイッチが入ってしまった。

少し前に縄文《じょうもん》カフェをプロデュースして以来、すっかり味を占めたようだ。

「機材はスマホ一台あれば済むし、編集も自分でできそうだ。テロップやSEや音楽なんかも入れて……出演者は全部身内でまかなえば」

「ちょちょ。ホントにやる気ですか！　私はごめんですよ！」

「なあに。ツアコンだってやれたじゃないか。無量《むりょう》も解説ならできるし、十兵衛《じゅうべえ》さんやキャサリンは目立ちたがり屋だから言わなくても勝手に出てくれそうだし。うん、これだ！　面白くなってきたぞ！」

忍の脳内ではどんどん構想が膨らんでしまう。目の前の仕事もそっちのけでメモを取りだしたものだから、萌絵は震えあがった。

「よし！　登録名はカメケン・チャンネルで行こう」

一度走り出した相良忍は誰にも止めることができない。

こうしてまさかの「カメケン・チャンネル」が始動する羽目になってしまったのだ。

＊

「YouTube で番組作るって、まじか！」

西原《さいばら》無量は案の定、腰が引けた。

いきつけの焼肉屋で、プロデューサー忍から練りに練りあげた企画の数々をまくしたてられて、萌絵と無量はすっかり青ざめている。

「無量が発掘作業をして十兵衛さんが解説する。永倉さんは実況。キャサリンには歴史うんちくコーナーをまかせる」

「忍は出ないの？」

「俺は監督兼撮影」

「撮影なら私がやります。相良さんが顔出ししたほうが女子の食いつきが」

「だめだ、僕には永倉さんみたいなトンチキな味が出せない」

「それ褒めてないよ。忍」

一度スイッチが入ると相良忍は「アイデアの泉」だ。次から次へと企画が浮かんでくる。話している間にもどんどん構想が広がっていくが、肉を焼くトングは止めない。

忍が電話をかけるために席を外すと、ようやく弾丸トークから解放された。

「相良さん、こないだ以上にのめりこんじゃいそうだね」

縄文カフェの時もそうだったが、いつもの物腰穏やかな忍はどこへやら、だ。

「あいつ根っから凝り性だから、専用の機材とか揃えだして、そのうちマジもんのユーチューバー目指し始めるぞ」

「笑えない」

そうは言いつつも、忍が何かにのめりこんでいく姿を見るのは、嫌な感じはしない。

「ああいう忍見るとホッとするわ」

無量は見守るような目になっている。

「誰かのためなんかじゃなくて、自分がやりたいことやるために走り回ってる時のあいつは目がキラキラしちゃって、天真爛漫《らんまん》っつーか、子供みたいっつーか」

「わかる気がする。誰かっていうより主に西原《さいばら》くんのためなんだろうけど。……だからって身代わり結婚とかは、やめてほしいよね」

「それな」

「愛が重い」

「ちょっと重い」

もちろん忍なりの計算はあったにしても、そのたびに無茶や無謀をやらかされてはこちらの神経がもたない。

「ああやっていい方向に猪突猛進、突っ走ってくれるのは、全然いいんだけどね」

「いいの？」

「いや、よくない。俺は出演NG」

〆《しめ》の冷麺《れいめん》が運ばれてきた。

ふたりがすっかり平らげたころ、やっと忍が戻ってきた。

「あれ？　なんかあった？」

うって変わって忍の表情が冴《さ》えない。

「いや……なんでもないよ。それよりさっきの話の続きだけど」

先ほどまでの勢いがない。話し方も抑制が利いていて、内容も無難だ。通常運転の忍だといえばそうなのだが、失速というか、前のめりな勢いが急に失《う》せてしまった。

「無量はあまり人前に出たくないんだったよな。ネット動画なんて苦手だろ」

「え……？」

「やっぱり無理して出ることはないよ。うん」

忍は行儀良く冷麺をすすり始める。「ガキ大将」のオーラは消えて、ものわかりのいい「品行方正な忍」に戻ってしまったものだから、無量は拍子抜けしてしまう。

――おかしい。

帰宅した無量は、忍にもう一度、訊《たず》ねてみた。

「なんかあったの？」

忍は風呂場《ふろば》でバスタブを洗いながら「なんでもないよ」とまた答えた。

「ちょっと仕事でトラブっただけだよ」

「なんでブレーキ踏んじゃったの？」

脱衣所にいる無量が訊いた。

「なんのこと？」

「めっちゃスイッチ入ってたじゃん。遠慮しないでガンガンやれば？　つか俺は見てみたいよ。忍プロデュースのカメケン・チャンネル」

「別にブレーキ踏んだつもりはないけど、俺は昔から何かに夢中になると周りが見えなくなるから自制しないとね。大人だし」

「逆だろ。おまえの才能は周りを巻き込むことなの。おまえが無我夢中でのめりこむほど、いろんな奴を巻き込んで、すごいこと実現させる力があるのに！」

忍はぴんとこない様子だ。無量はもどかしくなり、

「お役所の教材みたいな動画じゃ誰も見ないって。YouTube なんて目立ってなんぼでしょ。多少なんかやらかすくらいのほうが再生数稼げるし」

「遺跡発掘で『やらかし』は御法度だ。再生数稼ぎのために羽目を外せばいいってもんじゃない」

もっともだ。不正や誇張はこの業界では厳禁だ。

「なら、現場のみんなでダンスとかゲーム実況風とか。なんなら俺も」

「おまえは使わない」

にべもなく却下された。

「どこで誰が見てるかわからないし、なにがきっかけで炎上するかもわからないし」

「もしかして俺のこと守ってるつもり？　俺ももうガキじゃないし自分の身くらい自分で守る。忍だって誰かのサポート役なんていい加減ストレスでしょ。なんかいつも俺がお荷物になってるみたいで、なんつーか……！」

バスタブを洗い終えた忍は、腕まくりした袖《そで》を戻して、すれちがいざま、無量の頭に

ぽんと手を載せた。

「……俺の一番の願いは、おまえが雑音に煩《わずら》わされず、無心で発掘できること。それだけだよ」

風呂沸いたら先に入っていいよ、と言い、忍は部屋に戻っていった。

天井から水滴が落ちる。

無量は湯船に浸《つ》かって考えていた。

忍にはクリエイティブな仕事が向いている。それは誰が見てもあきらかだ。

だが本人の気持ちを無視していたずらに強いても、それこそただの押しつけだ。自分は結局「こうあって欲しい忍」像を忍に押しつけているだけなのだろうか。

「……わかってるんだけどさ……」

湯船に頭を預けて天井を見上げると、おでこに水滴が落ちてきた。

どうして忍はここまで「無量優先」になってしまったのか。

一、西原瑛一朗《えいいちろう》の孫だから。二、右手のヤケド痕《あと》が〈鬼の手《オーガ・ハンド》〉なんて呼ばれているから。三、そもそもトラブル遭遇率が高すぎるから。

親が幼児の挙動から目を離せないのと同じ。そのせいで忍が本来選びたかった仕事を選べないのだとしたら、いたたまれない。

どう考えても、自分がお荷物だ。

西原瑛一朗の孫だからなんだというのだ。自分は何を言われても平気だ。右手のおかしな能力で迷惑はかけないし、トラブルには自分で対処するから心配いらない。

そんなメッセージを受け止めてもらうには、きっと自分に説得力が足りないのだろう。

ならどうすればいいのか。

一方の忍は、自分の部屋に戻っていた。

無量が風呂に入ったのを確認して、おもむろにＳＮＳをチェックした。英文のメッセージが入っている。文面を目で追った忍は深く落胆の溜息をついた。

「……ウォール会長からの働きかけも、だめか」

投資会社ＪＢスタンフォードの社員からだった。忍が密《ひそ》かに所属する民間軍事会社グ《Ｇ》ランドリ《Ｒ》スク・マ《Ｍ》ネジメント社の大株主でもあるウォール会長に物を言わせて、ＪＫたちに手を引かせることはできないか、探っていたのだが、不発に終わった。カメケンの新しい企画に浮かれていた忍に、冷や水を浴びせたのはその報《しら》せだったのだ。

「万策尽きたな……」

八方ふさがりの現実を突きつけられて、我に返ってしまったのだ。

ＧＲＭ社は無量を欲しがっている。無量というより無量の「右手」に強い関心を抱いている。無量の「不自然な発掘者《アンナチュラル・ディガー》」ぶりに目を付けたＧＲＭはその能力を「応用」しようと画策し、相良忍をエージェントとして雇って、無量のもとに送り込んだのだ。忍は無量の「奇跡の発掘《ミラクル・ディグ》」に関することを逐一報告してきたが、無量に肩入れするあまり、いっこうに動こうとしない忍に、上が苛立って、担当から外された。今は忍が抵抗して盾になっているのでＧＲＭが無量に直接接触するのは難しい。あくまで……「今は」。

　ネットの生番組なんかに頻繁に出演させてしまったら、ＧＲＭにつけこむ隙を与えるようなものだ。

「頭を冷やすのは俺のほうだな」

　ベッドに転がって天井を見上げる。ＪＫの沈黙が長くなるほど、こちらもつい構えが弛《ゆる》んでしまう。あわよくば、このまま忘れてくれるのではないかなどと。

　もしかして、そんな忍の気の弛みを狙っているのだろうか？

——おまえの才能は周りを巻き込むことなの。おまえが無我夢中になるほど！

　それは買いかぶりすぎだよ、無量。忍は頭の中で呼びかける。俺はおまえが思うほどわかりやすくもない。天真爛漫になんかなれやしない。どんな時も。

——おまえに笑顔なんか似合わないんだよ。

——自殺したいほど苦しんでる人間の弱さを、侮蔑してるのが本当のおまえなんだよ。

　鳳雛《ほうすう》学院の同級生だった都築《つづき》の言葉を「鏡」を見る気持ちで思い出す。

　忘れたわけではない。「あの頃」のことは自分にとって海底に深く食い込む碇石《いかりいし》だ。それを捨ててどこかに漕ぎ出そうなんて思えるはずもないし、そもそもできない。

本当の俺は、おまえが思っている以上に、ずっと冷たく虚《むな》しく、……乾いている。

人並みの夢にひととき浮かれても、碇石は冷たい水底に食い込んで、この船は出航することはない。忍の脳裏には自殺したクラスメイトの遺書が焼きついている。そこにはこう書いてあった。『僕を助けてくれなかった相良忍を恨む』と。見捨ててもまるで心が痛まなかったなどと言ったら、おまえだって引くだろう。無量。そういうことなのだ。自分という人間はそういう本質を忘れて、生きられない。自分は鳳雛教育の被害者などと思い込むには、良心が長く凍りすぎた。

「俺の夢は、おまえだよ……。無量」

おまえを思う時だけ、冷えた心臓が温まる。

おまえだけが俺を温めることができる。

おまえを守っているときだけ、俺は俺を許してやれる気がする。

＊

「つまり、相良《さがら》さんの足枷《あしかせ》になってる自分から脱却したいと……？」

翌日、終業後の萌絵を夜の公園に呼び出した無量は、胸の内を打ち明けた。

「……うん、まあそんなとこ」

「なるほどー。そこに行き着いちゃったか」

　ブランコに乗った萌絵はカフェラテのストローを吸って、深くうなずいた。

「確かに相良さんには西原くん優先主義なとこがあるけど、それはお兄さんとしての使命感でもあるだろうし。使命を果たすことに満足するタイプなのかもしれないよ」

「使命感……」

「警察官とか消防士とか、そういう職業に多いよね。性癖みたいなもんだから、西原くんが気に病む必要はないんじゃないかな」

　無量は釈然としない。忍はそういうタイプだっただろうか？

「まあ、忍がそれで満足なら、俺はいいんだけど……。あいつの場合、ちょっと度を超えてるっつーか」

「わかる。相良さんの『無量守り隊』は過激だからビビる。でもそれを言うなら、私もそこそこ体張って西原くんを守ってるんですけど」

「あんたはいいの。体張ってても生き生きしてるから。忍の場合、なんだか悲壮で」

「カイの目」

　え？　と無量が訊《き》き返した。

「あのね、相良さんって時々すごい冷酷な目するでしょ。それ見ると私、アンデルセンの『雪の女王』に出てくるカイって男の子思い出すの。悪魔の作った鏡の破片が心臓に刺さって、性格が変わってしまった……」

　忍は十代の頃、少し異常な環境に身を置いた。非人間的な教育環境の中で、心を守るように感情を凍らせて、自分自身に蓋《ふた》をして生きてきた。そのせいでどこか虚無的な一面をもつようになった。

悪魔の鏡の破片。

妙にしっくりくると無量は思った。彼が受けた教育は「悪魔の鏡」めいているし、龍《りゅう》禅寺《ぜんじ》に引き取られた忍は「雪の女王」にさらわれたカイとも重なる。

その破片を飲み込んだのが、今の忍だ。

今の忍のことが無量は好きだ。でももしその破片を飲んだせいで忍自身がしんどい思いをしているのなら。氷の迷宮から抜け出せないでいると感じるなら。

その破片を融かしてやりたい。主人公ゲルダがそうしたように。

「しかもあいつ、なんか隠してるし」

「うん。たまにあるよね。さっきまで朗らかだったのに、どっかとやりとりして戻ってきた途端、急に剣呑《けんのん》になってること」

「やっぱり？」

「私、思うんだけど、相良さんって何か副業やってる気配ない？」

萌絵の指摘に無量は驚いた。

「うん、ある。あるわ」

「その副業相手が例のメールの差出人『ＪＫ』なんじゃないかな。しかもそのＪＫとはジム・ケリー。イリノイ考古博物館の。ピーマン尻《じり》の」

「ピーマン尻はわかんないけど、ケリー氏って元寇《げんこう》船発掘を見学しにきた学芸員さん？　忍がシカゴの博物館で副業してるってこと？　じゃ、忍のスマホにあったあのメールの意味は？」

〝〈革手袋《レザーグラブ》〉から目を離すな〟

〝新たな遺物を発見した際は、その状況も含め、全て報告するように〟

「西原くんを現地の発掘にスカウトするつもりなのかもよ」

「なんでそんなとこに」

「湖底遺跡の発掘のためだよ。鷹島《たかしま》に見学に来たのは、西原くんの腕を見るためじゃ」

忍はその手伝いをしているのではないか、という萌絵の見立てに無量は首を傾げた。

「でも別に隠すことなくない？」

「一応、うちの事務所、副業禁止だから」

ただ気になることもある。

――僕は僕の意志で、この状況に身を置いている。そのことに一片の嘘もない。

いつかの忍の言葉。ただのスカウトにしては覚悟が大仰すぎるのだ。

「そもそも、あのひと本当にイリノイの学芸員だったのかな」

どこか遠くで車のクラクションが響いた。

無量と萌絵は顔を見合わせて、同じ結論にたどりついた。

忍が突っ走れない本当の理由は、その「副業」のせい……なのでは？

*

「無量の次の現場を撮影するだって？　いきなりなんで！」

事務所で萌絵から報告を受けた忍は「寝耳に水」と驚いた。

すぐに反対してきた。だが萌絵も負けていない。

「西原くんが自分から申し出たんです。せっかくカメケン・チャンネルで発掘作業を紹介するなら、熟練してる自分の手さばきを撮って欲しいって」

「無量がそんなことを？　いやだめだ。無量を出すわけにいかないよ」

「所長も喜んで、ぜひやれって。うちのエース発掘員《ディガー》の腕をアピールできる機会ですよ。……それとも何か他に反対する理由でも？」

これには忍も答えにつまった。

「何か西原くんを不特定多数の目にさらしたくない理由でもあるんですか」

忍が珍しくしどろもどろになってしまう。萌絵がここぞとばかりに追及しようとした時、出端《ではな》をくじくようにインターホンが鳴った。

モニターを見ると、若い男女がふたり並んでいる。

ひとりは背の高い金髪の若者だ。欧米人のような彫りの深い顔立ちで、肌も白い。体格がよく、どこぞのインスタグラマーでも来たのかと思ったほどだ。

もうひとりは小柄な少女だ。黒髪ショートボブで目がくりっと丸くて顔立ちも丸い。化粧っ気はなく、どちらかといえば癒《い》やし系の素朴な出《い》で立ちだ。

「まさか」

萌絵が玄関のドアを開けると、体の大きな若者が満面の笑みで挨拶《あいさつ》した。

「お久しぶりっす！　萌絵さん！」

「ミゲルくん？　君、長崎のミゲルくんじゃない!?」

千波《せんば》ミゲルだ。

無量が二年ほど前に参加した、島原《しまばら》での発掘調査で出会った新人発掘員ではないか。

「はー、萌絵さーん。ずーっと会いたかったとですよ！　相変わらず、かわいいかあ！」

抱き付かんばかりの勢いで、萌絵の手を握ってくる。

「待って待って。どういうこと？　まさか家出してきたとかじゃないよね」

「このたび、正式にカメケンに派遣登録ばしたっとです」

「したっとって、そんな話聞いて……」

「私も今日からお世話さなります」

ミゲルの隣にいる小柄な少女——童顔なので少女にみえるが、年齢は二十二歳。こちらも顔見知りだ。

「さくらさんまで！　てか、なんでいっしょにいるの？」

犬飼《いぬかい》さくらだった。

こちらはつい数ヶ月前、瀬戸《せと》内海《ないかい》の本島《ほんじま》で無量と同じ発掘チームにいた。「天才発掘少女」の異名をとる山形の発掘員だ。

「俺が連絡して来てもらったんだよ」

ミゲルとさくらの後ろから、亀石所長がニュッと顔を覗《のぞ》かせて、ふたりの肩をガシッと抱いた。

「今日からうちのルーキー発掘員になる千波ミゲルと犬飼さくらだ。以後よろしくな」

＊

無量もすぐに駆けつけた。

ソファーに行儀良く並ぶミゲルとさくらの凸凹コンビは、無量を見るとすぐに立ち上がってワアワアと再会を喜んだ。無量はあっけにとられている。

「うそだろ」

ミゲルのほうは保護観察期間が明けて、本格的に発掘調査の仕事に就いていた。赤間《あかま》興業発掘事業部の茂木佐智子《もぎさちこ》たちの指導を受け、基礎はしっかり身につけたという。

さくらも山形県東置賜《ひがしおきたま》郡高畠《たかはた》町にある家族が経営する発掘会社に戻っていたが、本人の強い希望でカメケンに派遣登録したという。無量のように全国各地の遺跡を発掘してみたくなったのだ。

「で一応、これが面接というわけ」

忍はふたりの履歴書を見て、嘆息した。

「いまさら感がすごい」

「犬飼はともかく、ミゲルは大丈夫なの？　おまえドカ掘りしかできなかったのに」

「心配なか。あれから茂木さんに毎日しごかれて今はもう測量もできっとです」

ミゲルは自信満々だ。

さくらのほうは前回の発掘の後、萌絵に声をかけられて、その気になったらしい。

「宝物発掘師《トレジャー・ディガー》と宝物発掘《トレジャー・ディ》ガールが揃っちゃったか。うわあ。カメケンのツートップ完成」

無量とさくらは、どこか雰囲気も似ていて兄妹《きょうだい》のようだ。

「いやさすがだ。修羅場を踏んできただけあってどいつもこいつも面構えがちがう」

亀石はご満悦だ。

「ふたりはこれから二週間お試し期間だ。指導責任者をつけるから、その指示に従ってくれ。最初の現場は小石川《こいしかわ》」

東京の地理に疎いふたりは、地名を言われてもぴんとこない。

「こいしかわってどこですか？」

「東京ドームの近く。柳生《やぎゅう》のいる現場だ」

柳生篤志《あつし》は亀石建設の発掘調査事業部で現場監督をしている。元カメケンのエース発掘員だ。柳生直々の指導とは、有望な証《あかし》だ。

「西原くんもそろそろ不動のエースの座が危ういかも……」

「別に不動じゃなくていい」

「そして相良と永倉。おまえたちにはこれだ」

テーブルの上には二台のハンディカメラが置かれた。

「これで動画を撮ってカメケン・チャンネルにあげる三十秒ＣＭを作ってもらう。どちらか出来のいいほうを採用し、第二回コーディネーター試験合格とする」

萌絵は頭が真っ白になった。

「ちょっと待ってください。人材コーディネートとは関係なくないですか！」

「遺跡発掘の魅力を伝えるための人材だろ。素材はなにを使ってもかまわない。動画編集の巧拙は……多少目をつぶる」

あと無量、と亀石が資料を差し出した。

「おまえは次の現場が決まった。和歌山に行ってもらう」

「今度は和歌山っすか」

おう、と亀石は無量の肩を後ろから叩《たた》いた。

「飛び込みの案件ですまんが、来週から行ってくれ。みやげは南高梅《なんこうばい》な」

第一章　こいのぼりのない町

風光明媚《めいび》とはこのことだ。

無量《むりょう》は発掘現場から望む太平洋を眺めて、汗を拭《ぬぐ》った。

海に面した集落にある。甍《いらか》の波が光っている。田辺《たなべ》湾は碧《あお》く澄んでいて、その向こうに半島状に突き出た白浜町《しらはまちょう》の海岸線がくっきり見える。

四月下旬の爽《さわ》やかな風に潮の香りが混ざって、とても心地好《よ》い。

「今日も白波が立ってるなあ」

「田辺湾は岩礁地帯で元々白波が立ち易いんやけど、今日は少し高いね」

声をかけてきた中年男性は地元発掘会社の吉岡《よしおか》調査員だ。年齢は三十代後半。コロッと太めの体にいがぐり頭、ぬいぐるみの熊のようで愛嬌《あいきょう》がある。

「昔のひとは白浜の温泉に行く時、ここから船で渡ったらしいですよ」

「へえ。白浜温泉って江戸《えど》時代からあったんすか」

「江戸？　とんでもない。飛鳥《あすか》時代です」

「飛鳥ああ？」

由緒あるにもほどがある。

『日本書紀』や『万葉集』にも〝牟婁《むろ》の湯〟として登場するくらいだ。斉明《さいめい》天皇や持統《じとう》天皇といった歴代天皇もはるばる湯治に訪れた。有馬《ありま》・道後《どうご》と並ぶ日本三古湯のひとつだ。

「目の前は広大な海。海の幸に恵まれて湯浴み三昧《ざんまい》。……昔のひとも、ストレス解消されたんとちがうかな」

当時の都には海がない。夏は暑いし冬は寒い。年中屋敷に閉じこもり、都大路を往き来するのがせいぜいの都人にとっては、憧《あこが》れの湯治場だったのだろう。

「日本人がハワイに憧れたようなもんすかね」

「ちなみに白良《しらら》浜とワイキキは友好姉妹ビーチです」

「平安時代のリゾートか。そりゃはるばる何度も熊野詣《くまのもうで》に来るわけだ」

今度の現場は、和歌山県日高《ひだか》郡みなべ町《ちょう》にある。

西は太平洋に面していて海に落ちる夕陽が美しい町だ。山に向かえば梅林が多く、梅の生産量日本一を誇り、特産の南高梅は和歌山名物の筆頭だ。

民家を建て替えるため梅林を造成していたところ、地中から平安時代のものとみられる須恵器《すえき》などが出てきたため、発掘調査が行われることになった。

「ここも熊野古道沿いなんすよね。やっぱ熊野詣に関わる遺物なんすかね」

無量が腰を伸ばしながら言うと、吉岡は嬉々《きき》として、

「その可能性は大いにあるなあ。紀伊路《きいじ》沿いだし」

「熊野古道って山ん中ってイメージでしたけど、海沿いのルートもあったんすね」

京都から大阪・和歌山を経て田辺まで至る海沿いのルートは、紀伊路と呼ばれる。大阪湾と紀伊水道に面した「シーサイド熊野古道」だ。

熊野古道とは、熊野三山に詣でる人々が歩いた巡礼道のことだ。

その旅のことを「熊野詣」という。

熊野はもともと修験の地だったが、平安時代中期頃から霊験あらたかな熊野三所《さんしょ》権現が祀《まつ》られた聖地として天皇や貴族たちの注目を集め、中世ともなると武士や庶民たちまでもが加わって、老若男女・身分を問わず、熊野をぞろぞろ目指す光景は「蟻の熊野詣」と呼ばれるほどだった。

一般的によくイメージされる山深い石畳の「熊野古道」は、田辺を分岐点に紀伊山地へと分け入り、熊野本宮《ほんぐう》大社へと至る「中辺路《なかへち》」だ。

他にも、高野《こうや》山《さん》から熊野に入る「小辺路」。伊勢《いせ》から入る「伊勢路」。田辺から紀伊半島の南端をぐるっと大回りして入る「大辺路」とがある。

その分岐点でもある田辺市は、無量たちがいる現場の隣町だ。

「ここは王子《おうじ》にも近いし」

「王子？　王子様でもいるんすか」

「王子様ちゃう。熊野古道沿いにある九十九王子と呼ばれる神社のことだ。みなべ町だけでも、岩代《いわしろ》王子、千里《せんり》王子、三鍋《みなべ》王子の三つがある。後鳥羽《ごとば》上皇、花山《かざん》法皇、小栗判官《おぐりはんがん》……とまあ、有名人がそこそこ立ち寄ってる」

それだけたくさんの貴人たちが熊野詣にやってきた証拠だ。

それにつけても、昔のひとは本当によく歩いたものだ、と無量は素直に感心する。

「現代でも、京都からなんてそこそこ遠いすよね……南紀《なんき》って」

「医学も科学も発達しとらん千何百年も前の話やからな。信仰いうもんがだいぶ切実やったろうし。庶民も貴族も神さんにすがるような想いで歩いたんとちがいますかね」

「……それと美しいものを見たいって気持ちかな」

会話に加わってきたのは、発掘作業員の佐分利亮平《さぶりりょうへい》という男だった。

「海に落ちる夕陽や山から溢《あふ》れる朝日。熊野川のせせらぎ、那智《なち》の滝……。都じゃ一生見られん素晴らしい景色を人づてに聞いて、それを一目見てみたいと思ったんじゃないですかねえ」

「佐分利くんは文学的なことをいうねえ」

「これでも大学じゃ国文学科にいたんですよ」

『万葉集』で卒論も書いたという。

「このあたりからは何が出土しそうですか？」

「うーん。経塚《きょうづか》なんか出たらええなあ」

なんですかそれ？　と佐分利が訊《たず》ねる。

「金属や焼物の筒に経典を納めて埋めた塚のことです。埋経《まいきょう》とも言うて、末法思想が広まった平安時代末期から多く見られるようになった風習ですな」

「末法思想ってのは、仏教が滅ぶってやつでしたっけ」

「仏の教えが絶えるというものです。平安貴族たちの間ではちょっとした末法ショックが起きた。みんなこぞって仏にすがりついて経典を土に埋めたりした」

それがはやった。

全国各地にみられる。

実は吉岡は大学時代から「経塚」を研究してきたという。

「そもそも末法思想が広まったせいで熊野詣も流行《はや》ったんですよ。経塚はまだまだ熊野古道沿いに埋もれてるかと。このあたりは平家《へいけ》にもゆかり深いですし」

今度は平家が飛び出してきた。

「ここにも落人《おちうど》が？」

「この集落を見て、なにか気がつくことはないかな？」

無量はぐるりと見回した。後ろは梅林と畑、正面は海と国道、あとは集落の家々が見えるばかりだ。ありふれた海の町の風景といったところだ。

「ヒント。来週から連休やね」

「ＧＷ《ゴールデンウィーク》っすね」

「五月五日は何の日かな？」

こどもの日。端午の節句……。連想した無量は「そういえば」と見回し、

「どこにもこいのぼりが立ってない。少子化なんすかね」

「この堺《さかい》の集落ではこいのぼりを立てん習わしがあるんですわ」

なんでです？　と佐分利《さぶり》も興味津々たずねてきた。

「昔、平家の落人たちがこの集落でひっそり隠れ住んでいた。男の子が生まれたので祝いに赤い吹流《ふきながし》を立てたところ、沖をいく源氏《げんじ》の船に見つかって、村人全員、皆殺しにされてしまったとか」

無量たちはぞーっとしてしまった。

以後、端午の節句に旗指物（こいのぼり）を立てるのはタブーとなったという。

「そ、そりゃ立てられんわー……」

熊野権現といえば、平家ともゆかりが深い。平清盛《たいらのきよもり》、重盛《しげもり》、維盛《これもり》らが熊野詣をして、その栄華は熊野権現のおかげである、とまで言われたほどだ。その熊野には平家の落人伝説も多い。平維盛が実は落ち延びて生きていた、という説まであるほどだ。

「平家の遺物が出てくる可能性もあるね」

「掘りたいっすね」

「というわけだ。粛々と掘りまくろう」

無量も作業に戻ろうとした。そのときだ。

ふと誰かに呼ばれた気がした。

作業員たちは皆、土に向かっている。誰かが呼んだ様子はない。

怪訝《けげん》に思いつつまた土に向かおうとすると、今度は右腕を強く引かれる感覚がした。

どきり、として振り返る。誰もいない。

だが、摑《つか》まれた感触が肘《ひじ》の裏に妙に生々しく残っている。……気がする。

その先に見えるのは、ひたすらまっすぐな水平線と湧き立つ雲だけだ。

紀伊水道がきらきらと輝いている。

今回の派遣は地権者本人からの依頼だった。

地権者は俵田恒夫《たわらだつねお》という男性で、隣の印南《いんなみ》町で化学工場を経営している。

この土地はもともと梅林だったものを造成したとかで、近く家を建て替える予定だったが、造成中に遺物が出てきて工事が止まった。

敷地はかつての熊野古道沿いにある。近くの山林から経塚が出てきたこともあり、平安時代の遺構が出てくる可能性が高いという。

——でも、なんで俺なんすか？

亀石《かめいし》に理由を訊《き》いたところ、

——奈良の発掘業者から、おまえが参加した上秦《かみはた》古墳での成果を聞いたそうだ。

あの現場で無量が見せた「少し異常なほどの発掘勘」は居合わせた者には衝撃で、同業者の間で語り草になっていた。地権者は我が家での大発見を期待して「ぜひ」と依頼してきた、というわけだ。

現場に入ると、ほどなくして年齢の近い佐分利《さぶり》と親しくなった。作業が終わると、無量が泊まる国民宿舎まで大型バイクで送ってくれて、温泉でひとっぷろ浴びていく。

その佐分利、人目を引くほどの男前だ。

身長が百八十五センチもあって、スタイルよし。同じく高身長・容姿端麗の忍は細身で優しい顔立ちだが、佐分利は顔立ちも骨張って凛々《りり》しく、奥二重の瞳《ひとみ》には目力があり、口ひげをはやした風貌《ふうぼう》も雄々しさの中に華やかさがある。

おかげで現場の女性作業員が妙に華やいでいた。

「え？　俳優さんだったんすか！」

露天風呂《ぶろ》で経歴を聞いた無量は、頭に載せたタオルを落としそうになった。

「舞台俳優をちょっとね」

大学在学中にデビューして八年間、商業演劇の舞台に立っていたという。

ドラマや映画にも出演したと聞いて、びっくりしてしまった。

「すいません。俺、芸能人とかホント知らなくて……」

「はは。いいのいいの。舞台って、観ないひとは全然観ないし」

声は少しハスキーだがよく通る。筋肉の付き方もきれいで、なるほど「人目を引く何か」とは、ひとに見られることを生業《なりわい》にしてきた者特有のオーラのことなのだろう。

「俳優はやめちゃったんすか？」

「家の事情でね。地元に戻ることになってしまって……」

隣の田辺市出身だという。

無量に合わせて標準語を話しているが、時々イントネーションに関西弁がまざる。

「……まあ、人気や実力がめちゃめちゃあったってわけでもないし、ふんぎりをつけるにはいいタイミングだったんだよ」

厳しい世界だということは無量にもなんとなく想像はつく。

「発掘は楽しいね。土いじりは苦にならないし、土の中から遺物が出てくるとワクワクするよー」

「そうすか。よかった」

「俺もほんとは芸能界より、こういう地道な仕事のほうが向いてたのかもしれないなあ」

破顔すると、目の前で大きな花が咲くかのようだ。ただ見目がいいだけではない。一挙手一投足がさまになる。俳優というのはなんともすごい生き物だと無量は思った。

ふたりでサウナにも入り、ほどよく「ととのった」あとで夕飯も食べる。

まぐろの刺身を堪能《たんのう》しながら、芸能界のよもやま話になる。今でこそ標準語も普通に話せるようになったが、若い頃は「ざじずぜぞ」がうまく言えなくて苦労したという。

「和歌山県人あるあるよ。『ざじずぜぞ』が『だぢづでど』になっちゃう。しょっちゅう演出助手に直された。一時期はコンプレックスやったなあ」

酔って打ち解けてくるとイントネーションが関西風になってくる。

お返しとばかりに発掘のことをレクチャーすると、目力のある眼差《まなざ》しで「うんうん」と聞いている。その流れで、無量は今日現場であった「不思議な感触」のことを打ち明けた。

「……腕を引っぱられたって？　幽霊に？」

「いや、幽霊とは限らないんすけどね」

革手袋をはめている無量の右手には酷いヤケドの痕がある。大浴場では、右手にタオルを巻いてから入るので佐分利《さぶり》にも把握されていたが、祖父に焼かれたことまでは言っていない。そのヤケド痕が「醜く嗤《わら》う鬼の顔」に似ているので〈鬼の手《オーガ・ハンド》〉などと呼ばれていることも。

右手の感覚異常は発掘中によく起きる。土におかしな遺物が埋まっていると手がなぜか反応してしまうのだ。そんなことが日常茶飯事なので、幽霊とは関係ないはずなのだが。

すると佐分利は「さもありなん」という顔をした。

「あそこは熊野古道やからなあ。そういうこともあるよ」

「な……なんすか。そういうって」

「いるんだよ。熊野古道には」

佐分利は声をひそめた。ひそめたけれどよく通る、舞台俳優独特の発声法だ。

刺身を箸《はし》でつまんで、ゆらゆら、とゆらした。

「往生できずにいる旅人の霊がね」

「またまたぁ」

「地元じゃ有名な話だよ。俺の知り合いも熊野古道の上に家が建ってるんだけどさ、見えるんだと。部屋んなかを昔の旅人の霊が歩いていくのが」

臨場感たっぷりに言うものだから、無量はごくりと唾《つば》をのんだ。

「部屋んなかを、すか」

「必ず一定の場所だ。庭から床の間にかけて斜めに歩いてくって言ってた。調べたらそこが熊野古道の一部だったって。旅の途中で行き倒れたんだろうなあ。……あそこの現場も古道のそばだから、きっと旅人の霊がムリョっちの手を引いたんだよ」

ここぞとばかりに迫真の演技力を発揮して、臨場感たっぷりに言うから、冗談にも聞こえない。

無量は震えあがった。

「かんべんしてくださいよ」

「ははは！」

佐分利は一転、おどけた顔になり、

「お祓《はら》いするなら、お坊さん紹介してやるよ」

冗談なのか本気なのか。役者はこれだから、と呆《あき》れた。

だが、いっしょにいて飽きることがない。佐分利の大きな声を浴びていると、こっちまで元気になる。

ぼっち上等の無量にしては珍しく早々と友人ができたのは喜ばしい。

＊

『ええー！ 発掘現場にあのサブリンがいるの？』

夜、電話で業務報告がてら佐分利のことを告げると、萌絵《もえ》は悲鳴をあげた。

『友人の推しだった俳優さんだよ！ バレミュで天童《てんどう》演じたり、剣ステで大桃丸《おおとうまる》を』

「サブリン……バレミュ……」

『ほんとにいるの？ あのサブリンといっしょに掘ってるの？』

無量にはさっぱりわからない舞台業界の話が一瞬で通じてしまうのは、さすが萌絵だ。ハマっていたゲームが舞台化したのをきっかけに劇場通いしたこともあるという。

『サブリンはね、殺陣《たて》でもダンスでも腰が据わっててめちゃめちゃうまかったの。刀振るとほんとの剣豪みたい。体も大きくて迫力あったなあ。引退するって聞いて友人が泣いてたけど、まさか和歌山で発掘作業員してるとは……』

こんなこともあるんだね、と萌絵はしみじみとしている。

『でも友人情報によると、引退は実家の家業を継ぐためだったらしいよ。サブリン……じゃない、佐分利さんのおうちは発掘業者とかじゃないよね』

「普通にバイトとして雇われてるみたいだけど？」

『まあ……、いろいろあったのかな。それより発掘のほうはどう？　なにか気になることとかあった？』

　霊に右腕を引っぱられた、なんて言えない。

　そっちは順調？　と訊《たず》ね返した。

『うん。さくらさんは即A級発掘員に認定されたって。さすが宝物発掘《トレジャー・ディ》ガールだよね。十兵衛《じゅうべえ》さんも太鼓判おしてた。あのミゲルくんもすっかり成長してたよ。もう〝一人前の発掘屋〟って感じ。めっちゃ頼もしい』

　ミゲルといえば、懲りずにまた萌絵に猛アピールしているようだ。かつては目つきも悪くいつも口をひん曲げていたくせに、少し見ない間に正統派イケメンへと成長していた。容姿だけならまるでファッション誌のモデルのようで、無量も気が気でない。

「ふたりでメシ行くとかやめてよね。ほんと」

『なんで？　さては妬《や》いてる？』

「だれが」

『安心して。ごはん行く時はさくらちゃんも連れてくし、相良《さがら》さんか所長もいっしょだし。……それよりカメケンCMだよ。撮れ高は充分なんだけど、やっぱりうちのエースが出てくれないとしまらないから南紀まで撮りに行こうかと』

「目当てはサブリンのくせに」

『そこまで欲望に忠実ではありませんー。あとアドベンチャーワールドの子パンダ撮ってくれば完璧《かんぺき》』

「発掘と関係ない」

『相手はあの相良さんなんだよ？　大手広告会社が三顧の礼で迎えにくる神CMブチあげてくるに決まってるよ』

　また泣き言を言っている。

「まあ、せいぜいがんばりな。それはそうとケリー氏から返信きた？」

　実はその後、萌絵は忍《しのぶ》の「副業」を暴くべく、「JK」疑惑のケリー学芸員に「湖底遺跡について質問」というていで直接コンタクトを試みていた。すぐに当たり障りのない返信が届いたが――。

『西原《さいばら》くんについては〝元気？〟って訊《き》かれたくらいかな』

「他には？」

『和歌山で元気に発掘してますって返したら〝応援してます〟ってそれだけ。メールアドレスも偽装ではなさそうだし、イニシャルの一致もただの偶然かなあ』

　萌絵は、ケリーに太宰府天満宮《だざいふてんまんぐう》で一度助けてもらった恩がある。ただ、あの時の物腰がただ者には思えなかった。尾行にも気づいたくらいだ。

『諏訪《すわ》の事件で理恵《りえ》さんを助けた謎の外国人もなんかケリー氏くさいし。あのひと、やっぱり何かありそうなんだけど……』

どうやったら忍との関係を聞き出せるかで頭を悩ませている。

『私、本腰入れてケリー氏の経歴さぐってみようと思う』

「え？　ちょっと大丈夫？」

『力試しにもなるから。海外のひとリサーチするのは時間がかかるかもだけど』

さすがの無量もちょっと心配になった。

「あんま無茶しないでよ」

『大丈夫。鶴谷《つるや》さんの指導のもとで動くから。……また連絡するね』

萌絵との通話を終えた無量は、スマホを置いて窓から夜の海を眺めた。

岬に立つ宿からは正面にふたこぶの島が見える。鹿島《かしま》と言い、ここからは見えないが本当は三つのこぶから成る。「三つの鍋を伏せた島」から「みなべ」の地名の由来になった。夕陽が落ちると美しい島も今は闇に沈み、船の灯《あか》りが遠くにぽつぽつあるだけだ。

「忍の副業……か」

心当たりがないわけでもない。誕生日にもらったスマートウォッチ。今から思えば怪しい。無量が諏訪で監禁された時、なぜか忍はGPSで居所を把握していたらしい。その後、紛失したのも、無量がうっかりなくしたのではなく忍が密《ひそ》かに回収したのでは？

「なんのために？　それともただの健康観察？」

――相良忍には気を許すな。

以前、柳生《やぎゅう》にあの言葉の真意を問いただしたことがある。だが、なんとなくはぐらかされてしまった。今でも忍のことを「気を許してはならない人物」だと思っているのだろうか。見る限り、仲良くしているし、警戒する素振りも見せたことはないが。

夜の海を集魚灯を掲げた漁船が横切っていく。

闇には白波が浮かんでは消えていく。

*

発掘現場に入ってから四日目。

ついに遺構が出た。敷石だ。

「おお。いかにも熊野古道っぽいっすね」

石畳を歩く平安装束の女性、という観光ポスターを思い出した無量に、吉岡は「どうでしょうねえ」と懐疑的だ。

「寺院か屋敷の敷石とみたほうがええかもしれません」

「やっぱ平安時代っすかね」

「うーん。須恵器《すえき》が出た層より若干浅いような」

検出する作業を進めながら、礎石や溝といった建物の遺構を探ることになった。

そこにやってきたのは地権者の俵田恒夫《つねお》と妻の京子だ。

「精が出ますね。よければこちら召し上がってください」

俵田夫妻が差し入れに持ってきたのは「有田《ありだ》みかん」と書かれた段ボール箱だ。大量のみかんが入っている。

「紀州《きしゅう》のみかんは江戸でも大人気やったんよ。紀《き》伊《の》国屋《くにや》文左《ぶんざ》衛《え》門《もん》いう商人がいてて、たくさんみかん船を」

「あー、みかんで大金持ちになったひとっすよね。あやかりてー」

一旦《いったん》休憩となった。

無量がみかんの皮を剝《む》き始めると、年配の女性作業員たちに囲まれて笑われた。

「あらー。バナナみたいな剝き方するんやね。みかんはこうやって食べるんよ」

言うと、ご婦人方はみかんのへそに指を差し込んで豪快に半分に割り、皮をむかずに四等分した。二、三房ずつ分けられた実を、皮から外して口に放り込んだ。

「和歌山剝きってゆーの」

教えてくれたのは佐分利だった。

「こうすっと早よ剝《は》けて、ぽんぽん食べられるでしょ？」

無量も見よう見まねで挑戦してみた。なるほど。最初に四等分すると、皮から実を剝《は》がしやすく、手際よく食べられる。

「おおっ。ムリョっちもマスターしたぞ。これで立派な和歌山県人や」

どっと笑いが起きた。

その後ろから突然、俵田が声をかけてきた。

「あのう……そこにいてるの、佐分利のぼっちゃんとちがいますか」

一瞬、皆が静まりかえった。

面識があったらしい。佐分利はうろたえて、ばつが悪そうに「どうも」と会釈すると、俵田夫妻はぱっと目を輝かせた。

「こりゃまた、えろう男前に。お父様にも負けん色男になられましたなあ……。近頃お見かけせんかったさかい、心配してたんですよ」

「はあ。その、すんません」

「ぼっちゃんの『道成寺《どうじょうじ》』はほんま凄《すご》かったんやで。もう舞台には立たんのですか」

「いや、まあ……そのうち」

言葉を濁している。

会話から察するに、夫妻は佐分利の父の知り合いで、幼い頃から見知っているらしい。地元に知人が多いのはわかるが「ぼっちゃん」と呼ばれるからには、実家は名士か何かなのだろうか。

俵田夫妻はますます盛り上がって、無量たちへのねぎらいというより佐分利のもてなしのために高そうな茶菓子まで用意しはじめた。

「ぼっちゃんが掘られるんなら百人力ですわ。やにこい（すごい）もんが見つかるわ」

佐分利が冷や汗をかいている。

「ハードルあげられちゃいましたね」

少し離れて見ていた無量が声をかけた。佐分利は焦りながら、

「……まさか後援会のひとのおうちだったとは」

「後援会って佐分利さんの？」

「いや。実家の」

親が地元の政治家でもやっているのだろうか？

「つか、俳優引退したこと知らなかったみたいすね。舞台も観に来てくれてるなんて、すごいファンじゃないすか」

「いや、そっちの舞台じゃない……」

え？　と無量が訊き返したが、佐分利は深くは語らず作業に戻っていった。

午後になってさらに遺物が出土した。

敷石が出たところとは別の調査区からだ。無量と佐分利が担当していた。土から顔を覗《のぞ》かせたのは、半円筒状の瓦《かわら》だった。

「丸瓦っすね」

筒瓦のことだ。丸瓦と平瓦を重ねて屋根を覆う工法は「本瓦葺《ぶ》き」と言い、寺院などの立派な建築物に用いられる。

筒状の瓦が、屋根の上を水が流れ落ちるように覆う姿はゆるやかな滝を思わせて、優美で風格がある。寺院に多く見られるのは、民家に用いられる桟瓦《さんがわら》葺きよりも重量があるため、太い梁《はり》や柱の建物にしか用いられないためだ。施工には手間もかかるが、瓦が

がっちりと噛《か》み合うので、強風でも落ちにくく雨漏りもしにくい。

「やっぱお寺だったのかな」

掘り進めていくと、ほかにもいくつか出土した。

「お……。軒丸《のきまる》瓦か？」

軒に使われる瓦だ。先端の瓦当《がとう》と呼ばれる円形部分に文様が入っていて、寺社や裕福な屋敷などでは家紋を入れることもある。割れて一部しかないが、欠片《かけら》を集めればパズルのように復元できるかもしれない。溝の土を竹べらでこそぎ落として、無量は顔を近づけた。

「菊の御紋……じゃないな。さすがに」

皇室ゆかりの寺院では菊花紋が軒丸瓦に入っていることもある。

「なんだろ。Uの字みたいに見えるけど……？」

佐分利も無量の手元を覗き込んだ。

「……クワ……」

「桑？」

「あ、いや、本当に平安時代の建物だったりして」

佐分利は大興奮だ。

天皇や貴族も往き来した道だけに大きな社寺があっても不思議ではない。

「紀伊路の大きな寺といえば、御坊《ごぼう》の近くにある道成寺だ。あそこは安珍清姫《あんちんきよひめ》の伝説で有名だけど、たしか昔の天皇のお后《きさき》さんが生まれたところで、その両親と観音様に恩返しするために建てた寺なんやで」

さすが佐分利は地元なだけある。

御坊市はここから海岸線に沿って北に三十キロほどいったところにある。

道成寺は西暦七〇一年に文武《もんむ》天皇の勅願で建てられた寺で、后・宮子《みやこ》姫の生まれた地であると伝わっている。髪長姫伝説で知られる宮子姫は藤原不比等《ふじわらのふひと》の養女で、あの東大《とうだい》寺《じ》大仏を建立したことで知られる聖武《しょうむ》天皇の生母と言われる。

道成寺は伊勢路のルート上にあるので、熊野詣の参拝者も多く立ち寄った。

「安珍清姫って、あれですよね。清姫って女のひとが安珍ってお坊さんに一目《ひとめ》惚《ぼ》れして……」

「そう、大蛇になって追っかける話」

安珍は熊野詣に来ていた若い僧侶《そうりょ》だった。

一晩の宿を借りた家の娘が清姫で、美《び》貌《ぼう》の安珍に一目惚れしてしまった。

「熱烈に言い寄られた安珍は、帰りに必ずもう一度立ち寄るからって言ってなだめたんだけど、結局、約束を破って別の道から帰ってしまった。それを知った清姫が必死になって追っかけてきたんだけど、安珍に『人違いだ』って無視されて」

激怒した清姫は、とうとう火を吐く大蛇に化身してしまう。

恐怖に駆られた安珍は道成寺に逃げ込み、ちょうど鐘供養のために降ろされていた鐘の中に匿《かくま》われたのだが、大蛇と化した清姫は火を吐きながら鐘にまきつき、とうとう安珍を焼き殺してしまった。

「……すごい執念」

「うぶな清姫に気を持たせて約束を破った安珍も悪い。ムリョっちも肝に銘じろよ。女を大蛇にさせるかどうかは、男次第やからな」

　気のせいか、やけに実感がこもっている。

「佐分利さんもモテすぎて女の人を大蛇にさせちゃったことあるんすか」

「大蛇はない。般若《はんにゃ》なら、ある」

「あるんだ」

「安珍だって浮気したわけじゃないんだし、清姫もそこまで怒らなくてもなあ……」

　無量のじっとりとした眼差《まなざ》しに、佐分利は慌てて居住まいを正した。

「そういえば、昔『道成寺』をやったみたいなこと俵田さんたち言ってましたけど、それも舞台の話すか？」

　佐分利がふいに真顔になった。無量は気づかず首をひねり、

「実家に日本人形があったんすよ。赤い振《ふ》り袖《そで》に赤い笠《かさ》たくさんぶらさげてる。あれのことすよね。でも確か歌舞伎とか能とかの演目じゃなかったっけ」

　佐分利は「はは」と乾いた笑いを漏らした。

「学芸会でやった子供向けの劇の話さ。俺はたくさんいる小坊主役で出ただけ」

「えっ。そうなんすか。俵田さんもそんなんよく覚えてたな」

「坊主役たちが張りきりすぎて、勢いよく鐘引っ張ったせいで、大道具がぶっ壊れたんだ。芝居もめちゃめちゃになって大騒ぎになったから」

「あ、凄《すご》いってそういう意味だったんすか……」

作業は順調に進んだ。

風は爽《さわ》やかだが、四月の終わりでも陽差しはそこそこ強い。

土と向き合いながら、時々、腰をのばして体を起こすと、目の前には海が陽光にきらめいている。沖をゆく大きな船はフェリーだろうか。紀伊水道の出入口だけあって、船船の往き来も多い。時折、風にのって近所の干物工場の香ばしい匂いが鼻をくすぐる。

ひととおり、瓦の破片を出したと思った頃だった。

無量の手が止まった。

「……穴だ」

佐分利が「穴？」と振り返った。

「どこに穴が？」

「いや。このあたりだけ土の色がちがうのわかります？　これ多分、昔のひとが穴掘った跡なんすよ」

土の表面を削っていき、色の境目を確認すると、一辺がおよそ一メートル近くある。

吉岡調査員を呼んで確認してもらった。

「埋納坑じゃないすかね」

何かを埋めるために掘った穴のことだ。廃棄物を捨てた穴だとすると、そこから大量に遺物が出土する可能性が高い。発掘屋にとっては宝箱だ。

許可がおりたので、無量はさっそく腕まくりして気合いを入れ、埋納坑らしき部分にとりかかった。

ふいにまた右手を引っ張られるような感覚がして、無量はギョッとして思わず振り返った。

誰もいない。まただ。

――いるんだよ。熊野古道には……霊がね。

ぞーっとしてしまった。

「お、お祓《はら》いしてもらおうかな……」

「手伝おうか。ムリョっち」

佐分利がやってきた。相変わらず笑顔がまぶしい男だ。

ふたりがかりで掘り始める。埋納坑は思ったより深い。

だが作業が進むにつれ、謎の冷や汗まで出始めて、無量は一旦《いったん》、手を止めた。

「……顔色悪いよ、ムリョっち。大丈夫？」

水は摂《と》っているし、梅干しも三つもつまんだ。空気が淀《よど》んでいるように感じ、息苦しくなって一度立ち上がった。発掘をしていると、まれに有害な滞留ガスにあたることがある。それかな、とも思ったが、佐分利のほうはケロッとしている。

深呼吸をすると、楽になった。

気を取り直して土に向かう。

ややして手ガリの先端が何か堅いものにあたった。

無量ほどの手《て》練《だれ》になると、ほんの一瞬の感触で材質までわかるようになる。

「陶器……？」

手ガリを左右に動かして土の表面を削っていく。

出てきたのは陶製の容《い》れ物だ。壺か甕《かめ》のようだが、蓋《ふた》がしてある。

直径三十センチほどで、常滑《とこなめ》焼のように見えるが。

「骨壺《こつつぼ》じゃ……」

「これってまさか」

佐分利が「ひいっ」と後ろに飛びすさった。

吉岡を呼ぶと、大きなお腹をゆすって駆けつけた。

「お墓、暴いちゃいましたかねぇ……」

頭をかく無量の横で、吉岡はやけに神妙な顔でしげしげと遺物を覗《のぞ》き込んでいる。

古い常滑焼は骨壺によく用いられる。墓石などはなく地権者も把握していなかった。

遺物だとすれば「蔵骨器」と呼ばれることになる。

「いや待てよ。これはもしかすると、もしかするかも」

念のため中身を確認することになり、早々と取り上げることにした。

持ち上げると、中で何か硬いものがカンとぶつかる鋭い音がした。

「骨の音じゃないな」

「金属っぽくないすか……」

プレハブ小屋に持ち込んで確認することになった。

蓋をそっとずらすと、内部に金属製の茶筒のようなものが見えた。これは！

吉岡が叫んだ。

「経筒《きょうづつ》や！」

経典を入れた金属製の筒だ。

土に埋納するための容器だ。経塚に納めるための金属容器ではないか。

甕は骨壺ではなく、経筒の外容器だった。

「やった！　大当たりや！」

現場が俄然《がぜん》にぎやかになってきた。

待望の経塚発見に吉岡は大喜びだ。おそらく元々は封土と呼ばれるこんもりとした盛り土か、塚を覆う蓋石などもあったはずだが、なにかで昔、崩れたか。上部をごっそり削ってならしてしまったのかもしれない。

佐分利も胸を撫《な》で下ろした。

「骨壺でなくてよかったー」

吉岡は急に火が付いて、皆を鼓舞するように拳《こぶし》を振り上げた。

「経塚があったっちゅうことは、やはり寺院か社《やしろ》の跡かもしれん。よっしゃ、この調子で他の遺構も出せるよう、ざくざく掘ろらー！」

＊

俵田邸のある地区の名をつけて「堺遺跡」と名付けられた現場では、その後も軒丸瓦《がわら》の破片や石段らしき遺構の出土が相次いだ。

埋納坑の周りからも蓋石の痕跡《こんせき》らしきものが出始め、吉岡は「経塚とみてまちがいなさそうだ」と判断した。

翌日も、無量たちは引き続き、経筒が出た埋納坑を掘り下げることになった。

一口に経塚と言っても「地下に小さな石室をしつらえて経筒を納め、封土をかぶせて土饅頭《どまんじゅう》状にするもの」「単純に土を掘って埋めるだけの簡素なもの」などさまざまだ。時代や施主の財力によっても埋納方法がちがってくる。この経塚はじかに埋めたものらしい。

一般的に経塚には「副納品」がつきものだ。

経典を入れた経筒をメインとして、それ以外にも、鏡や刀子（小型の刀）といったものが出土する例が多い。

この経塚にも副納品があると予測して、無量と佐分利はその周囲を掘り進めた。

「大判小判みたいなもんが出るのかな」

佐分利はわくわくしている。無量も手を動かしながら、

「大判小判はないと思うけど、銅銭なんかは出てるみたいすよ」

「へえ。大昔のタイムカプセルだな。他には？」

「陶器とか刀子とか銅鏡とかっすかね。あとは仏像なんかも」

経塚ごとに副納品はちがってくるが、なんらかの遺物を伴っていることが多い。

いよいよ宝探しっぽくなってきた。佐分利は俄然、はりきっている。

「よーし、お宝を見つけるぞ」

すっかり発掘に夢中になってしまったようだ。

それから一時間ほど経った頃だった。

「なんだ？　これ」

佐分利の声に気づいて、無量がその手元を覗き込むと、土から青錆《あおさ》びた止水栓のようなものが顔を覗かせている。

「んん？　なんかのバルブのハンドルかな」

無量が代わって土を削っていくと、手のひらほどの大きさの、金属製の車輪みたいな物体が出てきた。水道管やガス管のバルブを開閉するハンドルに似ていたので、古い止水栓でも出てきたのかと思ったが、……どうも様子が変だ。

止水栓にしてはやけに指をひっかける部分が尖《とが》っている。車輪の表面にも細かい刻み文様が入っているではないか。

「これは……法具じゃないか？」

密教寺院などで法要の際に使われる銅鋳《どうちゅう》製の道具だ。

再び吉岡を呼んだ。大きなお腹をゆすって、またすっとんできた。

「おや。今度は法具ですか。ますます面白くなってきたぞ」

「車輪の真ん中から突き出てるでっぱり棒、これ、下から刺さってません？」

別々の法具のようだ。

無量は土の断面が見える半割という掘り方を試みた。慎重に掘り進めてみると、輪宝の真ん中にある突起は細い棒状になっていて、まるで傘を差したような形で地中に突き刺さっているではないか。

「やっぱりバルブみたいじゃないか」

なんとも不思議な埋め方だ。

「驚いたな。ここの副納品は水道管だなんて言うんやないやろうな」

吉岡も意外だったらしい。

経塚の副納品で法具が出た例があったかどうかは調べてみないとわからないが、平安時代に大陸から密教が伝わって、国家を守る宗教として権威を得ていた時代を思えば、おかしいものではない。

だが、無量の中で何かがひっかかっている。

違和感の正体をうまく言葉にできずにいる。

*

昨日出土した経筒はいったん田辺市にある発掘会社の遺物整理室に持ち込まれた。

クリーニングのあと、経筒の中身を開封することになった。

吉岡に声をかけられ、無量も現場から駆けつけた。佐分利もついてきた。自分たちが出土させた「謎の筒」の中身をどうしても見てみたかったのだ。

遺物整理室には地権者の俵田まで来ている。経筒発見の報にいてもたってもいられなくなったと言い、興奮していた。

「宝箱を開けるみたいやなあ」

経筒は銅製で、高さ三十五センチ、直径二十二センチの円筒形。

全体が青錆《あおさび》で覆われているが、よくみれば、表面に文字のようなものが刻まれている。

蓋は八角形になっており、中央に宝珠の形をしたつまみがついている。

「熱っ」

無量が思わず手を放した。

「えっ？　熱い？」

「あ、いや。なんでもないっす」

〈鬼の手〉が何かにびっくりしたようだ。まさか筒にお経パワーが漲《みなぎ》っているわけではないだろうが、右手が奇妙な反応をする時はたいていろくなことがないので身構える。

筒を傾けてみると、何か底のほうでコロコロと音がする。

「なんか小さい塊が入ってますね」

「水晶玉か何かかな」

「いや、軽いっすね。独楽《こま》でも入ってんのかな」

無量と吉岡がふたりがかりで蓋《ふた》を外しにかかった。が、錆による癒着があって、いっこうに開かない。

「だめか。やっぱりCTスキャンにかけるしかないか」

「俺、力あるんでやってみましょうか」

「おお、佐分利くん。壊さない程度に頼むよ」

蓋を摑《つか》んで引っ張るが、びくともしない。格闘する佐分利を見守っていた無量は、あらぬものを見てギョッとした。佐分利の手の上からヌッと白い手がのびてきて、蓋に覆いかぶさったように見えたからだ。

「開いたぞ！」

大きな声がして我に返ると、佐分利が蓋を開けたところだった。無量は目をこすった。白い手など、どこにもない。……何だったのだ。今のは。

吉岡が懐中電灯を近づけた。覗《のぞ》き込むと、経文らしき巻物と他にも数点入っている。

慎重に中身を取りだした。

中に入っていたのは、巻物と荒縄で括《くく》られた木簡の束、錦《にしき》の巾着《きんちゃく》袋。

最後に取りだしたのは、懐紙にくるまれた丸いかたまりだ。

全員が青ざめた。

「なんだ、これは……」

頭、だ。

人形の「頭《かしら》」ではないか。

顔の表面は黒ずんでいるが目は細く涼やかで、おちょぼ口に紅をさしている。女とおぼしき人形だ。しかも頭には凝った銀細工とみられる冠をかぶっている。

全員が絶句した。

筒の底でコロコロしていたのはこれだったらしい。

「なんや、これ……。気味が悪いな……」

どうみても仏像ではない。人形の頭が入っている経筒なんて、経塚の研究者である吉岡も聞いたことがない。

「こ…こっちの巾着袋には何が入ってるんでしょう」

袋の中には陶製の合子《ごうす》（蓋付の器）が入っていた。蓋を開けると、中に収められていたのは、黒い糸のような束だ。こよりでひとつに束ねてある。

「そ……それ、ひとの髪とちがいますか！」

俵田の声に無量もギョッとした。

そのとおりだ。人毛にみえる。

「なんなんや。この経筒は」

不気味すぎる。人間の生首を彷彿《ほうふつ》とさせてゾッとした。人形の体がないのは単に容量の問題ではなく、何か特殊な事情がありそうだった。

「なんかコレ、ヤバくないすか」

ただの「埋経《まいきょう》」という行為だったようには、無量にはどうしても思えない。

ちらり、と横目に佐分利を見ると青ざめた顔で立ち尽くしている。

額にはうっすらと汗が浮かんでいる。

第二章　陰雛《かげびな》をまつる家

東京では犬飼《いぬかい》さくらと千波《せんば》ミゲルが派遣発掘員として最初の現場に入っていた。

文京区にある現場は、後楽園《こうらくえん》からほど近い。東京ドームの白いメロンパンのような屋根が望める閑静な住宅街の真ん中で、さくらはパワーショベルを華麗に操りながら、調査区の土をどんどん掘っていく。

「ひとりで十人分は働いてるなあ」

さくらの働きぶりに感動しているのは、現場監督の柳生《やぎゅう》篤志《あつし》だった。

「こりゃ給料も十人分出さないとまずいかなあ」

「俺だって働いてますよ。五人分くらいは」

派手なピンクのニッカボッカを穿《は》いたミゲルは、ネコと呼ばれる一輪車に排土を山盛りに載せ、これ見よがしに押している。

「おう。おまえが力持ちだってことはよーくわかってるぞ。ミゲル」

「力仕事だけやなか。ちゃんと遺物も出しよっと」

そこへやってきたのは、永倉《ながくら》萌絵《もえ》と相良《さがら》忍《しのぶ》だ。

「お疲れ様でーす。差し入れもってきたんで皆さんで食べてくださーい」

「あっ、萌絵さん！　おはようございます！」

途端にミゲルが急いで土を捨て、飛ぶような勢いでネコ車をこちらにまわしてきた。

「ミゲル君、今日も張り切ってるね」

「ええ、そりゃあもう！　今日こそは西原《さいばら》……いや西原さん並にすごか遺物出土させますけん！」

目一杯のキメ顔だ。白い歯が光っている。

休憩時間となり、さくらもユンボを止めてやってきた。

「わあ、どら焼きだ」

「小石川にある名店のだよ。食べて」

さくらとミゲルは奪い合うようにかぶりついた。

「うまかー。めっちゃうまかですう。萌絵さんのどら焼きー」

「うん。買ってきたのは相良さんだけどね」

柳生にふたりの仕事ぶりを訊《たず》ねると、お褒めの言葉が返ってきた。さくらはすでに調査員になれるくらいの知識とスキルがあるし、ミゲルは大きな体の割に細かい仕事も得意のようで、山ほど出る陶器片を根気よく掘っている。

「問題ないね。ふたりともすぐにでもよその現場に出せそうだ」

「無量《むりょう》さんはいま、どこさ掘ってるの？」

さくらがあんこをほおばりながら訊ねてきた。すぐにでも無量といっしょに掘れると思っていたので、不満らしい。

「ごめんね。いま和歌山にいるんだ」

「私も行きたい。その現場」

「うーん。今のところ手は足りてるみたいだし」

「行かせてけろ。いっしょに掘らせてけろ」

さくらは無量と掘ると純粋に発掘屋魂が燃える、というだけで、特別、恋愛感情があるわけではなさそうだが、言動が素朴で、大きな黒い瞳《ひとみ》やショートボブというよりおかっぱと呼びたくなる幼顔も皆かわいいので、萌絵はちょっぴり気がかりだ。その上、無量にも妹のように可愛がられていたと聞けば、ますますだ。無量は案外こういった純朴なカンジが好みのタイプなのではなかろうか。似た者同士でお似合いなのではなかろうか。などと考えて、自己嫌悪に陥った。

「……いやいや。こんな疑りはさくらちゃんに失礼だし。でもかわいいし」

葛藤《かっとう》する萌絵の隣で、忍が柳生に尋ねた。

「このあたりは武家屋敷でしたっけ」

「うん。向かいが大番組と槍組《やりぐみ》の屋敷だったらしい。旗本の社宅みたいなもんだな」

出てくる遺構も旗本屋敷らしい間取りだという。特別珍しい遺物が出たわけではないが、穴蔵跡からは大量の廃棄物がでてきて江戸らしい暮らしの痕跡《こんせき》が見られそうだ。

「また人骨が出てきたりして」

「はは。お江戸の事件現場でないことを祈るよ」

休憩を終えてそれぞれ持ち場に散っていく。ミゲルは萌絵へのアピールを忘れない。

「萌絵さーん、今日も撮ってくださいよ！　髪型キメてきましたけん」

「はは。もう撮れ高いっぱいなんだけどね」

カメケンCMは絶賛制作中だ。

あれ？　と萌絵が手にしていた資料に目を落とした。

「……へえ。ここの地権者さんって和歌山のひとなんですね」

ちょうど無量も和歌山県にいるので目にとまったのだ。忍も資料を覗き込み、

「ほんとだ。でも和歌山市内か。無量が行ってるのは南紀のほうだから」

「和歌山って同じ県内でも移動するのが大変なんですよね」

「うん。県域のほとんどが紀伊山地で海沿いにしか高速道路が通ってないからね。和歌山市から南紀に行くより東京から飛んだほうが早いって話だ」

それだけ熊野の山は深くて険しいのだ。

「それにしても、この地権者さんの名前……。たしか……」

〝六国祥吾《ろっこくしょうご》〟

とある。忍が記憶をたぐっていると……。

十兵衛《じゅうべえ》さーん！　とさくらがユンボから身を乗り出しているのが見えた。

「穴蔵にあたったみたいです」

またか、と柳生が天を仰いだ。穴蔵は宝の山だ。とはいえ、大量に遺物が出るので掘り上げるのに時間がかかる。

「まかせていいか。さくらくん」

「はい。やります」

穴蔵の深さは場所によって異なるが、深い時は二メートルや三メートルに達することもある。

ユンボ使いの天才でもあるさくらは、角スコップで掘るくらいの正確さでユンボのショベルを繊細に動かせる。遺物にあたった感触も、まるで自分の手のようにわかるというから凄《すさ》まじい。人力だと二、三人がかりで掘る場所も、たったひとりで手早く片付けられるので、さくらの腕は実家の発掘会社でも重宝されていた。

「これは無量もかなわないな」

「神業ですね」

しかしその穴蔵からはなかなか遺物が出てこない。地下貯蔵庫として使っていた穴蔵は必要がなくなればゴミ穴に転用されることもあるが、そのまま埋めてしまうこともある。その場合は遺物も少なくなるだろう。

作業が順調なのを見届けて、忍と萌絵が現場から立ち去りかけた時だった。再び、さくらが柳生を呼んだのは。

「なんか出ました」

柳生が確認にいくと、一メートルほど掘った土中に青錆《あおさ》びた花瓶のようなものが顔を覗《のぞ》かせている。手掘りをして遺物の正体を確認した。

「……おお、これは」

「なんだべ？」

「瓶子《へいじ》だな」

壺《つぼ》の一種だ。陶製ではなく青銅製のようだ。一輪挿しの花瓶のように首が細長く、口にはつまみのある小さな蓋《ふた》がはまっている。

忍と萌絵も興味津々で穴蔵のふちから覗き込む。

手作業で掘り進めていくと、瓶子のかたわらからふたつめの遺物が出てきた。丸い円盤のような物体だ。

「今度はなに？　青銅鏡？」

「いや。輪っかでねが？」

車輪のような形をしている。柳生が目を輝かせた。

「ほほう。こいつはチャクラムだな」

ヤンキー座りで上から覗き込んでいたミゲルが身を乗り出し、

「なんすかソレ。楽器か何かっすか」

「武器だ。古代インドの投擲《とうてき》武器」

ええ！　と驚いたミゲルが穴に落ちそうになった。手裏剣のように投げるものらしい。

「インドの武器がなんでこげなとこに埋まっとるっとですか！」

「んだ。手裏剣が出てくるんなら、まだわかるんだけんど」

「あれか。実はインド人の忍者屋敷やったとか？」

「インド人の忍者がいたんだべか⁉」

「それ〝輪宝〟ですよね。十兵衛さん」

忍が横から冷静に言った。柳生はニヤッと笑って「そうだよ」と答えた。

「密教の法具だ」

一見、車輪によく似ている。輪の周りに尖《とが》った金属棒が何本も突き出ていて、うっかり刺さったら痛そうだ。

「法具ってことは、ここお寺だったんですか？」

「わからん。だが大名屋敷ならともかくフツーの武家屋敷から出てくるのも妙だな」

忍と萌絵も顔を見合わせた。

大名屋敷には埋まっていて旗本屋敷には埋まっていない。なんぞ？　となった。

「よし。今日はここを重点的に掘るとしよう。夕方までにやっつけるぞ」

＊

そのころ南紀の無量たちは――。

堺遺跡から出土した経筒は、発掘が進んでもいっこうに正体がわからなかった。

とにかく前例がない。人形の「頭《かしら》」が入った経筒など。

ただ、それを埋めた者の名はわかるかもしれない。

経筒には施主の名が刻まれることがある。錆《さび》が出ているため、肉眼ではうまく読み取れないが、レントゲンやCTなどを用いれば解読できるはずだ。

経筒は遺物解析の専門業者のもとへ運ばれていった。

一方、無量の関心は埋納坑から出てきた法具に向けられていた。

「経塚から密教の法具か……」

それ自体は十分ありえそうだが、どうも違和感が拭《ぬぐ》えない。

「どのへんが気になる？」

吉岡《よしおか》に問われ、無量は水糸で仕切られた調査区を見下ろして腕組みをした。

「経塚がはやりだした理由って、末法思想が蔓延《まんえん》してたからなんすよね」

「きっかけはね。平安末期の西暦一〇五二年が〝末法元年〟だと言われて、みんながこぞって経塚を建てたと。ただ経塚自体は、藤原道長《ふじわらのみちなが》の頃からあったようだ」

道長が納めた「金色に輝く経筒」が今に伝わっている。

「藤原道長っていうと紫式部《むらさきしきぶ》とか清少納言《せいしょうなごん》がブイブイ言ってた頃っすよね」

一口に平安時代と言っても、長い。

桓武《かんむ》天皇が平安京を開いてから鎌倉《かまくら》幕府が開かれるまでの間とすれば、ざっと四百年もある。泰平の世を誇った江戸幕府ですら約二百六十年間だった。現代から四百年さかのぼれば、江戸時代初めか、うっかりすると戦国時代だ。

だが摂関政治で栄華を誇った藤原氏も、次から次へと起こる天災や疫病を止めることはできなかった。平安の世には「不安」が蔓延していたのだ。

〝この世をば　我が世とぞ思う　望月の　欠けたることも　なしと思えば〟

藤原道長が誇らしく詠んだ「栄華」もほころび、望月は着実に欠けていく。

仏教には、釈迦《しゃか》の入滅から時が経つにつれて、仏の教えが世に正しく伝わらなくなっていくという考えがあった。「正法」→「像法」→「末法」と進むにつれて、世の中は乱れ、二度とよい方向には戻らないという思想だ。平安時代の人々を襲ったのは「ついに末法の世に突入してしまう」という絶望感だった。末法の世は悪人がはびこり、お先真っ暗。いわば平安時代の終末思想だ。

「みんな阿弥陀仏《あみだぶつ》にすがった。現世はもうだめだから、せめて死んだら極楽往生したいと、来迎図や仏像もたくさん作られた」

「平等院《びょうどういん》の鳳凰堂《ほうおうどう》とかもそれっすよね。極楽浄土再現したって」

浄土信仰というやつだ。

この世はもう穢《けが》れて手のつけようがないから、現世で救われることはあきらめて、死んで極楽往生することを熱狂的に求めたのだろう。

「天台《てんだい》宗の僧・源信《げんしん》などは地獄の有様を見てきたように記して、極楽往生するには念仏を唱えるしかないと布教した。熊野は神道で古くから死者の国――〝黄泉《よみ》〟の入口とされてきたが、神仏習合のおかげで、仏国土の入口ともてはやされた。熊野詣に皆が押しかけたのも、浄土信仰や末法思想と無縁ではないやろなあ」

　末法思想が平安人の絶望に拍車をかけ、熊野詣へと駆り立てたというわけだ。

「念仏……か」

「なにか気になることでも？」

　あの法具、と無量は出土したあたりを指さした。

「明らかに密教で使うもんだと思うんすけど、ああいう法具が副納品で出た例って他にもあるんすか？」

　経塚の専門家でもある吉岡も、首をひねってしまう。

「どうだったかな。よくあるのは鏡や刀や陶磁器、それと玉みたいな装飾品や。地方によっていろいろで一概には言えんが」

　人々は切実な思いで経を埋めた。

　五十六億七千万年後に弥勒《みろく》菩薩《ぼさつ》が現れて世の中を救う、と予言された「約束の日」までありがたい経典が残るようにと。

　だが、実際問題、人々が経塚をたてたのは、寺への寄進といっしょで、功徳を積むための善行だ。「自分はこれだけ仏法のために働きましたよ」というアピールのためだ。

「最近の研究では、経塚信仰そのもんが山門（天台僧）によって全国に広められた説もあるし、今では、必ずしも末法思想が動機じゃないとも言われとるよ」

「そうなんすね。なら、法具があってもおかしくないか」

「平安時代の国家宗教は密教だ。寺院も官営やったし、密教儀式に使う法具は仏教の象徴やったしな」

そういう意味では、経塚にいっしょに埋めてもおかしくはない。

が、無量はまだなにか違和感を覚えているようだ。

「密教の法具と極楽往生が……どうもうまく結びつかないんすよね」

密教は現世を救うもの、浄土思想は来世を救うもの、というちがいはある。

「こう言っちゃなんですけど、密教が自分たちを救ってくれないから、みんな浄土思想に飛びついたんじゃないんすかね」

「たしかに寺は国のもんで庶民のもんではなかったし、寺が権威を持ちすぎたせいで寺と寺とが争ったりして、国を乱す原因になったりもしてたようやしなあ……」

とは言え、観音《かんのん》信仰は盛んだったし、浄土信仰＝密教の否定ではない。

ただ鎌倉時代になると庶民の間に「念仏を唱えるだけでいい」とする浄土宗や浄土真宗が爆発的に広まった。より明快でわかりやすい信仰の形が受け容《い》れられたのだ。

阿弥陀信仰自体はそれこそ密教が日本に伝わる前から見られたし、専修念仏を広めた浄土宗の祖・法然《ほうねん》は天台宗の僧だった。それらをかんがみると、経塚と密教具のセットは必ずしも違和感のあるものとは言えないが。

「それより人形の『頭《かしら》』のほうやな」

吉岡は首をひねった。

「謎といえば、そっちが謎や。なんだってあんなもんが入っとったんか」

「お経と人形の『頭』……。なんかホラーっすね」

ただ、と吉岡は腕組みをして、

「平安時代の人形とは思えんね。新しすぎる」

「新しい……？」

「平安時代の人形で残っとるもんは、かたしろやな」

お祓《はら》いや呪術《じゅじゅつ》などを行う際、本人の身代わりとする人形《ひとがた》のことだ。

「出土しないだけで他にもあったかもしれんが、あそこまで人間に顔を似せるのは仏像ぐらいやないかと」

「なら実は仏像とか？」

「どうやろなあ。ただ玉眼が入っとんねんな」

目の部分にガラス玉を入れて本物の眼球に似せたものだ。鎌倉時代の仏像に多く、作例自体は平安時代の終わりから見られる。

「あと顔の表面の質感やな。たぶんなんか塗っとる。ああいうのは江戸時代ちゃうやろか」

無量は意表をつかれた。

「江戸のものがなんで平安時代の経塚に入ってるんすか。オーパーツじゃないすか」

「逆や。あの経塚の年代が思ったより新しいのかもしれんし」

経塚は折に触れて作られ続けてきた。

江戸時代の経塚も決して珍しくはない。

「物証が足りん。埋納時期はあらためて検証したほうがええな」

「ですね。土坑の立ち上がりを確認して、その周りも掘り下げます」

連休に入って作業がストップする前にできるだけ大事な遺物は取り上げておきたい。

無量は持ち場に戻った。

すると、経筒が出てきたところに佐分利《さぶり》がしゃがみこんで、じーっと土を見つめている。声をかけると、大袈裟《おおげさ》なくらいびっくりして振り返った。

「お……おお！　もう昼飯の時間か？」

「まだ十時っすよ」

「そ、そうか。あー……たまには発声練習もしないと。おあややおやにおあやまり！」

謎の早口言葉で取り繕うが、朝から様子がおかしかった。

たびたび手を止めて考え込んだり、溜息《ためいき》をついたりしている。

昨日、経筒を開けてからだ。佐分利の振るまいがおかしくなったのは。

あまりに気になったので、夕飯時に訊《たず》ねてみた。

いったい何があったのか、と。

「……。ムリョっち。あんなあ……」

口にしかけて、言い淀《よど》む。

箸《はし》を置き、肘《ひじ》をつき、両手を組んで額を押しつける。まるで苦悩するハムレットだ。

「なんか悩み事あんなら、俺、聞きますけど？」

佐分利はチラッと目だけをあげて、無量を見た。

「……そうやな。やっぱり見てもらった方がええなあ」

地元言葉になって、佐分利は言った。

「明日ひま？」

「はい。ひまっす」

佐分利はテーブルに手をついて、身を乗り出した。

「なら、うちに遊びに来んか」

＊

約束した通り、佐分利は無量を迎えに来た。

祝日で作業は休み。大型バイクの後ろにまたがって出発する。休日だけあって海沿いの国道は午前中から混んでいた。

佐分利の実家は隣の田辺市にある。田辺の市街地の先で国道を左に折れ、富田《とんだ》川に沿って山のほうへとぐんぐん走っていく。家は熊野古道の中辺路《なかへち》にある滝尻《たきじり》王子と呼ばれる神社の近くだという。

「……な……なにここ……」

無量が想像していた以上の家だった。

まるで豪農だ。

美しい白壁に囲まれた家は、ちょっとした大名屋敷のようだし、門構えもそのへんの寺より堂々としている。通用口から中に入っていくとよく手入れされた庭園まである。大きな瓦《かわら》屋根の母屋は重厚な造りで、建て構えもどっしりとしている。

「なるほど。〝ぼっちゃん〟って呼ばれるわけだ」

腰が引けている無量に佐分利が手招きした。

「こっちだよ。ムリョっち」

母屋もでかいが、その隣に立つ建物もすごかった。まるで禅寺の本堂だ。中からは、五体投地でもしているのか、ダンダンと強く床を打つような音が聞こえてくる。

「そっちは稽古場《けいこば》」

「稽古？　なんの？」

佐分利は答えず、母屋の玄関に「ただいま」と入っていく。奥の方から出迎えたのは、家族ではなく年配の家政婦だった。

「ぼっちゃま、おかえりなさいませ」

「まりえさん。例のもの用意しといてくれた？」

「はい。……ですが、旦那《だんな》様のお許しはまだ」

「ないしょにしといて。親父はいま稽古場やね」

オロオロしている家政婦を横目に、佐分利は無量を奥にいざなった。

古い屋敷は座敷がいくつもあって鴨居に表彰状がずらりと並んでいる。庭に面した廊下を一番奥まで歩いた。

連れてこられたのは「仏間」だ。

ただの仏間ではない。中央に大きな仏壇があり、両脇にはたくさんの黒い位牌《いはい》がひしめいている。黒塗りというより長年にわたって線香の煤《すす》を受けてきたせいだろう。それにしてもすごい数だ。三段の棚に並べられていて、まるで集合写真だ。

仏壇の中を覗《のぞ》き込むと真っ黒になった古い仏像が三体もいる。中央に立つのは、阿弥陀如来《にょらい》か。両脇は、観音菩薩《ぼさつ》と薬瓶をもつ薬師《やくし》如来のようだ。なんだか不思議な組み合わせだ、と無量は思った。

位牌段の一角にやけに真新しい白木の位牌がひとつ。たくさんの花と供物に埋もれている。遺影もある。佐分利とよく似た面立ちの若い男性が微笑んでいる。

「兄貴だよ」

無量の目線に気づいて、佐分利が言った。

「先月亡くなった。ガンを患っててね。まだ子供も小さいんに」

「それは……。なんていうか、その、ご愁傷様でした」

——家業を継ぐためだったらしいよ……。

佐分利が役者をやめて地元に帰ってきたのは、跡継ぎが亡くなったためだった。線香をあげさせてもらい、掌《て》を合わせた。

佐分利は大きな木箱をふたつ運び込んできた。

「家のもんに知られるとまずいんでこんな場所ですまんが、ムリョっちに見てもらいたいのは、この中身でね」

佐分利は真新しい軍手をはめ、ずいぶん年季の入った木箱の蓋《ふた》をあけた。中から両手で抱えるように取りだしたのは、古い人形だ。

黒い束帯装束の男性を模した日本人形だ。

両手で笏《しゃく》を持ち、腰には大きな刀をさしている。立派な冠をかぶっている。

「これは……おだいり様？」

雛人形《ひなにんぎょう》の男雛《おびな》のようだった。

「うちに伝わる内裏雛《だいりびな》だ」

正確には男女一対で「おだいりさま」と呼ぶのが正しいのだという。

「かなり古いっすね」

市販されている雛人形とは明らかにちがう。面長で、目鼻が顔の中心に集まっている。

繊細で淡泊なこけし人形に似ている。髪と冠は頭《かしら》にじかに墨で描かれていて、光沢のある白い肌には細かいひびが入っていた。坐《すわ》っているが全体に縦長で、だいぶデフォルメされた姿だ。劣化して全体に色褪《いろあ》せているが、古いながらも上質な錦糸《きんし》で織られた繻子《しゅす》地《じ》の衣をまとっている。

「〝道成寺雛《どうじょうじびな》〟と呼ばれてる」

「道成寺……？ っていうことは」

「そう。安珍《あんちん》と清姫《きよひめ》の。この男雛は〝安珍雛《あんちんびな》〟と呼ばれてる」

無量は驚いてまじまじと覗き込んでしまった。道成寺の安珍は僧侶《そうりょ》のはずだが、この男雛には髪もあり、衣冠束帯姿で僧侶の面影はない。

「なら、女雛《めびな》のほうは？ 清姫のほうは？」

「〝清姫雛《きよひめびな》〟は、……こちらだ」

もうひとつの桐箱から取りだされた女雛を見て、無量は息を呑《の》んだ。

「……あたまが……っ」

ない。

首から上がない。体しかない。肝心な「頭《かしら》」の部分がないのだ。

「……俺が物心ついた時からこうだった。首がないまま伝わってきた雛人形なんよ」

「首がない雛人形……」

無量はぞっとした。

なんでこのままなのか。頭を作ってやらないのか、と問うと、

「この清姫雛《きよひめびな》は、頭《かしら》を作ることを先祖代々禁じられている」

「禁じてる？　なんで」

「わからん。頭《かしら》のないまま飾るのがしきたりだ」

無量は耳を疑った。このまま飾るのか？　雛人形は桃の節句に飾るめでたいもののはずだ。いくらなんでもかわいそうではないか。

「さすがに痛々しいから幕をおろして隠してしまう。〝陰飾《かげかざ》り〟といって、表に出せないからこの一組の雛人形は〝陰雛《かげびな》〟と呼ばれてる。表と裏に一組ずつ飾るのが、うちのひな祭りなんだ」

男雛とお揃いの繻子《しゅす》地《じ》錦糸の装束は、同じくらいに経年劣化している。薄い座布団を重ねたような袖口《そでぐち》と裾《すそ》はデフォルメが利いていて、たっぷり綿をいれた袴《はかま》はでーんとした印象だ。座っているが腕を広げ、不思議なポーズだ。現代の雛人形のようなリアルさはなく、雛人形というより神像か何かに見えてしまう。

「……この〝安珍雛〟の顔を見て、なんか思い出さんか？　ムリョっち」

凝視していた無量の顔が険しくなっていく。

似てる、と呟《つぶや》いた。

「経筒に入ってた、あの人形に……」

そっくりだ。目の玉眼、眉の描き方や口の形や……全体の雰囲気が。

肌の色は、これよりだいぶ黒ずんではいたが。

「まさか」

「そう。それがムリョっちをここに呼んだ理由や」

言わんとするところを読み取って、無量は絶句した。

「あの経筒から出た頭《かしら》は、この女雛の——〝清姫雛〟の頭《かしら》だって言うんすか」

佐分利はうなずいた。

しばらく言葉が出てこなかった。

「……でもアレおひな様には見えなかったっすよ。おひな様の髪って、こう、横におっきくてまるっこくなかったっすか」

現代の雛人形に見る、横に広く丸い髪型は「おすべらかし」という。女性皇族が儀式でみせる髪型だ。

「おすべらかしは江戸時代にできた髪型で、昔は髪をふくらませず、まっすぐおろしたんだと」

垂れ髪と言って、今もそういうタイプの雛人形はある。

佐分利はもうひとつ箱を持ってきた。

「こっちはうちの〝表〟に飾る紀州雛」

佐分利が見せたのは、雪だるまのような形をした木彫りの漆塗人形だ。和歌山県の民芸品でもある。

「陰飾りの内裏雛を写したものだと伝わっとる」

確かに装束の文様もそっくりだ。女雛の垂れ髪は、経筒の頭とよく似ている。

「……写したってことは、もともとは女雛にも首があったってことすか」

「そういうことやろな」

それが何らかの理由であの経筒に入れられたというのか。

「どうだ？　ムリョっち」

答えを迫られて無量は困った。

「……似てる、としか言えないっす。この人形がいつ作られたのかはわからないけど、まず経塚の時期と合うかどうか。あの埋納坑の立ち上がりがいつの土層か。他の共伴遺物（同じ場所同じ時期に埋まった遺物）や別の調査区から出た遺物の年代も比べてみないと」

「あの経筒からはわからんのか？」

「施主と紀年銘が刻まれてる可能性はあるっすね。……写真撮ってもいいすか」

床に突っ伏して「道成寺雛」をいろんな角度から接写した。

そこへ先ほどの家政婦が飛び込んできた。

「旦那《だんな》様のお稽古《けいこ》が終わりましたよ」

まずい、と佐分利は言い、慌てて人形を片付け始めた。三人がかりでなんとか痕跡《こんせき》を消したところに、父親が入ってきた。

五十代くらいの涼しい目をした男だった。息子よりも小柄だが、顔立ちはよく似ている。着流しの和装に足袋《たび》を穿《は》き、白髪交じりの髪を後ろになでつけ、襟元もぴしりと詰まっていて乱れがなく、佐分利にも増して腰の据わった立ち姿が美しい。

その後ろからついてきたのは、やや若いメガネをかけた男性と七十代くらいの白髪の老人だ。身内なのかなんなのか、無量にはわからなかったが、どちらもやはり隙のない和装だった。

佐分利は無量を「東京の友人」と紹介し、ＧＷの旅行がてら、兄の弔いに来てくれたのだと説明した。

「それはまた遠方から。痛み入ります」

父親に頭を下げられて、無量も慌ててお辞儀した。

だが打ち解けた会話もなく、無量に関心を示すでもなく、息子に向き直り、

「朝の稽古になぜ出んかった。亮平《りょうへい》。仕事のない日は必ず出る言うたやろ」

「すみません。西原くんを空港まで迎えにいっとったんで」

「明日《あした》はさぼるな。ええな」

父親は連れの者たちとともに仏間に入っていき、無量たちは客間に移動した。

座卓をはさんで落ち着くと、家政婦の万里江《まりえ》が茶菓子を用意してくれていた。

「おっかないお父さんすね……」

無量がおずおずと言うと、佐分利は麦茶を一気に飲み干した。

「父いうより師匠やからな」

「なんの稽古してるんすか。剣道とか？」

あら、という顔をしたのは万里江のほうだ。

「知らんかったんですか？　佐分利家は、能の〝発心《ほっしん》流〟宗家なんですよ」

無量は耳を疑った。

「能の……宗家！　佐分利さんちが？」

父親の名は、佐分利清彦《きよひこ》。発心流の第十四世宗主。

能楽の流派は、茶道や華道とは少しちがう。能楽には「シテ方・ワキ方・狂言方・囃《はや》子《し》方《かた》」といった役回りがあり、それぞれに流派がある。主役格であるシテ方五流は、観《かん》世《ぜ》流・宝生《ほうしよう》流・金春《こんぱる》流・金剛《こんごう》流・喜多《きた》流とあるが、そのどれにも属さない。

もともとは地元の滝尻王子で奉納する「里神楽《さとかぐら》」から発しているところから「滝尻能」とも呼ばれている。

地域限定で伝わる民俗芸能だ。

「そんなたいそうなもんやない」

佐分利は自嘲《じちよう》するように言った。

「地元でちょっと名が知られとるだけの田舎猿楽や。せいぜい地元の祭りやイベントに呼ばれて披露するだけの」

地権者の俵田夫妻は後援会の一員だった。だから「ぼっちゃま」だったのだ。

「もしかして家業を継ぐっていうのも」

「本当は、兄が継ぐはずやった」

佐分利は暗い面持ちになった。

「発心《ほっしん》流だけでなく、佐分利の家も土地も。……全部兄貴に押しつけて、俺は気楽に役者を続けてくはずやったんだけどな」

発心流の能楽一家だったことは俳優時代のプロフィールにも載せていない。インタビューで生い立ちに触れた時に「地元に伝わる民俗芸能を教えられた」とは語ったが、それが能楽だったことはかたくなに言わなかった。

幼い頃から兄とともに芸を叩《たた》き込まれてきた。能舞台にも幾度となく立った。

大学進学で地元を離れてからは、すっかり縁遠くなっていたが。

「……俺みたいなポンコツに、今更、宗家を継げ、なんて言われてもなあ」

途方にくれている。

「なんで死んじゃったんだか……。ほんとうに」

旅立った兄に想いを馳《は》せるように、縁側へと差し込む陽光を眺めている。

柱時計がぼーんと鳴った。

*

亡くなった兄の名は、佐分利晃平《こうへい》といった。五歳年上だった。発心流ではシテ方・ワキ方・狂言方・囃子方をすべて担う。昔は滝尻王子の氏子たちがそれぞれを担ってきたが、氏子が減って佐分利家が統括するようになった。

五流ではもう絶えてしまった演目や「滝尻能」にしかないオリジナルの演目もあり、貴重な古式能として国の無形文化財にも指定されているという。

佐分利と無量は、家からほど近い滝尻王子にやってきた。

富田《とんだ》川と石船《いしぶり》川の合流地点にある。

深い山に囲まれた谷間の要衝だ。熊野古道にある九十九王子の中でも格が高い「五躰《ごたい》王子」のひとつで、昔は多くの伽藍《がらん》を誇り、宿泊施設も備えた大社だったが、中辺路が潮見《しおみ》峠を越えるルートに変わって、さびれてしまった。いまは鬱蒼《うっそう》とした山林を背に、ささやかな社《やしろ》が建つのみだ。参道の両脇には「滝尻王子宮十郷《とうごう》神社」と記された幟《のぼり》がはためいている。

上皇の熊野御幸の際は、経供養をしたり、歌会を開いたりして賑《にぎ》やかだったという。

いまは中辺路歩きのスタート地点になっていてハイカーも多い。昔も今も、熊野という神域の入口だ。

柏手《かしわで》を打つ佐分利の仕草には、能楽師特有の作法が染みこんでいる。

拝礼ひとつにも格式の高さを感じて、無量は思わず見入ってしまった。

「兄貴は、父や祖父も認めた能楽師でね。何十年かに一度の天才ってもてはやされて、地元だけでなく大阪や東京からも声がかかってた。五流と並んで国立劇場の舞台に立ったこともある。業界でも一目おかれてた」

「でも佐分利さんだって」

「……俺は完全に落ちこぼれ。筋が悪かった」

佐分利は肩をすくめてみせた。

「じゃあ、地権者さんが言ってた『道成寺』ってのは……」

「そ。うちで奉納した能の話。俺が十六の時、初めてシテを演じた」

ちょっと待て、と無量は思った。

無量ですら知っているような有名な演目でシテを演じられる人間のどこが「落ちこぼれ」なのか。

「うちの流派は特別で、昔で言う元服の代わりに『道成寺』を舞わされんの。実をいうと、この近くには清姫の墓があって」

「まじすか」

「清姫はこのあたりに住んどったらしい。〝真砂《まなご》の庄司《しょうじ》の娘〟と伝わってて、その真砂って集落がこの先にある。こっから安珍おっかけて道成寺まで行ったの、ヤバない？　五十キロ以上あるんやで。マラソンより長いの。執念だよ執念」

佐分利家では清姫の供養のために『道成寺』を年に一度、奉納上演するのだという。

「それでお雛様《ひなさま》も〝道成寺雛〟なんすね……」

しかし、鐘の中で焼け死んだ安珍と、その安珍を大蛇になって焼き殺した清姫を、よりにもよって雛人形にしてしまうとは。

「清姫の供養ということやろな。せめて雛人形で想いを遂げさせてあげよ、いう。清姫の首がないのは、……殺された安珍の魂が怖がらないよう気ぃ遣《つこ》うたんやって言うひともいてたな」

清姫の吐いた炎を受け、鐘の中で焼き殺された安珍だ。

自分を殺した清姫と一対の雛人形になるなど、安珍にはとんでもないことだろうが。

「だが清姫のほうは、安珍と夫婦《めおと》になれて喜んでるはずや。清姫の地元だから清姫びいきなんよ。ふたりの気持ちに配慮した結果があああいう形に」

「……苦肉の策ってことすね」

「能の『道成寺』は前シテが白拍子で、後シテが蛇体なんや。安珍と清姫のいた時代よりずっと後。道成寺で鐘供養をしてるとこに白拍子が来て『鐘を拝ませて欲しい』という」

女人禁制だったが、舞を見せるなら応じてもいいと許可したところ、白拍子は烏帽子《えぼし》をつけて舞い始める。やがて気が昂《たか》ぶってきた白拍子は「思へば、この鐘うらめしや」と言うと、鐘を落として中に閉じこもってしまう。

「鐘の中で早替えをして蛇体に変身するんだが、鐘が落ちる前に清姫の妄執をこめて舞う。愛した男への愛憎を足拍子にこめる。相手を焼き殺してしまった悲しみも恋い焦がれる気持ちも。受け容《い》れてもらえんかった悔しさも憎しみも、狂おしいくらい……」

佐分利の言葉が、途切れた。

虚《うつ》ろに宙へと向けられた目は、まばたきもしていない。なにかに耳を澄ませている。

そのうち、足のつま先がゆっくりと持ち上がり、タン、と地面を打つ。

次第に腰が落ちていき、体の中心に力をため込んでいく。腰から下をにじるように動かし、またつま先で地面を打つ。

無量は思わず、後ずさった。

佐分利の体に突然、なにかが降りてきた。そんな感じだった。

おそらく耳の奥で小鼓の音が聞こえているのだ。顔つきが変わっている。心の底で苦《く》悶《もん》を押し殺しているようななんとも言えぬ顔になり、ずいぶん長く静止したかと思うと、また恐ろしいほどゆっくりとつま先をあげて、打つ。踏むというより「打つ」。体中の力を圧縮したような動きだ。獲物を狙う蛇のようですらある。

いつのまにか無量はその緊迫した空気に吞《の》まれてしまっている。

タン。

ひとつ踏むごとに佐分利の体の奥から湿った何かが滲《にじ》み出てくる。暗闇の中で黒い土を押し上げて地下から盛り上がる分解不能の粘性高い灼熱《しゃくねつ》が、表面張力ぎりぎりで留《とど》まっている。だが決して爆発はさせない。押さえ込んで押さえ込んで、だがもし一滴でも溢《あふ》れたら、愛憎と妄執が奔流となって暴れだし、制御不能になって恐ろしい惨劇を引き起こしてしまう。

佐分利がさらにつま先をあげた。

無量はゾッとした。

「さ……佐分利さん！」

場の空気が弾《はじ》けて、佐分利が我に返った。しばし「あれ？」という顔をして、

「……あ、すまん。入り込んでしもた。あん時はちょっと大変やったから、つい」

あのままもう一歩でも足拍子を打ったなら、たちまちこの世ならぬものに変化してしまいそうだった、とは無量も言えなかった。佐分利という役者の中には何かただならぬものが棲《す》んでいる。それを役への没入と呼ぶなら、あまりに唐突で、深すぎる。

無量の動揺には気づきもせず、いつもの佐分利に戻っている。

「まあ、そんなわけで『道成寺』には思い入れがあるんや。……ああ、学芸会の話も嘘やないよ。あのハプニングは実話」

「攻めてる小学校っすね」

「いたいけな子供にやらせる演目やないな。でも俺にとっては学芸会の『道成寺』のほうがなんぼも楽しかった。俺の台詞《せりふ》は『安珍様、この鐘の中にお隠れください』だけやったけど」

能よりもストレートプレイの自由さに魅力を感じた佐分利は、実家に反発するように能楽師を捨て舞台俳優の道を選んだ。

「親父は大して怒りもせえやんかった。俺みたいな反抗的で出来の悪いやつには、はなから期待してやんかったやろうし。なにより優秀で努力家な兄貴もいてたし」

「……」

「そういや俺の『道成寺』にも親父はなーんも言わんかったなあ。さぞかしガッカリしたんやろな」

ふたりは茶屋で一服することにした。

新緑溢れる山あいを流れる川は、せせらぎの音さえすがすがしい。

ハイカーたちが続々とやってくる。鳥のさえずりを聞きながら、少しひんやりとした川風に吹かれて旨《うま》いコーヒーを飲んだ。

「兄貴が余命宣告を受けて、取り乱したのは兄貴より親父のほうだったらしい。兄貴が逝《い》った後は、傍目《はため》にもヤバイくらい塞《ふさ》ぎ込んでたそうや。見てられんよって言うて、おふくろが俺を呼び戻した」

兄には娘がいたが、まだ幼い。しかも代々後継は男子と決まっていた。

父は内々に亮平を跡継ぎに決めたらしい。

「……でもわかるんよ。親父は俺のことをこれっぽっちも見てない」

稽古《けいこ》をすれば、瞼《まぶた》に焼き付いた兄・晃平の舞いに、目の前の亮平が重ならないのが不満なのだろう。たびたび癇癪《かんしゃく》を起こして最後には溜息《ためいき》をつく。晃平という正解像に亮平ではたどり着けないことを思い知らされるのだろう。

兄が亡くなった後も、父が見ているのは兄だけだ。

亮平の芸を認めないどころか、兄と比べては失望し、代わりとなれない者に継がせるしかないことに落胆して、次第にあきらめの境地に至りつつある。

佐分利が稽古場に赴かなくなったのは「透けて見える本音」にうんざりしてしまったからだった。

「跡取りは男子じゃないと駄目な時代でもない。俺が駄目なら姪《めい》っ子が大きくなるのを待って継がせりゃいい。それも駄目なら弟子の誰かに……富樫《とがし》にでも」

「とがし、というのは？」

「さっき親父と一緒にいてたやろ。メガネかけたほう。一番弟子や。親父に信頼されちゃあて、真面目で優秀で兄貴に似ちゃある。俺なんかよりよっぽどふさわしい」

「もうひとりいた白髪のおじいさんは？」

「あれは大叔父《おおおじ》の雄彦《たけひこ》師匠。発心《ほっしん》流の重鎮。……親父だけやなく、他の連中も俺のことはよく思ってない。空気でわかるの。なにしに帰ってきた、おまえは跡継ぎにふさわしくないって、みーんな思ってる」

おどけるが、内心は身の置き所のなさを味わっているに違いない。

「それもこれも親父がその気もないのに俺に押しつけるせいや」

「ひどいっすね。ほんとむかつきますよね。父親ってやつは身勝手で」

「わかってくれるか」

「わかるっす。……俺のもたいがい毒親なんで」

実父・藤枝幸允《ふじえだゆきのぶ》を思い浮かべている。

祖父が起こした捏造《ねつぞう》事件で家族を守らず、保身のために逃げた男だ。家族を顧みない野心家で独善的な父親に自分たちは捨てられた。そういう恨みがある。

「俺のやることなすこと見下してるんすよ。言うに事欠いて、俺が発掘屋やってること『トリュフ嗅ぎ回る豚と一緒』だって。信じらんないでしょ？」

「そりゃひどい。俺も駄目だしでさんざん暴言吐かれてきたが、豚はヤバイ」

「いつか俺の発掘であいつの鼻明かしてやるって思ってるんす。……佐分利さんとこは、お兄さんといちいち比べられんのも腹立つけど、なんの期待もしてないくせに、こっちの気持ちも聞かないで、向こうの都合で一方的に将来決められるなんて地獄っすよ。ほんとは役者やってたかったんでしょ？」

「わかってくれるか、ムリョっちぃ」

「なんでさっき嘘ついたんすか」

発掘現場の同僚なのに隠したのが気になっていた。

「経筒から人形の頭《かしら》が出てきたこと、お父さんには言わなくていいんすか？」

「……女雛《めびな》の頭《かしら》のことは、うちでは触れたらあかんねん」

――なんでないの？

子供の頃、無邪気に尋ねたことがある。その時の父親の顔が忘れられない。

あからさまに表情が引きつったのを見て、自分が何か言ってはいけないことを口にしたのだと気がついた。触れてはいけないことだったと。

「家ではタブーだったが、祖父の葬式の精進落としで、酔っ払った親戚《しんせき》からこっそり耳打ちされたことがある。佐分利の雛人形に首がないのは安珍に気をつこうたからやと」

安珍は今も清姫が怖いのだ。だから、ないほうがいいのだ。と子供なりになんとなく納得した。

だが、その数年後のこと。

「十五になって『道成寺』のシテをやると決まった時だった。ばあちゃんが俺を陰雛《かげびな》様の前に呼び出して教えてくれたんや。……『清姫様に首がないのは、安珍さんを怖がらせないためやない。清姫様は悪い月の呪いから皆を守るためにお首を差し出したんやで。そやよってに大事にせなあかん』て」

「悪い月の呪い……？」

その祖母も亡くなった。

以後、誰も語らない。語ってはならないのか、そもそも知らないのか。

「佐分利家の謎でタブーだ。例の経筒のことも親には言えん」

「なるほど」

だが、発掘で出た「頭《かしら》」が確かに佐分利家のもので、祖母の言った話を解釈するなら、呪いから皆を守るために差し出したものが、あの経筒の中にあったことになる。

「俺はどうしても確かめたい。力になってくれないか。ムリョっち」

無量も、あの「頭」の正体は知りたい。

これも乗りかかった船だ。

「わかりました。いっしょに調べましょ。あの頭のこと」

*

近くにも経塚があると聞き、熊野古道を少しだけ歩くことにした。

山中を歩き始めるといきなり急勾配《きゅうこうばい》が待っている。崖のような斜面をはりつくようにしてあがる。古い石段は大きさもまちまちで決して足場が良いとは言えない。まるで登山道だ。その険しさは、九百年前の人間が「手のひらを立てたような急坂」と書き残していた。

どれだけの人々が往き来したのだろう。

彼らも皆、この急坂で自分たちのように息があがっただろうと思うと、絵巻でしか見たことのない平安貴族たちが急に身近に感じられる。

杉木立から差し込む光も神々しい。

胎内くぐりの岩を過ぎ、急坂をのぼりきると尾根筋に出た。

剣《つるぎ》ノ山《やま》の経塚跡にやってきた。

いまは石積みが残るだけだ。中身は盗掘されて、経筒を入れていたらしい常滑《とこなめ》焼の容器だけが残され、今はふもとのガイダンス施設に展示してある。

「このあたりは熊野の入口だからな。この道の終点には、熊野本宮《ほんぐう》大社がある」

参拝者が目指した、聖地だ。

熊野本宮大社、熊野速玉《はやたま》大社、熊野那智《なち》大社。

熊野三山だ。

いわば、ここは聖域の門なのだ。

「けど不思議っすね……」

無量はしゃがみこんで石積みを観察し、

「理由が何にせよ、経塚に雛人形の頭《かしら》を埋めなきゃならなかったんなら、この近くでもよかったのに。堺遺跡の発掘現場は、遠いとは言わないけど、近くもないすよ」

あちらの経塚は海沿いの紀伊路にあり、同じ熊野古道でもゾーンがちがう。

なぜ、わざわざあんなに離れたところに埋めたのか。

「見当もつかん。別にあのへんに親戚がいるとかでもないし。あるとすれば、現場近くの海岸に〝清姫の袖摺《そですり》岩〟があることくらいかな」

安珍を追いかけている途中で袖を摺ったという言い伝えがある。

「それと関係あるかはわからんが、うちの集落には元々、陰雛《かげびな》の風習があるんや」

「陰雛の風習？」

「若くして死んだ未婚者に似せて雛人形を作り、ひな祭りで婚儀をあげさせる。一種の供養やな」

死後婚というやつだ。供養絵額の風習と似ている。

未婚で死んだ若者が婚儀をあげる場面を絵額にして寺に奉納するというものだ。

「もともとは人柱になった若い女を供養したのが最初らしい。熊野川の洪水を止めるために川の神に捧《ささ》げられた。ばあちゃんの言葉もそのへんからきてるようだが……」

佐分利は尾根道の先を見やった。

「もうひとつ案内したいものがある。この先や」

さらに歩き続けると、その先の眺望が素晴らしかった。

急に視界が開け、はるか眼下に谷間の里が見下ろせる。山裾《やますそ》を縫うように川が流れ、その向こうには遠くまで幾重にも折り重なる山々が望めた。

白い雲がぽっかり浮かんでいる。熊野の山深さが実感できる。

太陽がまぶしく風が心地好《よ》い。

「いい眺めっすねー」

「……子供の頃、ここから兄貴と三体月《さんたいづき》を見た」

無量はいぶかしげな顔をした。……三体月？

「三つの月のこと。東から真っ赤な月が三つ昇ってきたんだ」

まさか、と笑い飛ばしかけたら、佐分利は「ほんまやで」と真顔で言った。

「この目で見た。赤い月が確かにあの山から三つ、あがってきた」

無量も笑みを消した。

ただならぬものを感じた。

「佐分利家では昔から〝三体月を見たもんは早死にする〟って言われてる」

あの日、月が浮かんでいたあたりを見つめ、

「親父の姉も三体月を見て早死にしてた。怖くなって兄貴と慌てて逃げ帰った」

怖くて怖くて誰にも言えなかった。

以来、今日この日まで、三体月を目撃したことは兄弟だけの秘密だった。

「その兄貴も早死にしてしまった」

「か……かんけいないっすよ。そんなのただの迷信……」

「兄貴の次は俺かもしれん」

佐分利の顔は硬くこわばっている。

急に冷たい風が吹いて、首筋を舐《な》めていった。

「……熊野には、旧暦の十一月二十三日に皆で念仏を唱えながら三体月を待つ風習がある。本来、縁起のええもんなんや。なのに、うちだけはその日は雨戸も固く閉めきって、家に閉じこもって一晩中念仏を唱えた。三体月を見たら家が絶えるよってに、て言うて」

なぜ、佐分利家にだけそう伝わったのかはわからない。

「三体月の呪いや。あの経塚から頭《かしら》が出てきたのは、その予兆ちゃうかな」

無量はぞわっとしてしまった。

——清姫様は悪い月の呪いから皆を守るためにお首を差し出したんやで。

この世には「出土させてはいけないもの」がある。

発掘をしているとまれに昔の人が呪詛《じゅそ》に用いたと思われる遺物が出土することもあるが、無量はそのこと自体に不吉を感じたことはない。

呪われた遺物などと言われても、普段なら馬耳東風の無量だが、この熊野古道の上に立っていると、足元が揺らぐ。古《いにしえ》の人々の足が千年以上かけて踏み固めてきた巡礼の道だ。土の深いところまで染みこんだ膨大な情念に搦《から》めとられそうになって、なんだか体が動けなくなる。

背後で立ち上がる暗い気配にしがみつかれそうで、無量は恐ろしくなった。

古の旅人が目指した熊野の方角から、三体月は昇ってきたという。

——熊野は……死者の国。

そこには一体なにがあるのか。

＊

佐分利も無量を怖がらせたのを申し訳なく思ったのか、それからはもう楽しい話ししなかった。バイクで白浜までツーリングをして日帰り温泉を楽しみ、千畳敷《せんじょうじき》で磯遊びをして休日を満喫しきった。

　その夜のことだ。忍から電話がかかってきたのは。

「ええっ！　和歌山に来んの？」

　無量は思わず布団から起き上がってしまった。

「何しに？」

『何しにって、カメケンのCMを撮るために決まってるじゃないか』

　忍だけではない。萌絵までついてくるという。

『GW中の平日はどうせ仕事にならないからって事務所が休みになったんだよ』

「ああ……。それ亀石サンが休みたいだけだよね」

『おまえをCMに出すのは気が進まなかったけど、所長が譲らなくてさ。仕方ないから、無量出すのはワンカットだけって条件を吞《の》ませて承諾した』

「芸能人かよ……」

『で、明日さっそく行くことにしたよ』

　と言いつつ、忍の声は心なしか弾んでいる。最近、日帰り温泉巡りという新たな趣味を持ち始めた忍だ。

　とはいえ、無量も知恵を借りたいところだったから忍に来てもらえるのはありがたい。

『経筒から人形の頭《かしら》が出土した？』

　例の人形と佐分利家の「陰雛《かげびな》」のことを、無量はあらかた忍に話した。

忍はさっそく食いついてきた。

『それは興味深いな。どういうことだろう。そういう風習が地域にあったのか？』

「陰雛の風習自体はあったようだけど、人形の頭を埋めるのは聞いたことないって」

『なるほど。能楽師の家に首のない雛人形。しかも安珍と清姫か。……ミステリーだな』

佐分利家の道成寺雛は、忍の好奇心に火を付けてしまったようだ。

『それにしても呪いを引き受ける人形か……。確か、雛人形はそもそも子供につく厄を代わりに引き受けてくれるっていう謂《い》われがあったような』

「おひな様ってそういうものだったの？」

『雛流しという風習がある。厄を人形にうつして、その人形を海や川に流すというものだ。もともと人形は神事の形代《かたしろ》から生まれたともいうし、呪いを引き受けるというのは決してありえなくはないな』

「三体月《さんたいづき》のほうは？　佐分利さんはそれがおばあさんの言ってた〝悪い月〟で、見ると早死にするって思い込んでたけど」

『三体月という現象そのものは、寒い日の氷晶なんかが見せる〝幻日《げんじつ》〟と同じような原理で説明できたはず』

「ほんとにある自然現象だったんだ」

『確か、本宮大社の由来と関わってなかったかな』

蘊蓄《うんちく》を語り尽くしたいのは山々のようだったが、明朝の出発が早い。忍は『続きは明日』と手短に話を切り上げた。

『そっちに着いたら直接現場に顔を出すよ。佐分利さんから詳しい話も聞きたいし』

「まじ助かるわ。忍ちゃん大好き」

『おまえのためだよ。あまり変なことに首つっこんで仕事を疎《おろそ》かにされても困るしね』

無量はドキリとした。

副業調査のことを忍に見抜かれているのかと思ったのだ。

「はは。してないしてない」

『ならいいけど。じゃ、着いたら連絡する』

「あ、忍……」

『なに？』

「あ、うん……。えーと、寝坊すんなよ」

『おまえじゃないよ。また明日』

通話はそこで終わった。

無量はうなだれた。

「……こりゃバレるな」

こういう煮え切らない言動をするから忍に悟られるのだ。忍は勘がいい。隠れて探るのがやましいなら、こそこそせず堂々と忍を問いただせばいいのだ。

——全部話してよ。

どんなに親しい間柄でも隠しておきたいことはある。

過去も秘密もあけすけに晒《さら》して「さあ受け容《い》れろ」と相手に強いるのは、甘えであって愛情ではない。そんなものは自分が楽になりたいだけ、荷物を降ろしてしまいたいだけだ。……と忍ならきっと考える。

やましいから打ち明けないのではなく、無量を想ってくれるから言えずにいるのかもしれず。

問題なのは「おまえを信じてる」と言える自分なのかどうかで……なんて言うと、萌絵からは「まるで彼女の二股《ふたまた》疑惑を問いただせない弱腰な彼氏」と毒づかれそうだが。

スマホを消すと部屋は急に暗くなる。

無量は布団に横たわり、天井に右手をかざした。嗤《わら》う鬼の顔のようなヤケド痕《あと》が薄ぼんやりと闇に浮かぶ。

「……どうせわらうんなら、もっと福々しく笑えよ」

鬼はニヤついている。この先に起こることを知っているかのようだ。

胸騒ぎがする。忍ではなくて佐分利のことだ。

そして——恐れていた事態は起きてしまったのだ。

第三章　死を呼ぶ三体月

「佐分利《さぶり》さんが事故ったって……！　それマジすか！」

報《しら》せが飛び込んできたのは、作業中のことだった。

始業時間になっても佐分利が姿を見せず、連絡もつかず、みんなで心配していたところに実家から連絡が入った。

通勤中にバイクで事故を起こしたという。

単独事故だったようだが、病院に運ばれ、検査と治療を受けているところだと言う。

「それで容態は？」

「まだようわからんようや。命に関わる怪我でないといいが……」

現場が浮き足立っているところへ、忍《しのぶ》と萌絵《もえ》が現れた。やけに早いと思ったら、朝イチの飛行機でやってきたという。

「ええっ！　サブリンが事故……!?」

元人気俳優との対面に備えてか、妙にこぎれいな格好で現れた萌絵は、事故の知らせにうろたえた。容態や怪我の程度もまだわからず、仲間も作業が手につかない。

――三体月を見たもんは早死にする。

――次は俺かもしれん……。

佐分利の言葉が無量《むりょう》の耳にこびりついていて胸騒ぎに拍車をかける。

「俺……ちょっと病院まで様子見に行ってきます。どこの病院すか」

吉岡《よしおか》からも「様子を見てこい」と言われ、忍の運転するレンタカーに飛び乗った。

佐分利が運び込まれたのは田辺市内の病院だ。向かう間も動揺する無量を萌絵が必死に落ち着かせていた。幸い集中治療室ではなく一般病棟にいるという。

病室に駆けつけると、佐分利は左腕を吊《つ》ってベッドの上にいた。意識はあり、無量に気づくと情けなさそうに手を挙げた。

「よ。ムリョっち」

無量は安堵《あんど》のあまり座り込みそうになった。

「よかった……。てっきり意識不明の重体とかになってるんじゃって」

「すまん。心配かけて」

左腕の骨折と数カ所の打撲はあるが、幸い意識はしっかりしている。頭はヘルメットで守られていたが、倒れた時に路面に打ち付けていたので、様子見のため入院することになったが、異状がなければ明日にも帰宅できるという。

「いったいどうしたんすか。事故るなんて、らしくない」

「はは。安全運転が信条のこの俺としたことが」

後ろにいる忍と萌絵に気づいて「どなた？」と目で訊《たず》ねる。無量が紹介すると、ああ、と大きな目を見開いた。

「もしかして噂のカメケンのおふたり？　そっちがカンフーマスターの」

萌絵は直立不動になった。

「ご、ご紹介にあずかりました亀石発掘派遣事務所の永倉《ながくら》萌絵です！　剣ステ観に行きました！　大桃丸めちゃめちゃかっこよかったです！」

ファン丸出しの挨拶《あいさつ》で無量に肘《ひじ》でこづかれた。忍は行儀良く名刺を差し出し、

「カメケンの相良《さがら》です。命に関わる怪我でなくて本当によかったです」

「いきなりダサいとこ見られちゃったなあ。はじめまして佐分利です」

事故の状況を尋ねると、佐分利は頭をかきながら、

「……カーブで曲がり損ねてなあ。すっころんでバイクは塀にどかん」

「完全に自損だったんすね」

「うん。ブレーキの利きが少し甘くなってたようやなあ」

「えっ。もしかして昨日、俺のっけていっぱい走ったせいすか」

「ちゃうちゃう。そろそろ整備に出さなとは思ってたんだ」

安堵もあって和やかな空気になりかけていたところへ、佐分利の母・馨《かおる》が現れた。入院手続きを終えてきたところで、無量たちと丁重な挨拶をかわした。

「もうこの子ったらほんまにそそっかしいんやから。警察から報せがきた時は心臓が破

れるかと思たわ」

能の宗家の妻だというが、厳《いか》めしく神経質そうな父親とはちがい、おっとりとして優しそうなひとだ。

「母さん、すまん。俺はこのとおり大丈夫だからもう帰ってええよ」

「怪我で済んでほんまに……ほんまによかったわ……亮平《りょうへい》」

そうでなくても長男を亡くしたばかりだ。心中を察してあまりある。佐分利がすまなそうに頭《こうべ》を垂れると、今度は入口のほうから「亮平」と呼びかけられた。

誰かと振り返ると、父・佐分利清彦《きよひこ》が仁王立ちしている。

「親父……」

たった今、駆けつけたところらしい。見るからに怒り心頭に発している。一番弟子の富樫悠太《とがしゆうた》もついてきている。父はつかつかと息子のもとに近づいてくると、

「この馬鹿者が！」

一喝して、佐分利の頭をはたいた。無量たちが止める間もなかった。

「なにすんすか！　息子さん怪我してるんすよ」

「たるんどる証拠や！　佐分利の家にはもうおまえしかいてへんのやさかい、何事も気ぃつけなあかんて、あれほど言うてたやろ。そんなんやからおまえは！」

「……よう言うわ」

亮平はキッとまなじりをつりあげた。

「ほんまは俺なんかに継がせとうないくせに。俺が兄貴のかわりに死ねばよかったくらいに思ってんのやろ。それが親父の本音やろ！」

清彦がまた手をあげる。その手を横から摑《つか》んで止めたのは、忍だった。

「なんや、はなせ！」

「患者に手をあげるなら看護師さんを呼びますよ」

清彦はいまいましそうに忍の手を振り払い、息子を睨《にら》みつけていたが、やがてあきれ果てたように溜息《ためいき》をつくと、

「……二度とバイクには乗るな。バイトなんぞしてる暇あったら稽古《けいこ》せい。大口叩《たた》くんは宗家にふさわしい能役者になってからや」

いたわりの言葉ひとつかけず、ひとり病室から出ていってしまう。

部屋の空気は凍りついてしまっている。

一番弟子の富樫がその場をとりなすように声をかけてきた。

「お加減はいかがですか。宗主はいたく動揺しておられたので、ついきつい言い方をされてしまったのではと。それもみな、亮平様への……」

肩に触れかけた富樫の手を、亮平は強く払った。

「息子が怪我したってのに、あの言いぐさはないやろ……」

亮平は情けないのと悔しいのとで、わなわなと震えている。

「……俺はいったいなんなんや……」

無量たちは佐分利家の人々の胸中を気遣い、そっと病院をあとにした。

発掘現場に戻る車中で事情を知った萌絵は、ひどく亮平に同情した。

「……能楽の宗家、か。サブリンにはそんな事情があったんだね」

「サブリン言うなって」

「あ、佐分利さんね。……でも納得。あの腰が据わった殺陣《たて》も能楽の所作から来てたんだね。けど、かわいそう。事故にあって怪我もして本人が一番動揺してるだろうに」

父親がいくら厳しい能楽の師匠とは言え、あの仕打ちはいかがなものか。

無量も昨日さんざん亮平の胸の内を聞かされていただけに、複雑なものがある。

「……まあ、でも命に関わる怪我でなくてマジよかった。佐分利さんが前の日にあんなこと言うもんだから、こっちまでびびったわ……」

——三体月を見たもんは早死にする。

呪いだの予言だのは一切信じない無量だが、首のない古い雛人形《ひなにんぎょう》が強烈すぎた。

大量の位牌《いはい》が並んだ暗い仏間、まだ新しい兄の遺影、線香の煙、鬱蒼《うっそう》とした熊野古道、賽《さい》の河原を思わせる経塚の石積み……。古道に行き交う巡礼者の幻が、消すに消せない死者の気配となって無量の右手を震わせていた。

内心は不安だったのだ。

「ほんとうにただの事故だったのかな」

忍が追い打ちをかけるように不穏なことを言い出した。

「ど、どういう意味？」

「いや。そのままの意味」

「おまえまで呪いとか信じんの？」

「オカルト的な力が存在するかどうかはさておき、呪いってやつはかけること自体に意味がある」

　どういうこと？　と無量は首をかしげた。忍はハンドルをきりながら、

「他人の心に不安っていう圧をかけるのは、リアルに十分効果があるよ。末法思想だってそうだろ？　絶望感があれだけたくさんの人間を熊野詣に駆り立てた。呪いは人の心に負荷も掛けるし、行動も引き出す。現実的な行為だよ」

「佐分利さんが事故ったのは、その不安のせいだっていうんですか？　お兄さんが病気になったのも？」

「そこまではなんとも。ただ、良くない出来事を呪いと結びつけてしまった時に、不安で心が乱れることはありそうだ」

　助手席にいる無量が後ろにいる萌絵と顔を見合わせた。忍は「それに」と言い、

「呪いや予言という蓑《みの》をかぶって、悪さをしかけるやつもいる」

「誰かが事故を仕組んだとでも？」

　忍は曖昧《あいまい》な表情でセンターラインを見つめている。

「ブレーキの利きが甘くなってたって言ってた。昨日、無量と出かけたときからそう

だったのかな」

荷重量が増えればブレーキの利きも悪くなる。だが事故った時は一人だったのだ。

無量は神妙な顔になり、

「……誰かがブレーキをいじったとでも？　誰が？　なんのために」

「わからない。あくまでそんな可能性もなくはないって話だよ」

いくらなんでも勘ぐりすぎではないだろうか。無量はムキになり、

「だったらお兄さんの病気も誰かのせいだっての？」

「それはさすがに無理がある。ただお兄さんが亡くなったことがきっかけで、物事が動くことはあるかもしれない」

不穏な指摘に、萌絵はつい声をひそめて、

「サブリンが跡継ぎになるのを認めないひとがいるってことですか？」

「………。ただの偶然ならいいけどね」

車内の空気はすっかり重くなってしまった。

耐えられなくなったように、無量が乾いた笑いを漏らした。

「……も、もう忍ちゃんやめてよ。悪いクセだよ。すぐ事件のほうに話もってこうとすんの。それより人形の『頭《かしら》』のほうでしょ」

経筒の中から見つかった「頭《かしら》」が本当に佐分利家の女雛であるかどうか、だ。

「吉岡さんにはそのこと話したのか？」

「いや。発掘関係者にはまだ言わないでくれってサブリンが」

いつのまにか萌絵の呼び方が伝染《うつ》っている。

「つまり、調査員さんたちの手は借りずに調べろってことか」

そういうことなら忍と萌絵はうってつけだ。

「前に埼玉の博物館イベント手伝った時に知り合った岩槻《いわつき》の人形職人さんがいるんで、私、訊《き》いてみましょうか」

「岩槻って……埼玉の？」

「そう。雛人形の産地で有名な」

江戸時代から盛んで、今もたくさんの製作工房があるという。

佐分利家から失われた女雛の頭《かしら》と出土した人形の頭《かしら》。ふたつが同じものなのか、どうにかして確認する必要がある。

「まずは一旦《いったん》戻って出土品を見せてもらおう」

海沿いの国道を走る車に、一羽のかもめが並走するように飛んでいる。

大きな翼に潮風を受けて、ゆっくりと反転していった。

＊

吉岡調査員によると、経筒の中から見つかった人形の「頭《かしら》」は、遺物整理室に運ばれて、クリーニング中だという。

萌絵たちが「派遣員の作業記録に載せたいので参考までに拝見したい」と頼んだところ、許可をもらえた。

忍と萌絵は発掘会社の遺物整理室に向かい、無量は現場での作業に戻った。

佐分利家のことも踏まえて、まず確認しないといけないのは、あの経筒が埋められた年代をはっきりさせることだ。

土坑が立ち上がった（その穴ができた）土層はいつのものなのかは、同じ層から出てきた他の遺物の年代から推測できる。比べてみたところ、どうやら瓦片《かわらへん》と時期が同じだとわかってきた。さらに新たな発見があった。

「土坑が重複してる……？」

はい、と無量が頭のタオルをとりながら、吉岡に報告した。

「経筒が出た土坑に切られてる古い土坑があったみたいです」

切る、というのは発掘用語で、新しい遺構が古い遺構と部分的に重なっていることを示す言葉だ。

掘り進めてみたところ、今度は古い土坑の中からささやかな石室とも石枠とも言える遺構が出てきた。ただ遺物は見つからなかった。

「これは……古い経塚やないのか？」

吉岡の見立てだった。

「古い経塚を掘り返して新しい経塚を作ったように見えるな。その証拠に古いほうの土坑にはちゃんと石枠を作った形跡がある。サイズ的にも埋経のための石枠だろう」

「どういうことすか？」

無量が怪訝《けげん》な顔をすると、吉岡はうなずき、

「何かの理由で後世、新しい経塚を同じ場所に建立したってところか」

そこへ分析に出していた経筒のレントゲン結果が届いた。

筒身の表面に刻まれた文面が判明したという。

「十二世紀中頃……？」

電話を受けた吉岡は、ちょっと意表をつかれたようだった。

「紀年銘は〝康治《こうじ》二年正月廿六日〟……西暦一一四三年、ですか」

平安時代末期、末法思想が広がって多くの経塚が作られた頃のものだ。

願主の名は「金剛仏子　覚胤《かくいん》」。金剛仏子とはいわゆる密教僧のことだ。

願意は「現世安穏」「後生善処」「法界衆生平等利益」とあった。さらに製造した鋳物師の名まで記されていた。

「やっぱり平安時代の経筒だったんすね」

無量は考え込んだ。

だが中から出てきた人形の「頭《かしら》」は、それよりずっと新しい。

「もしかして、こういうことすかね」

無量は古い経塚とみられる土坑のそばにしゃがみこんで、覆土を指さしながら、

「古い経塚を誰かが掘り返して、経筒の中にあの人形の『頭《かしら》』を入れ、土に埋め戻して新しい経塚を立てた」

「わざわざ？」

「はい。あの人形が江戸時代のものなら、そういう流れっすよね」

「江戸時代の経塚……というと思い浮かぶのは一字一石経だが」

大量の小石に一文字ずつ経典の文字を記して地中に埋めたものだ。必ずしも一文字でなく、それ以上だったりもする。江戸時代前期に大いにはやった。

「ここのは昔の経塚を再利用したということかな？」

だとすれば、江戸時代の人形の「頭《かしら》」が入っていたこと自体には説明をつけられる。

「ってことは、あの軒丸瓦も江戸時代のものだったのかな」

幕末の古地図には寺院のようなものは記されていなかったが、単純に俵田の先祖の敷地だったなら、俵田家が建立したものかもしれない。

思い立った無量は、俵田夫妻に連絡をとるよう、吉岡に頼んだ。訊きたいことがあったのだ。

「俵田家の家紋はなんですか？」

七つ星紋。……と答えが返ってきた。

スマホで調べて軒丸瓦の紋と見比べてみる。全くちがう。かすりもしない。

「じゃあ、この紋はなんなんだろう」

——……クワ……。

不意に佐分利の一言が耳に蘇《よみがえ》った。

再度検索してみると「鍬形《くわがた》紋」という画像が出てきた。何種類か出てきたが、鍬というより刺股《さすまた》を図案化したもののようで、少し外に開いたU字形の図案をいくつか絡めたり、並べたりしてある。

「鍬の紋……。だとすると、これは一体」

なぜあの時、佐分利はほんの一部を見ただけで気づいたのか、気になった。

鍬形紋に何かあるのだろうか。

*

忍と萌絵が向かったのは、地元発掘会社の遺物整理室だった。

整理作業担当の主任・長谷《はせ》川《がわ》という女性が案内をしてくれた。

「だいぶ劣化が進んでいるようなので、慎重に取り扱っています」

アルミトレイに載せられて運ばれてきたのは、古い人形の「頭《かしら》」だった。

顔の表面は黒ずんで、紅もくすんでしまっている。かんむりは銀製なのだろうか。銀《ぎん》錆《さび》が出てすっかり黒くなっているが、小さなビーズ状のガラス玉を針金に通して、たわわに広げる技法などはとても精緻《せいち》だ。

　こけしを思わせる顔立ちで、萌絵たちが知る現代の雛人形《ひなにんぎょう》とはだいぶ趣が異なる。これが経筒に入っていたのかと思うと、少なからず面食らった。

「これはいつごろのものでしょうか」

「さあ、私も専門ではないので、いつどの時代とは断定できませんけど、よく似た雛人形なら見たことがあります」

「あるんですか。どちらで」

「淡嶋《あわしま》神社をご存知ですか？」

　忍と萌絵は「あわしま？」と訊き返して顔を見合わせた。

「和歌山市の加太《かだ》にある神社なんですけど、人形供養で有名な」

　学生時代を関西で過ごした忍は、記憶をたどって「ああ」とうなずいた。

「境内にたくさんの人形が置かれている神社ですよね。確か全国から古い人形がお祓《はら》いしてもらうために集まってくると」

「はい。その社殿にはたくさんの古い雛人形が奉納されているんです」

「そちらに行けば何かお話を聞けますか？」

　長谷川は加太で発掘調査をしたこともあり、親切に連絡をとってくれた。

「氏子さんに詳しい方がいるそうで、今日夕方でしたら在宅されてるそうです」

「ほんとうですか。ならさっそく伺います」

忍は行動が早い。

アポイントをとると、その足で淡嶋神社に向かうことになった。

田辺市から阪和《はんわ》自動車道で和歌山市方面へ。紀伊水道を左手に見ながら北上する。

「相変わらずフットワークが軽いですね……」

助手席の萌絵が感心していると、忍は「永倉さんもね」と言った。

実は先ほど、長谷川が席を外した隙に、ふたりは見事なチームプレーで人形の「頭《かしら》」の写真をスマホに収めることに成功していた。

「調査のためとは言え、時々社会人として『これでいいのかな』と思うことは、あります」

「はは。まあ、無量の撮影は明日もできるし」

巻き込まれ体質の無量を危険から遠ざけるには、自分たちが動くしかないのだ。

「でもそのためにいきなり知らない人と結婚するとか、ほんとやめてくださいね。何事も報・連・相ですよ。行動に出る時は必ず私に相談するって約束してください」

さすがの忍も小さくなってしまう。この様子では福井での「身代わり結婚騒動」のことは一生言われてしまいそうだ。

「それは永倉さんもだよ。元チャンピオンと一対一でガチファイトとか、ほんと気が休まらないからやめてくれ」

「は……はい。今後は分をわきまえます」

「あと、僕に内緒でいろんなことを嗅《か》ぎ回るのも」

萌絵は心臓が飛び出るかと思った。

「なななんのことでしょう」

忍はたまに微笑みながら目だけ笑っていないことがある。萌絵たちがＪＫの身元を調べていることに気づいているのかいないのか。内心、冷や汗が吹き出ている。

「……世の中には、知るだけで身が危うくなることもあるからね。反社会的な団体とかに絡んでいそうな物事を探るときは絶対ひとりでは動かない」

そういうことか、と萌絵は胸を撫《な》で下ろした。

「はい。肝に銘じます」

「永倉さんだって前例があるでしょ。石垣《いしがき》島まで連れてかれた」

こちらも一生言われそうだ。

車は和歌山市街をかすめてさらに北上する。

目指す加太の町は和歌山県の北、大阪府との県境近くにある。紀淡《きたん》海峡に突き出た鼻のような小さな町だ。

穏やかな海の向こうには友ヶ《ともが》島《しま》が横たわる。実際には四つの小さな島からできていて、その昔は修験道の島として知られていたそうだ。

太陽はすでに傾き始め、西日に海がキラキラと輝いている。

「ここですね。淡嶋神社」

その神社は海岸から道路一本を隔てたところにあった。目にも眩《まぶ》しい朱塗りの本殿が見えてきた。

「す……すご……」

朱塗りの社殿には所狭しといろんな種類の人形が置かれている。その数、数百……いや数千には達するだろうか。おびただしい数に、忍と萌絵は圧倒されてしまった。

向かって右手の広縁には、大小様々な市松人形がこちらを向いて立っている。まるで七五三のように赤い晴れ着をまとう、黒髪おかっぱ姿の女児を象《かたど》った人形だ。前髪を切りそろえ、頬も丸くあどけない童たちが、段々になってぎっしり並べられた姿はまるで女子校の卒業写真だ。

縁の下には、白無垢《しろむく》の花嫁人形がいる。頭身の高い若い女性を象った人形はたおやかで、花嫁たちの羞《は》じらいと妖艶《ようえん》さとが矛盾もせずに同居している。

社殿向かって左には、尾山《おやま》人形（女性の日本人形）がたくさん並んで、楚々《そそ》として微笑んでいる。白い顔に豪奢《ごうしゃ》な着物、黒髪を結い上げた者、おろした者、かんざしをさした者、舞を踊る者、小首を傾げて佇《たたず》む者……それはもう圧巻だ。

「聞きしに勝る数ですね……」

神功《じんぐう》皇后を祀《まつ》る神社で、人形供養で知られている。毎年、桃の節句には船に雛人形を乗せる「雛流し」を行うと説明書きにはあった。

すべての人形の顔がちゃんと見えるよう、こちらに向けて置かれているので、圧がすごい。

「ちょっと怖い、かも」

日本人形には魂があると萌絵は感じる。髪が伸びる市松人形などという心霊現象を扱う怪談があるせいだろうか。

ただ奉納される人形は日本人形だけではない。縁の下には陶器製の動物が大群を成している。獅子《しし》や牛、虎……なんでもいる。七福神もあればまねきネコもいる。どうやら人形ならばなんでもOKのようだ。きれいに分類されていて、同じ種類のものがひとつの場所に集められている。

「古い日本人形がたくさんあってホラースポットみたいに言う人もいるけど」

忍は感動していた。

「……僕は怖い感じはしないな。それよりなんだか、楽しそうだ」

「楽しそう、ですか」

「うん。ここにある人形は多分、家庭で処分するには忍びなくて、神社でちゃんとお祓いをしてもらおうとして持ち込まれてきたんだと思うけど」

持ち主の手を離れた人形たちをここで待っているのは、仲間たちだ。

仲間の人形たちに迎え入れられて、なんだか嬉《うれ》しそうだ。

「……持ち主と別れた人形も、悲しくはないかもしれない。こうして見てると、みんなで『お疲れさん』って言い合ってるみたいじゃないか」

萌絵も少し見る目を変えて、

「ほんとだ。みんなでワイワイガヤガヤ盛り上がってるみたいにも見えますね」

尾山人形は美しさを競いあっているようでもあるし、市松人形はみんなでお喋《しゃべ》りしているようにも見える。

「そうか……。ここに来たら人形たちはひとりぼっちじゃないんだ」

みんなでお祭りをしているようにも見えてきた。お人形フェスティバルだ。

あらためて参拝をするため前に進み出ると、社殿の中にも人形たちがたくさんいることに気がついた。

「あ」

萌絵が目を瞠《みは》った。

「雛人形……ですね」

見るからに古い雛人形がたくさん奉納されている。

「……紀州徳川《とくがわ》家の雛人形も奉納されているんですよ」

後ろから声をかけられて、忍と萌絵は振り返った。

そこにいたのはフリルのついた日傘をさした背の高い四十代くらいの女性だ。長い髪をお団子にしてマキシワンピをまとい、柔らかく微笑んでいる。

「紀州徳川家ということは、お姫様のおひな様ですか」

「そうですよ。さすが御三家、おひな様も素晴らしいです」

そっと日傘を閉じて女性は会釈した。

「亀石発掘派遣事務所の方ですね。お電話いただいた人形研究家の家近《いえちか》と申します」

「家近……あなたが家近貴晴《たかはる》さんですか？　えっ、あれ？　でも女性……」

「はい。元々は男性だったんですが、今は女性として暮らしております」

忍も萌絵も驚いた。確かに背の高さや骨格の感じは男性のようにも見えるが、服装も話し方も仕草も女性だ。家近はほがらかに微笑み、

「まあ、人生いろいろございましてね。タカハルとして生まれてきましたが、今はキセイと名乗っております」

「そうでしたか。今日はよろしくお願いします」

「古い日本人形を調べておられるとか。家に資料がございます。どうぞ」

家近は神社の近くに住んでいて個人で蒐集《しゅうしゅう》した人形資料館を開いているという。

「……我が家は男兄弟で、私も男として生まれてきたので、雛人形《ひなにんぎょう》を買ってもらえなかったのです。そのおかげで雛人形にただならぬ興味を持つようになりましてね。好きが高じて研究家になってしまいました。神社には古い人形が奉納されることもあり、珍しい人形がやって来ると記録を取らせてもらってます。研究家にはありがたいです」

ホタテを焼く香ばしい匂いがするみやげ物屋を抜けると、参道にはまだどこか昭和の空気を残した町並みが待っている。古いスチール看板もあり、懐かしい雰囲気だ。格子戸のある町屋のひとつが彼女の家だった。

暗い土間をあがると、古い木造家屋独特の香りがする。梁《はり》も柱も黒ずんで、時の積み重ねを感じさせた。廃業した商店を改築して古い人形を展示している。

「この家にあるものはすべて、知人から譲り受けたり、古物商から購入したりした人形になります。雛人形はこちらに」

案内されて入ると、天井の低い暗い部屋に古い内裏雛が何組も飾ってある。

「これは……」

「江戸時代のものです。右から寛永《かんえい》雛、享保《きょうほ》雛、古今《こきん》雛、有職《ゆうそく》雛といいます」

はじめのほうは素朴だが、時代が進むにつれて、顔も衣装もより写実的になっていく。実際の宮中での姿を写した有職雛の中には、脚、膝《ひざ》、足首が折り曲げられて着せ替えできるものもあるという。

「雛人形が作られるようになったのは、江戸時代なのでしょうか」

「もともとは京の貴族の子女たちがしていた雛遊びから来ているようですが、雛人形として広まったのは、幕府が五節句の制度を定めてから。桃の節句に雛人形を飾るというしきたりは、武家だけでなく、商家や町の人々にも広まったんです」

家近は愛《いと》しそうに人形を見つめている。

「やはり江戸でたくさん作られたのでしょうか」

「はい。需要もあったので一大生産地でもありました。もちろん上方にもたくさんの人形師がおりました。京の御所《ごしょ》人形や嵯峨《さが》人形などですね」

御所人形は、白い肌にまんまるの三等身が特徴の子供を模している。

嵯峨人形は、仏師が余技として作った木彫りに胡粉《ごふん》を塗ったものだ。

「端午の節句の武者人形もございますし、役者に似せた似顔人形、衣装を着せ替えて楽しむ三ツ折人形……。浄瑠璃《じょうるり》人形もございますね」

一口に「江戸時代の人形」と言ってもいろいろあるようだ。ここはもう直接見てもらったほうが早い。

萌絵が差し出したのは「佐分利家の男雛」の画像だ。

「こちらの雛人形も、やはり江戸時代のものでしょうか」

家近はしげしげとスマホを見た。

「これは寛永雛ですね。坐雛《すわりびな》の一番古いものです」

「江戸時代の寛永年間に作られた、という意味ですか？」

「いえ。必ずしもそうではなく、寛永の頃にできた古いスタイルの雛人形を指します。享保雛あたりですと古い町屋や庄屋《しょうや》さんのうちなどで今もたまにお見かけしますが」

「享保《きょうほう》といえば、享保の改革……徳川吉宗《よしむね》の頃、ですね」

「はい。吉宗公です。紀州徳川家ご出身の」

「徳川吉宗といえば、暴れん坊しょう……」

脱線しそうになった萌絵は忍に口をふさがれた。

「寛永雛は三代将軍家光《いえみつ》の頃でしょうか」

「はい。でも玉眼が入っているのは珍しいですね。少なくとも寛永雛で玉眼が入っているものは見たことがない」

「では、こちらの人形はいかがでしょうか」

忍が「出土した経筒に入っていた人形の頭《かしら》」の画像を出した。

「こちらは頭《かしら》だけなのですが、どのような人形だったか、わかりますか」

家近は再びしげしげと見つめ、

「……これはまた古いお人形ですね」

「はい。古いと思います」

「お顔がだいぶ傷んでいてかわいそうですけども、かんむりの形式からみても、雛人形ではないかと思います」

忍と萌絵は「やはり」と思った。家近は画像を見比べ、

「……と申しますか、こちらの男雛と同じ人形師が作ったものではないでしょうか」

ふたりは息を呑《の》んだ。

「わかるんですか？」

「わたくし人形の鑑定士もしておりまして……。女雛のお顔は劣化して黒ずんでしまっていますが、時期も同じ頃のものではないかと」

雛人形というのは通常、分業制で作られる。

頭師、髪付師、手足師、小道具師、着付司……とそれぞれに専門の職人が作り、それ

らを製造問屋でひとつに組み立てて完成する。

「人形のお顔には職人の特徴が顕《あらわ》れます。顔に人形師の個性が出るのです。江戸時代の人形の頭は〝桐塑頭《とうそがしら》〟と申しまして」

「とうそ、とは」

「桐のおがくずを粘土状に練った桐粉のことです。練頭《ねりがしら》とも言います」

頭の原型は、木材を彫刻して作る。

それを柔らかい松脂《まつやに》などに押しつけて「釜《かま》」と呼ばれる凹型をとり、そこに生麩糊《しょうふのり》（小麦粉から抽出したデンプンを水で煮て作った接着剤）と桐粉を混ぜたものを詰めると、原型そのままの形をした頭《かしら》の生地ができる。

「えー……と。あれですね。たいやきとか人形焼みたいな感じですよね」

「そうですね。同じ顔の頭《かしら》がたくさんできます」

それらを乾燥させ、表面に胡粉を膠《にかわ》と水で溶いて塗り重ねていくと、あの独特の光沢のある白い肌ができあがる。そこに筆で目鼻を描き込む。

「そうか。日本人形独特の白い肌って胡粉を塗ってたんですね」

「劣化すると黒ずんだりひびが入ったりしてしまいますが、御所人形や市松人形なども基本的には同じ手法で作られます」

「……えーと、つまり、人形の顔を作るのは頭職人さんで、その原型を木で作る時に個性が出てくると」

現代のフィギュアの原型師に通じるものがある。

「こうして比べると、このふたつの人形はお顔がよく似てます。玉眼を使っているところもですが、特にこの目鼻のバランスとサイズ感。眦《まなじり》の処理の仕方に人形師の癖がみえます」

「では、このふたつは一セットの雛人形？」

「……の前提で作られた可能性はありますが、女雛は女雛、男雛は男雛で、ひとつの型から頭《かしら》を量産します。こんなふうに」

家近は工房の写真を見せた。

巻藁《まきわら》に同じ顔をした人形の頭《かしら》だけがたくさん挿してある。すべて同じ型から作られた頭《かしら》だ。そういうことか、と忍は額を押さえた。

「量産された頭《かしら》の組み合わせはひとつじゃない。つまり、ひとりの人形師が手がけた同じ型から作られた、とは言えても、同じ家に伝わった一対の内裏雛のものとは限らないわけか」

出土した「頭」も「これが佐分利家の女雛である」とは断言できない。

「ただ、この人形の顔立ちには見覚えがあります。もしかして……」

家近が「経筒に入っていた頭《かしら》」の画像を指で拡大して食い入るように見入った。

「これは……やはり〝松醍《しょうだい》〟！」

「え？」

「見てください。この首の後ろの部分。胡粉の上からうっすら松葉の判が捺《お》してあるのがわかりますか」

着物の襟に隠れる部分だ。あまりに小さくて気づかなかった。

「松醍《しょうだい》とはなんのことですか」

「上方の人形師の名です。雛人形《ひなにんぎょう》ではなく似顔人形で知られた方なのですが」

「似顔人形？」

「実在の人間の顔にあえて似せて作った人形のことです。歌舞伎役者のそっくり人形です」

江戸時代は芝居も大人気の娯楽だった。特に人気の歌舞伎役者は人形にもなっていたのだ。萌絵は激しくうなずき、

「推しのブロマイドとかフィギュアとかあったら、持っておきたいもんね」

「松醍の人形は専門家の間でも人気で、残存数自体が少ないので、とても高値がついているんです。ただ晩年になるほど作風が写実的になっていきますから、これはかなり初期のものだと思います」

家近のパソコンのモニターにコレクション画像が映し出される。初代・市川団十郎《いちかわだんじゅうろう》に似せた人形は、確かに生身を写したかのような迫力だ。

「初期の松醍は稀少《きしょう》です。滅多に出てきません。これはすごいものかもしれませんよ」

家近は興奮して「どこで見つけたんですか」と食いついてくる。

まさか経塚から出土したともいえず、ごまかした。

「とすると、男雛の首にも同じ印があるわけか」

確認できれば、出土した「頭《かしら》」が「佐分利家の女雛」である可能性は（少なくとも）高くなる。

家近の資料館を後にした忍たちは、帰路についた。

「こうなったら佐分利家の男雛も、この目で見てみないと、ですね」

「佐分利さんが退院したら頼んでみよう。あとは現場周辺で昔、松醍の雛人形がやたら流通してたとかでなければ……、ん？」

淡嶋神社の駐車場に戻る途中で、忍はふと足を止めた。

鳥居のほうから、中年男性がひとりやってくる。四十代くらいの中背の男性は、スーツ姿で、やけに姿勢のよい歩き方が目を惹《ひ》いた。面長吊《つ》り目で、きゅっとつり上がった短い眉《まゆ》がひどく印象に残る。

すれ違った後も、忍はその後ろ姿をじっと目で追っている。

「どうかしました？」

「いや。いまの男性……。どこかで見た覚えがあるなと思って」

男性は参道を家近の家のほうへと歩いていく。

「お知り合いですか？」

「……なのかな？　わからない」

「そういえば、ちょっと幕末の高杉晋作《たかすぎしんさく》に似てましたね」

「高杉……さすがに知り合いじゃないな」

呼び止めるほどではなかったので、また歩き始めた。

車に戻ると、そろそろ夕陽が友ヶ島の向こうに沈もうとしている。

空を赤く焼きながら落ちていく夕陽を映したように、海もまた紅を流したような色に染まり始めた。港からフェリーの汽笛が響いた。

*

忍と萌絵が加太から帰ってくる頃には、もうあたりもとっぷり暗くなっていた。

夜の海をゆっくりとタンカーが横切っていく。

無量が泊まる国民宿舎にそれぞれ部屋を押さえた忍と萌絵は、到着とともに慌ただしく夕食をとり、入浴も済ませた後で無量の部屋に集合した。

「今日も一日お疲れ様でした」

海の見える和室で、三人は乾杯をした。

「あー……いい温泉だった。露天《ろてん》風呂サイコー。沁《し》みたわあ」

湯上がりの萌絵は浴衣《ゆかた》姿で畳に脚を投げ出して、地元産梅酒をグビッと飲んだ。無量はスウェット姿でポテトチップスをつまみながら、

「なかなか帰ってこないと思ってたら、そんな遠くまで行ってたの？」

「海を見ながら、なかなかいいドライブコースだったよ」

「沈む夕陽がきれいでムード満点でしたよね」

あからさまに無量が不機嫌になった。

「ひとが汗まみれになって土掘ってる時に」

「あれ？　西原《さいばら》くんたら、やきもち？」

浮かれすぎ、と無量が萌絵の脚を軽く蹴とばした。

「それより成果はどうだったの？　人形のこと、何かわかった？」

家近の鑑定結果を伝えると、無量は上目遣いでじっと聞いていた。

「結局、佐分利家のものだとは断定できなかったが、同じ人形師の手がけた頭《かしら》だったのは大きい。松醍《しょうだい》の人形はあの地域に多いとか、そういう特別な事情がない限り、可能性は高まったかもしれないな。……問題は埋めた時代だ。江戸時代の人形となると、経塚自体がずいぶん最近にできたことになってしまう」

「いやビンゴ。まさにそれ」

忍と萌絵が「どういうこと？」と訊《き》き返すと、

「今日の発掘で、経筒が出た埋納坑と切り合ってる古い埋納坑が出てきたんだわ。どうやらそっちが古い経塚で、掘り返した痕跡《こんせき》があった。たぶん、どういうわけだか古い経筒にわざわざあの人形の『頭《かしら》』を入れて、新しい経塚を作り直したらしい」

「じゃあ、江戸時代の経塚だったの？　平安時代じゃなく？」

「たぶん」

　ますます謎が深まった。

　経塚を作り直すことは、いい。畑か何かを耕作中に古い経塚を壊してしまい、新たに作り直したということもあるだろう。しかし、その中に人形の頭《かしら》を入れるというのがいささか、いや、だいぶ謎だ。

「それに江戸時代の経塚というと、石にお経書いた一字一石経塚ってイメージだったから、なんか不思議ではあるんだよな」

「それに人毛が入ってたんだっけ？」

　無量はうなずいた。

「実はあれも人形の髪でしたってことはない？」

「人形の髪はスガ糸っていう縒《よ》ってない糸でできてるんだって。でも遺物整理の長谷川さんによれば、やっぱり人毛の可能性が高いって」

　無量が明らかに引いているのが見て取れた。

「……まさかそれ、清姫の髪？」

「かもしれないけど、そもそも実在する人物だったかどうか」

「なら、三体月の呪いを引き受けて人身御供《ごくう》になったひとの髪？」

「うーん。経塚は死者の追善供養で建てられたりもしたそうだから、その遺髪という可能性はあるな」

　同じく経典を入れる目的で建てられる「宝篋《ほうきよう》印塔」は、墓でもあったし、追善供養の石塔でもあった。要するに経筒を地下に埋めたのが経塚で、地上に納めたのが宝篋印塔だ。

「なら、あの人形の『頭《かしら》』は？」

「亡くなったひとの遺品とか？」

　佐分利の祖母は「悪い月の呪いから皆を守るためにお首を差し出した」のがあの清姫雛だという。あの女雛は清姫ということになっているが、呪いを引き受けて人身御供になったそのひとを供養するための「内裏雛」だったのなら。

「人身御供になったのは佐分利さんのご先祖だったということかな？」

「松醍が得意だったのは似顔人形だったらしいし、遺品というより遺影なんじゃ」

「でも、なら、なんでこんな離れた場所に？」

　先祖を弔うためならば、家のそばに建立するはずだ。

　佐分利家は山の中にある。同じ熊野古道でも中辺路にある。

　ここは海だ。紀伊路にある。

　何か佐分利家と縁のある土地だったのだろうか。

「そもそもあれは本当に経塚なのかな？　お墓か何かだったんじゃないの？」

「いまのとこ人骨は出てない」

「何か遺体を葬れない理由があって代わりに遺髪を埋葬したのかも。人形は副葬品だったとか？　他に出土したものは？」

「あるよ」

　これね、と言って無量がスマホを差し出した。

「経筒の下から出てきた遺物。てっきり平安時代に埋めたものだと思ってたんだけど」

　無量たちが掘り当てた車輪状の物体が写っている。

「輪宝と……独鈷《とっこ》杵《しょ》？」

　独鈷杵とは儀式に使う棒状の金属で、両端が鉛筆のように尖《とが》っている。

　車輪の真ん中の穴に車軸のように刺さって直立し、ガスや水道管のバルブハンドルのような姿で埋まっていた。

「変な埋まり方だね」

「でしょ？」

　萌絵が「ん？」と身を乗り出して覗《のぞ》き込んだ。

「この輪宝、東京の小石川の現場で出てきたのに似てない？」

「今、犬飼《いぬかい》とミゲルが掘ってるところ？」

　柳生《やぎゅう》が仕切っている現場で、さくらが重機で掘り当てた遺物のことだ。

「そこはなに？　墓だったの？」

「いや、旗本屋敷の庭と思われてた場所だ。でも法具が出たから実は寺院の跡だったかもしれない。柳生さんは何か気づいてたみたいだけど」

無量の行動は早かった。すかさず柳生に電話をかけて直接確かめることにした。

柳生はすでに自宅でほろ酔い気味だった。幼い息子をようやく寝かしつけて晩酌にありついたところだという。

『おう、無量。そっちはどうだー？　赤ちゃんパンダは見れたかー？』

「十兵衛《じゅうべえ》さん、ちょっと聞きたいことがあるんすけど」

小石川の現場から出た遺物の正体について訊《たず》ねると、柳生は「おいおい～」と呆《あき》れた声になった。

『天下の宝物発掘師《トレジャー・ディガー》ともあろう者からそんな質問を受けるとは思わなかったぞ。おまえならとっくにピンときてるはずだろ？』

「きてないからわざわざ電話かけたんじゃないすか」

『地鎮具だよ』

スピーカーから聞こえた一言に、無量は固まった。

ややあって「あー！」と大声をあげたものだから、萌絵と忍はびくりとなった。

「やべー…そっちかー。完全に頭から抜けてたわ」

悔しがっている。萌絵が横から、

「地鎮具って確か、建物を建てる前に土地をお祓《はら》いする時に使う道具のことですよね。そういうのって神式で……神社がやるものじゃ」

『いや。江戸時代はお寺がやってたんだよ。地鎮の修法って言ってな、普請や作事の前にやる安全祈願てやつだな。密教法具を用いた地鎮具は、大名屋敷跡でも出てくるし、お城の天守閣の下なんかでも見つかるよ』

最近だと六本木《ろっぽんぎ》の防衛省跡地からも出土した。元萩《はぎ》藩毛利《もうり》家屋敷跡、現東京ミッドタウンだ。一口に地鎮具と言っても様々で、密教法具やかわらけ、銀銭銅銭や呪符《じゅふ》、木簡といったものが組み合わさって出土する。

「そうか。経筒が出てきたから経塚だと決めつけてたけど、地鎮遺構の可能性もあったんすね……」

『なんだ？　そっちの現場でも地鎮具が出たのか？』

まだ外に出してはいけない情報だから画像は送れないが、代わりに絵を描いた。

これなんだと思います？　と訊ねた無量に柳生は答えた。

「……どっかで見たことあるな。ちょっと待ってろ」

柳生が何か調べている。ややあって、

「和歌山城だ。確か、天守閣の真下から出土した地鎮具もこんな感じだったはず」

無量たちもハッと顔を見合わせた。

すかさず忍がネットで調べ始めた。

「……あった。これですか。和歌山城天守閣の地鎮具」

和歌山城の天守閣は、戦前には国宝になったほどだったが、昭和二十年の和歌山大空襲で焼亡していた。その後、再建するにあたり、工事関係者が敷地を掘削したところ、遺構の中央部から地鎮具が出てきた。地鎮具のセットは以下のかたちで出土した。

真ん中に「宝珠」という丸い鉄の塊があった。火伏せの意味があるという。それを挟んで「瓶子」と呼ばれる細長い容器がふたつ。中には金箔《きんぱく》や水晶、穀物などが入っていたらしい。

四方には輪宝と独鈷杵らしきもののセットが四組、埋まっていた。

『いや、そいつは独鈷杵じゃないな。橛《けつ》っていう結界を張るための柱だ』

「結界の柱？」

『そう。護摩を焚《た》いたりする修法壇の四方には柱が立ってて、ボクシングリングみたいに組紐《くみひも》で囲ってるだろ。その柱のことだ』

「……つまり、うちんとこのは地鎮具の容器がわりに古い経筒を再利用したってことなんすかね」

だとしても、人形の「頭《かしら》」を入れた意味がわからない。

柳生に尋ねてみたが、地鎮具に埋納した例は聞いたことがないという。

『なんか人柱みたいだな……』

古い日本には、城や橋や堤防などの重要な建築物が災害で破壊されないよう、生きた人間を埋めて神に祈願する風習があった。建物の礎となる地中に、生きたまま埋められたという。

「やめてくださいよ。おどろおどろしくなるじゃないですか」

『生身でないだけいい。その経筒に入ってた文字資料を解読してみたらいいんじゃないか。願文が記してあるかもしれないぞ』

なるほど、経筒そのものは再利用だとしても願文は新たに記して中に入れていたかもしれない。

『……ま、せいぜい呪われないようにな』

最後まで脅かされて、通話を終えた。

「でも紙めっちゃ劣化してたぞ。解読は至難だと思うけど」

「明日《あした》もう一度、遺物整理室に行ってみるよ。何かわかるかもしれない」

にしても……、と三人は首を傾げる。なんで研究者でもないのにこんなに出土遺物のことを調べているのだろう。

「サブリンの頼みだもん。一肌脱ぐよ！」

萌絵は浴衣《ゆかた》の袖《そで》をまくりあげた。

その横で忍は何事か考え込んでいる。

「……あ、いや。なんか、もやっとすることがあったんだけど何だろう」

「来て早々飛び回ったから、疲れてんじゃない？　朝も早かったんでしょ？」

今夜は夜更かしせず、各々部屋に戻って休むことになった。

部屋を出る間際、忍が振り返った。

「無量、佐分利さんのことは俺たちに任せて、おまえはこれ以上動くなよ」

「えっ。なんで？」

「うまく言えないけど、この発掘、なんか引っかかる。佐分利さんにはあまり関わらないほうがいい」

そりゃないよ、と無量は言い返したが、忍は本当に疲れているのか、反論無用とばかりに片手をひらひら振って去っていく。

忍は、佐分利の事故が本当に誰かが仕組んだものだと思っているのだろうか。

「人形とは関係ないと思うけど……」

まさか、亮平を後継者にしたくない人間が人形を掘りあてるよう仕向けて、亮平に呪いをかけようとしている、なんていうのでは。

「ないない。幽霊も呪いも、ない」

無量は振り払うように、残った梅酒を飲み干した。

*

翌日、一時間ほど遅れて佐分利亮平が出勤してきた。

「佐分利さん！　大丈夫なんすか！」

さっき退院してきたばかりだという。精密検査の結果、頭部に異状はなかった。左腕を吊《つ》っているのは痛々しいが、頑丈が取り柄だと笑っている。「心配かけてすいません」と頭を下げて回った。

「医者からも、きつい力仕事でなきゃいいよって許可もらいました。土運びは厳しいけどそれ以外なら」

やる気は素晴らしいが発掘作業は片手では難しい。

「そうか。なら無理せんように測量を手伝ってもらおうかな」

吉岡が助け船を出してくれて無事復帰となった。佐分利が登場するといやでも現場が華やぐ。萌絵もあからさまに興奮している。

「はー……サブリンすてき。作業着着ててもかっこいい」

「ちょっとそこの人。作業の邪魔だから、向こういってくれる？」

無量の冷たい態度に萌絵がイラッとすると、ふたりのもとに佐分利がやってきた。

「ムリョっち、昨日はなんかお恥ずかしいとこ見せてしもーて」

「全然。それよりホント大丈夫なんすか」

「うん。体動かしてるほうが治りも早いしね。永倉さんも昨日はありがとう」

名前を覚えてもらったと萌絵は舞い上がっている。

作業が再開すると、カメケンCMのために無量を撮影していた萌絵のカメラは、いつのまにか佐分利を追っている。

「ちょっとどこ撮ってんの。こっち撮ってよ、こっち」

「あ、ごめん。遠景も必要かなーって思って」

「バレバレの嘘つかない」

「測量の様子も必要かなーって」

「だからぁ」

佐分利は明るく、昨日の事故を「三体月の呪いのせい」などと気に病んでいる様子はないが、一昨日はあんなに不安がっていたのを見ている無量だ。強がりかもしれない。

すぐに昼休みになった。

「佐分利さん……ちょっといいすか」

無量が呼んだ。

「バイクのほうは戻ってきました？」

「ああ。修理に出したが？」

「警察からは、なにか？」

佐分利はきょとんとしている。無量は思い切って疑惑をぶつけてみた。

「えー？　俺が誰かからブレーキをいじられたんじゃないかって⁉」

「……じゃないかって忍が」

「ははは。んなわけないない。誰がそんなこと」

「佐分利さん言ってたじゃないすか。発心《ほっしん》流のひとたちに自分は歓迎されてないって」

佐分利の表情が硬くこわばった。

「もしかしたら……すけど、あの事故は」

「俺を認めんやつが、俺を殺そうとしたとでも？」

無量はうなずきづらい。さすがにそこまでは、という思いもある。だが脅しということもある。佐分利がかつて「三体月を見た」ことを知っている誰かが、それを利用した可能性も……。佐分利は暗く険しい顔になり、

「……俺は同門に殺されかけたっていうんか？　証拠は」

「証拠なんかないです全然。思い過ごしならいいんです。忍の悪い癖で、すぐ物事を物騒なほうに考えるから」

佐分利は思い詰めたように考え込んでいたが、やがて表情を崩して、

「人形の頭《かしら》の件は、なんかわかった？」

昼食をとりながら話すことにした。無量は仕出し弁当、萌絵と佐分利は「熊野名物めはり寿司《ずし》」にかぶりつきながら調査報告と相成った。

「……同じ人形師か。ならあの頭《かしら》がうちの〝清姫雛《びな》〟である可能性も十分あるわけか」

「念のため〝安珍雛〟に松醍《しょうだい》の判があるか、確認させてほしいんです」

地元作業員にも「松醍の人形」のことを聞いてまわったが、知る者はいなかった。

「仮にあれが佐分利家のものだったとして、なぜこんなところに埋められてたかが問題なんすよね……」

それで無量は考えたのだ。佐分利家とこの遺跡の関係を。

「ここの地権者の俵田さん、そもそも、なんで発心《ほっしん》流の後援会に入ったんすかね」

佐分利は首を傾げた。

「……うーん。物心ついた時には応援してくれてたおじさんおばさんってぐらいで、いつから会員だったかまでは」

どうやら俵田と佐分利家の繋《つな》がりを調べる必要がありそうだ。

無量がちらりと萌絵を見ると、萌絵は「めはり寿司」を口に押し込んで敬礼した。

「おまかせください。すぐに私が調べ上げてみせます」

第四章　南龍《なんりょう》のすみか

萌絵《もえ》は、無量《むりょう》に関わるようになってひとつ学んだことがある。

地域の昔を知るには（インターネット以外では）まず地元図書館の郷土史コーナーで調べるのが鉄則だが、土地の伝承が必ずしも文字で残されているとは限らない。その際は土地の古老を訪ねる。または地区に古くからある神社や寺院を訪ねる。意外なところに過去の痕跡《こんせき》が残っていることもある。

その日は図書館が休みで、俵田《たわらだ》夫妻も捕まらなかったため、萌絵は地元の寺を訪れてみることにした。

三辺山《みなべさん》観世音寺《かんぜおんじ》と額がかかっている。

住職はちょうど庭の掃除をしているところだった。歴史好きな住職で、発掘調査のことも気に懸けてくれていた。世間話がてら地区の昔話を聞いてみると――。

「〝平家塚〟……ですか」

住職は「はい」と微笑んだ。

「昔、俵田家の近くにはちょっとした土盛りがあって〝平家塚〟と呼ばれてました。国道の拡張工事で削ってしもうたんですけど」

現在、国道脇に立つ〝平家塚〟の石碑は新しいもので、例の吹流事件で殺された落人《おちうど》の供養をしている。

先代住職が四十年ほど前に撮った写真があるという。見せてもらうと、田んぼの横に土塁のようなものがあり「平家ゆかりの古跡」と標柱が立っている。

「工事前の発掘調査では特に何も出んかったそうです」

「平家の落人からきているんでしょうか。こいのぼりをあげない風習があると聞きました」

「はい。ただこの〝平家塚〟という名は後付けらしく、もともとは〝南龍《なんりよう》塚〟と呼ばれていたと先代から聞いています」

「なん……りょう？」

「南の龍と書きます。このあたりでは親しみをこめて、なんりゅうさん、とか、なんりょうさん、とか呼ばれてます」

「神様の名前ですか？　それはどなたのことでしょう」

住職は鴨居に飾ってある写真を指さした。

和歌山城だ。

「紀伊徳川家の初代・徳川頼宣《よりのぶ》公のことです」

萌絵はちょっと意表をつかれた。

「紀州藩のお殿様ですか」

徳川家康《いえやす》の十男だ。戦国武将らしい剛毅《ごうき》な気質の持ち主で、家康の信頼も篤《あつ》かったという。豊臣《とよとみ》の大坂城、御所のある京にも近く、海の要衝地でもある紀州にて、徳川幕府の威を示すべく、初代藩主の座に就いた。南龍というのは頼宣の戒名から来ていた。

「なぜ、お殿様の名前がついていたのでしょう」

「詳しいことはわからんのですが、昔、このあたりに南龍さんのお館《やかた》があったらしいんですわ」

「ここにですか？」

城があった和歌山市からはだいぶ遠い。

「紀州のお殿様は藩内のあちこちに、城とは別に御殿を持っていちゃあったんです」

このみなべにも「堺御殿（堺別館）」と呼ばれる屋敷があったようだ。

ただ地元でもほとんど知られておられず、元禄《げんろく》年間に児玉荘左衛門《こだましょうざえもん》という人物が残した『紀南郷導記《きょうどうき》』なる書にわずかに記載があるだけだ。その場所が具体的にどこだったのかも今はもうわからない。

ただひとつ、南龍塚がその痕跡ではないかと思われたのだが、過去の発掘調査では遺構は見つからなかった。

「紀州のお殿様は白浜に瀬戸《せと》御殿を持っていちゃあたんで、堺の御殿はそこに向かう途中の休憩に使われたんやと思います」

白浜には円月島《えんげつとう》という名所がある。瀬戸御殿はその近くに建てられた、藩主の静養地だった。昔はこの堺から船で直接渡った。湾に沿って陸上をぐるりと回るよりずっと早く着けるからだ。船待ちをするための屋敷だったのかもしれない。

「白浜の瀬戸御殿は藩主の湯治場で、歴代の殿様たちも足を運んだとか」

「吉宗公も？」

「ええ、吉宗公も」

「暴れん坊将軍もここから湯治場まで船で渡ったんですね」

「いや。将軍になってからはわからんけど」

俵田邸は南龍塚からいくらも離れていない。もしかしたら調査区から出てきた軒丸瓦《がわら》も堺御殿のものかもしれない、と萌絵は思った。

「そうそう。南龍塚には昔から不思議な言い伝えがあって」

「言い伝え？」

「南龍塚は一木一枝切ってはならない。切ると災いが起こる。というものです」

萌絵はどきりとした。

そのため、南龍塚の周辺は国道工事で削られるまで草木が生え放題だったという。

「手をつけてはならない場所だったんですね」

経筒が出てきた場所も近い。もしやまさにあの経塚のことを言っているのか？

しかも紀伊徳川家が関わっている可能性も出てきた。

「あの、俵田家のことをお聞きしてもいいでしょうか。昔から何か庄屋《しょうや》さんとか、そういうおうちだったりしたんですか？」

「俵田さんちの先祖とうちの開山（寺を創始した僧侶《そうりょ》）は、実は根来《ねごろ》から逃げてきたんですよ」

萌絵は前のめりになった。

「……根来、から？」

「根來《ねごろ》寺の坊さんやったんです」

「確か、根來衆がいたので有名なお寺ですよね。真言《しんごん》宗の」

「今は新義《しんぎ》真言宗という宗派やね」

萌絵が知るざっくりとした知識によれば――。

確か、高野山と袂《たもと》を分かった一団が、山をおりて立てた真言宗の一派だ。

萌絵のイメージでは「鉄砲を手にした僧兵がいた寺」だが、戦国時代には単なる寺ではなく、ひとつの都市の様相を呈していた。経済活動も活発で、富を蓄え、一大勢力をなした。だが天下統一をもくろむ豊臣秀吉《ひでよし》に攻め込まれて、焼き討ちにあってしまった。

「……坊さんたちはちりぢりになって逃げてしもたが、寺自体はその後、徳川の世になってから紀州のお殿様の援助で再興したんですよ。でも中には戻ってこなかったもんもいてたんです」

「つまり、俵田さんのご先祖は、焼き討ちで追われたお坊さんだったんですね」

何人かで逃れてきて熊野に潜伏した彼らは、初代藩主・徳川頼宣の援助で、ようやくこの地で寺の創建に漕《こ》ぎ着けた。

俵田の先祖は還俗してしまったが、その後も熱心な壇信徒として寺を支えたそうだ。

「南龍さんから寄進された香炉がありますのでご覧にいれましょう」

本堂へと案内してもらい、御本尊に手を合わせる。

葵《あおい》の御紋が入った香炉は、まさしく紀伊徳川家のものだ。

「紀州は地縁で結びつく地侍の集団がそれぞれ力を持っていたので、一国を治める戦国大名が出てこなかったんです」

「そういえば聞きませんよね……」

「宣教師のルイス・フロイスも〝共和国〟と見立てたほどで。雑賀《さいか》衆、根來《ねごろ》衆、湯河《ゆかわ》衆……。宗教集団と地侍集団がいて、それぞれ独立の気風が強かったもんやから、秀吉もてこずったんや思います。殿様には治めにくい土地だったんでしょうな」

だからこそ、紀伊徳川家は入国の際、秀吉の紀州征伐で憂き目にあった寺や集団を率先して助け、取り立てることで、地元の信頼を得たのだ。

「泣く子も黙る徳川家康の十男坊も当時は〝よそもの〟だったわけですものね」

堺御殿を訪れた藩主たちは、この寺にも寄ったことだろう。

萌絵の目はふと鴨居に並ぶ壇信徒の集合写真に吸い寄せられた。その中に一風変わった古い写真がある。

「これ……お能ですか。ここで上演を？」

「ああ、先代の頃のですね。うちの創建三百五十周年で薪能を奉納したときのもんです」

「発心《ほっしん》流……」

そう書いてある。まちがいない。

佐分利《さぶり》家が宗家を務める流派だ。

昭和四十五年とあるので、もう半世紀ほどか。色褪《いろあ》せたカラー写真には、境内にしつらえた舞台上で能装束をまとった人物が舞う姿が写っている。篝火《かがりび》が焚《た》かれる中、翁《おきな》の面をかけ、扇子を手にして舞う能楽師は、佐分利の祖父だろうか。

「なぜ発心流の方が？」

「先代が宗家の方とお知り合いやったんやと思います。私は小学生でしたが、見た記憶はありますよ。夜、篝火のもと、能面をかけた能役者がゆったりと舞うのはまことに幻想的でした。いつも遊んでる境内がこの世ならぬ場所になったような気がしたもんです。あれこそが幽玄の境地やったんでしょうなあ」

色褪せた写真から、その夜の澄んだ空気が伝わってくるようだ。

これは佐分利に伝えないと。

萌絵は急いで寺を後にした。

「昭和四十五年といったら、じいさんか、ひいじいさんの頃やなあ」

佐分利は、驚いている。地元でお呼びがかかるのは珍しいことではないとは言え、住職に招かれて薪能を上演するくらいだ。やはりご縁はあった土地なのだ。

休憩中の無量も萌絵の報告に聞き入った。

「……紀州徳川家の御殿跡か。もしかすると、出土した軒丸瓦は寺じゃなくて、殿様のお屋敷のやつだったってこと？」

南龍塚からも近い。御殿の場所は今はもうわからないというし、今回出た遺構がそれだったのかもしれない。

「とすると、あの経筒は御殿跡の敷地内にあったってこと？」

「うん。しかも経塚でなく地鎮のほうだとしたら」

大名屋敷や城からは、たびたび地鎮遺構が出土する。

あれも堺御殿の地鎮遺構だったと解釈すれば、腑《ふ》に落ちる。

「それでも人形の首が出てきたことの理由にはならないと思うけど」

「逆にちょっと怖くない？　お殿様の御殿の地鎮に人形の『頭《かしら》』を使うって」

「だね。十兵衛《じゅうべえ》さんじゃないけど、人柱の代わりみたい」

地権者・俵田の祖先が根來《ねごろ》寺から逃げてきた僧だったのも、意外だ。

根來寺って？　と佐分利に聞かれ、萌絵が答えた。

「真言宗の中興の祖〝覚鑁《かくばん》上人〟というえらいお坊さんが建てたお寺なんです。高野山の古い勢力ともめちゃって、山をおりて、ふもとに自分たちのお寺を建てた」

根來寺を新たな真言密教の道場となして、弟子たちを集め、学を究めた。

今も根來寺には高野山と同じく大塔が建っている。秀吉の焼き討ちでも焼けずに残った。現在は国宝に指定されている。

「高野山。といえば、空海《くうかい》か……」

言うまでもなく、空海とは、日本に真言密教を伝えた人物だ。

「密教っていうと、あれだよね。こう、真言を唱えて印を結んで……」

萌絵がうろおぼえで指と指を絡めた。

「密教の仏像とか曼荼羅《まんだら》とかって神秘的だし。どこかダークで淫靡《いんび》だし。元はヒンドゥー教の神様だったりするから、めちゃめちゃパワーありそう」

萌絵ならではの解釈だ。

秘密の呪文《じゅもん》と手印を合わせる「行」で、仏の力を得ようとする密教は、どこか呪術的で謎めいている。底知れぬ闇の底から人知を超えたパワーをすくいあげるイメージだ。

「国家鎮護の呪法とかスケールもでっかいし、スペクタクルだよね」

「見てきたみたいに言うね」

「佐分利さんが出演した舞台にもありましたよね。空海が出てくる」

「おお、あったあった。空海を蘇《よみがえ》らせて第六天魔王と戦うやつ」

「みました！　信長《のぶなが》役でしたよね！　かっこよかったあ」

無量にはわからない話題で盛り上がっている。いっこうに止まらないので、無量はそっと離れ、休憩所でみかんをひとつ手にとった。

「紀州のお殿様と根來衆か……」

経筒、地鎮具、人形の「頭《かしら》」。何かが奥の方でこんがらがっている感じがする。

習いたての和歌山剝《む》きでみかんを一房、口に放り込んだ無量は、はっと気がついた。

「佐分利さんちはお殿様とも関係があったってことか？」

そういえば、軒丸瓦《がわら》の紋に佐分利は反応していた。

ここが殿様の屋敷なら、能で呼ばれることもあったかもしれない。

無量はさっそく忍に連絡をとることにした。

＊

忍《しのぶ》は朝から田辺にある発掘会社の遺物整理室を訪れていた。

昨日も案内してくれた長谷川《はせがわ》主任が「あら」と迎えてくれた。

「熱心ですね。人形のほうはいかがでした？」

「家近《いえちか》さんを紹介してくださってありがとうございました。とても参考になりました」

今日は人形ではなく経筒に入っていた巻物のことを調べに来た、というと、長谷川は肩を落とした。

「あの経巻ですね。劣化がひどくて解読は断片的にしかできないかもしれません」

「そんなにひどい状態なんですか」

「見事に残欠という感じです。修復には時間がかかりそうです。もうひとつは木簡」

「木簡ですか」

「はい。こちらはお見せすることができます」

整理室に案内された。クリーニング作業中だった。

「比較的新しいものですね。墨痕《ぼっこん》も読み取れます」

木簡というと古代の役所遺構で出土したものが頭に浮かぶ。紙が貴重だった時代、短冊状に割いた細い板に文字を書いた。これを紐《ひも》で繋《つな》げて巻物のように読めるようにもしたようだ。

「何が書かれていましたか」

「まじないのようです」

忍は意表をつかれた。

「呪符かもしれません。梵字《ぼんじ》が記されています」

「現場の話だと、平安時代の経筒を江戸時代に再利用したようでした」

「なるほど。とすると、経巻は平安時代のもので、木簡は江戸時代に人形の『頭』と一緒に納めたものかもしれませんね」

長谷川はメガネの蔓《つる》を持ち上げて言った。忍は作業者の肩越しに木簡を見つめ、

「なんのまじないだかわかりますか」

「うーん、専門ではないので。ただ梵字に加えて〝急々如律令〟という文字も見えるので修験道系のまじないかもしれません」

　撮影不可、と言われ、忍は一旦《いったん》、あきらめた。

「案内のほうはもう大丈夫ですので他の作業も拝見していいですか」

「ええ、どうぞご自由に」

　長谷川は自分の仕事に戻っていった。忍はしばらくうろうろしていたが、目線は木簡の作業場をチェックしている。作業者が休憩をとるまで辛抱強く待ち、机から離れたところを見計らって近づいた。横を通り過ぎる風を装って腰の辺りにスマホをしのばせ、手元は見ずにシャッターを押す。作業者が戻ってくる前にサッと立ち去った。

　廊下に出てから画像をチェックした。

「よし。なんとか撮れてるな」

　長谷川には申し訳ないと思いつつ、門外不出の画像が入っているスマホをそっと胸ポケットに納めた。

「あっ。お帰りですか」

　玄関の手前で長谷川に呼び止められた。忍はポーカーフェイスで、

「はい。ありがとうございました」

「また何かあればいつでもどうぞ」

　そんなやりとりをしていた時だ。玄関のほうから中年男女が三人、連れだってやって

くるのが見えた。長谷川は顔見知りだったらしく挨拶《あいさつ》を交わしている。それを見ていた忍が思わず「あっ」と声をあげかけてしまった。……すぐに取り繕ったが。

三人が奥へと去ったのを見届けて、忍は訊《たず》ねた。

「今のは誰ですか？」

「……あ、いまのが地権者さんですよ。俵田さんご夫妻」

「ご年配のおふたりですか。じゃあ、もうひとりの若いほうの人は？」

「スーツを着てた方ですか？　さあ。存じ上げないのですが、お知り合いのようで一昨日も一緒にみえましたよ」

あの男だ、と忍は思った。淡嶋神社ですれ違った「高杉晋作似」の。

なんでこんなところにいるのか。

忍は受付に向かった。来館者は必ず名を記入する決まりだ。

俵田夫妻の下にはこう書いてある。

「馬淵《まぶち》……孝四郎《こうしろう》」

どこかで聞いた覚えがある。会ってもいるはずだ。馬淵孝四郎。

俵田たちと「馬淵」は発掘会社の社長とにこやかに話している。馬淵の後ろ姿を遠目に見て忍はハッとした。……あの背中。

「思い出した」

シテ方の能楽師だ。

嵐山会《らんざんかい》という東京の団体に属していた。忍は龍禅寺笙子《りゅうぜんじしょうこ》に連れられて何度か能を観に行ったことがある。井奈波《いなば》の文化事業をアピールするためのパーティーで挨拶したこともあった。

だが東京の能楽師が、なんで発掘現場の地権者と一緒にこんなところにいるのか。

＊

夕方、無量たちは忍と落ち合い、中辺路にある佐分利家を訪れることになった。

佐分利家の男雛《おびな》〝安珍雛〟が確かに「松醍《しょうだい》」という人形師のものか、確かめるためだ。

だいぶ日も延びてきたので、終業後でもまだ外は明るい。

「紀州藩主の堺御殿……？　それがあの遺構の正体だって？」

忍と無量と萌絵と佐分利、小さな車に四人ぎゅうぎゅうで乗りながら、互いに得た情報を報告しあった。

中でも萌絵が観世音寺で得た情報は大きかった。

「まだ吉岡《よしおか》調査員にも伝えてないんだけど、もしそうなら、あの人形が入ってた経筒には紀州のお殿様が関わっている可能性があるってことですよね」

「紀伊徳川家……。そりゃまた大事《おおごと》になってきたな」

言うまでもなく、徳川御三家のひとつだ。尾張《おわり》・紀伊・水戸《みと》の御三家は、将軍家に次ぐ家格を誇っていた。しかも紀伊からは八代吉宗と十四代家茂《いえもち》、ふたりも将軍を出している。

「その御殿の庭だったのかもね。人形が江戸時代のものなら経筒を埋めたのも江戸時代でしょ。……もちろん明治以降ってこともないではないけど」

御殿の存在が記載されていたのは『紀南郷導記』という元禄年間に成立した書で、南龍公の指示で編纂《へんさん》されたという。だがその時点で「此浜ニ先君（頼宣）ノ御殿有リシガ今ハ廃セラル」との文言があったので、頼宣の次の藩主の頃にはもう取り壊されていたのだろう。

ハンドルを握る忍が「うーん」とうなった。

「お殿様の経筒の中に佐分利さんちの人形、か……。それに呪符《じゅふ》の木簡」

「その呪符にはなにが書いてあった？」

後部座席から佐分利が問いかけた。それが、と忍が答え、

「解読しようと思ったんですが素人にはなかなか。専門家の知恵を借りた方が早いかもしれません」

史料編纂所《へんさんじょ》の鷹崎美鈴《たかざきみすず》に連絡をとって人材を当たってもらっているという。

「てか、その経筒はお殿様が埋めたとは限らないかもしれませんよ。実は逆で、誰かがお殿様に呪いをかけた……とか」

萌絵の言葉に無量たちは誰も笑えなかった。

「ま、まさか、な……」

「厭物《えんもつ》ってやつだよ。平安時代とかの呪詛《じゅそ》事件でよく聞く〝人を呪う道具〟のこと。それに『一木一枝切ってはならない』って」

車内が重い空気になった。

「……確かにあれがうちの〝清姫雛〟だったとしたら、ただの人形の頭《かしら》とはちがう。ばあちゃんの言葉通りなら〝悪い月の呪い〟……多分〝三体月の呪いを引き受けた〟頭だ。呪いのパワーがうんとこもってる呪いの塊みたいなもんちゃうか」

佐分利が追い打ちをかけるものだから、無量たちは寒くなってきた。

忍だけが冷静だった。

「佐分利家には、紀州の殿様と関わりがあったような話は伝わってませんか」

「先祖が昔、殿様に所望されて能を披露したって話は聞いてる。拝領した能面もある」

「やっぱりあったんですね」

確かめたいことが増えてきた。

国道３１１号線を富田川と並走して東に向かうにつれ、あたりはみるみる山深くなってきた。山間《やまあい》は日が暮れるのも早い。若葉萌《も》える山々も今は夕闇に沈もうとしており、行き交う車もライトを灯《とも》し始めている。

佐分利家に到着したのは午後六時を少し回った頃だった。寺のお堂のような能楽堂には明かりが灯っている。日中働いている弟子たちはこれから夜稽古《げいこ》だという。車が次々と入ってきて、先日来た時よりも賑《にぎ》やかだ。

「ぼっちゃま！　こんな時間までどこで何をされてたんですか」

家政婦の万里江《まりえ》が血相を変えて飛んできた。

「仕事だよ。今朝退院したって伝えたやろ」

「無茶がすぎます……お怪我の具合は？　本当になんともないのですか」

「このとおり。それよりバイクは大野《おおの》さんとこの修理工場？」

「はい。引き取りにきてくださいましたよ」

「了解。……あ、もう三人分夕食出せる？　ないなら外に食べに行くけど」

「おうちまで送ってくださったんですか？　そちらのおふたりもお友達？」

「はじめまして。亀石発掘派遣事務所の」

「ああ、夕食なんて、いいですいいです。お気づかいなく」

どさくさに紛れて、ぞろぞろと家にあがっていった。

先日と同じ仏間で再び〝道成寺雛〟と再会した。桐箱には「安珍雛」と記されている。

黒い束帯装束の男雛は、家近の人形資料館で見た寛永雛とやはり特徴が似ている。

佐分利の代わりに忍が合掌して「失礼します」と人形に手を伸ばし、頭《かしら》を外した。

後ろ首のところに小さく印が捺《お》されている。

「……まちがいない。松醍の作品だ」

経筒の頭《かしら》＝佐分利家の〝清姫雛〟である可能性が高まった。

「南龍公の能面はどこですか」

「茶道具といっしょに蔵にあるはずや。探してみよか」

そこへ家政婦の万里江が襖《ふすま》の向こうから声をかけてきた。

「ぼっちゃま。少しよろしいですか」

「ああ、いいよ」

襖を開けると、万里江が「ぼっちゃまにお手紙が」と差し出している。

「先ほどポストに入っていたんですが、差出人のお名前がないので。いかがしましょう」

佐分利が受け取ったのは白い封書だ。宛名はあるが差出人の名がない。切手も消印もないところを見ると、直接、郵便受けに入れたものらしい。

封を切って中を開けてみた。和紙が一枚、折ってある。

墨文字でこう記してある。

〝清姫の封印は解かれたり。
三体月の呪いは真実なり。
我のごとく焼かれて命を落としたくなくば、
発心流の名を捨て、速やかにこの地より去れ。
安珍　より〟

佐分利は凍りついた。

覗《のぞ》き込んだ無量たちも、青ざめてしまう。

「〝安珍より〟……って、いったい」

晃平《こうへい》の遺影に手向けた線香から、灰が音もなく崩れる。

重く静まりかえる仏間に、まるで遠い祭り囃子《ばやし》のように笛と鼓の音が聞こえてくる。

*

無量と忍と萌絵は客間に移動し、万里江の用意した夕食をいただくことになった。

だが佐分利がいない。部屋に戻ると言ったきり、出てこない。

三人ともなかなか箸《はし》が進まない。万里江の作った煮付けも煮魚もとても美味《おい》しいのだが、先ほどの手紙のせいで味わうどころではない。

しかも忍はじっと考え込んでいて、無量たちが声をかける空気でもない。

「……なあ、あの手紙、やっぱり……」

萌絵に話しかけようとした時だ。

玄関のほうが騒がしくなってきた。万里江と佐分利が言い争う声が聞こえた。

慌てて駆けつけてみると、スーツケースに荷物をまとめた佐分利が今にも出ていこうとしている。

「ぼっちゃま、待ってください！　いけません！」

「俺は出てく！　もうこの家には帰らん。二度と……！」

もみあいになっている。無量たちを見ると、万里江が目で助けを求めている。

「ちょっと待ってください、佐分利さん！　なんなんすか、こんな時間にどこに行く気っすか」

「放してくれ、ムリョっち。俺はこの家を出てくことに決めた。最初からこうしとけばよかったんや」

「なに言ってるんすか！　落ち着いてくださいよ。なんで佐分利さんが出てかなきゃなんないんすか」

なんでもクソもあるか、と佐分利は無量を振り払って怒鳴った。

「あんな手紙を送りつけられてまでこの家にいる理由なんぞない。俺は初めから継ぐ気なんかサラッサラなかった。好きで後継者になろうとしたわけやない。なのにこんな気色悪い手紙よこされて、ブレーキいじられて殺されかけて……、辛抱なんてできるか！」

佐分利は「三体月の呪い」を心のどこかで恐れていた。そこにすっかりつけこまれてしまったのだ。

手紙は一見、佐分利にこれから降りかかる災いを伝えて、逃れることを忠告しているような文面だが、……本当はちがう。明らかに脅しだ。

忠告の顔をした、脅しの手紙だ。

「好きで帰ってきたわけでもないのにこんなんで死ぬなんて納得いかん……！　一秒たりといたいとも思わん。俺は出てく！」

「待ってください、佐分利さん！　あなたが出てったら手紙の主の思うつぼじゃないですか」

忍も体を張って止めようとするが、佐分利に物凄《ものすご》い勢いで振り払われて尻餅《しりもち》をついてしまう。スーツケースを引いて玄関から出ていく佐分利に、今度は萌絵が立ちはだかって腕を広げた。

「落ち着いてください！　話を聞いて。信じちゃだめです。これはきっと佐分利さんをここから追い払いたいひとが仕組んだ罠《わな》で……っ」

「わかっとるわ、上等や。俺はハナから後継者なんぞなりたくなかった。意見が一致したってわけや。せやったらこっちから出てってやる」

「佐分利さん！」

「なんの騒ぎだ」

萌絵の背後から男の声がした。佐分利の父・清彦《きよひこ》だ。

稽古を終えて戻ってきたところだった。

だが佐分利は——亮平《りょうへい》は怒りと興奮が収まらない。萌絵を押しのけて、

「能楽やめます。お世話になりました」

「寝言か。頭を打ってどうにかなったのなら、さっさと病院に戻れ」

亮平はさっきの手紙をポケットから取りだして、父親の胸に押しつけた。清彦は表情ひとつ変えず、目を通す。少し眉《まゆ》をひそめただけで、やはり表情は変わらなかった。おもむろに手紙を破り始めると、その場に投げ捨てた。

「……くだらんいたずらを真に受けおって。騒いでいる時間があったら稽古《けいこ》場《ば》に来い。謡《うたい》のひとつも覚えろ」

足元に散った紙片を亮平は見下ろし、そして清彦を睨《にら》みつけた。

「あんたが俺を後継者扱いしちゃーるせいで、こっちは殺されかけとんねん。俺を認めてる奴なんか発心流にゃひとりもいてやんくせに！　こっちからやめてや……！」

最後まで言えなかった。清彦の平手打ちが飛んだからだ。

無量たちも「あっ」と声を出した。頬を張られた亮平は棒立ちになってしまう。

「甘ったれるな。認められとらんと思うんなら、その分稽古して認めさせちゃれ。シテの稽古は八時からや。破《は》の舞の続きからやるぞ。ええな」

言って、清彦は富樫《とがし》らとともに食事をとるため、母屋に入っていった。

弟子たちの目線が冷たい。

亮平は立ち尽くして悔し涙をこらえている。ただでさえ能楽師として自信がなく、長いブランクを抱えている。父親や弟子たちの厳しい目に晒《さら》され、身の置き所がないと感じているというのに。追い打ちをかけるような手紙は、今までどうにか支えてきた気持ちを完全に砕いたようだった。

「……すまんな、ムリョっち。相良《さがら》君、永倉《ながくら》さん。今日のところは……」

それだけ言うのが精一杯だったのだろう。

大きな体が小さく見える。

「明日《あした》」

と無量は声を張り上げた。

「また明日現場で！」

三人は亮平の気持ちを気遣って、一旦《いったん》、引きあげることにした。

車中は重い空気だった。

「……サブリン、大丈夫かな。なんか放っておけない感じがする」

萌絵も気がかりだった。無量たちも口数が少ない。

「どう思う、忍。やっぱあれって」

「脅しだな」

ハンドルを握る忍は冷静だった。

「あの事故もやっぱり偶然じゃない。誰かが呪いにかこつけて佐分利さんを」

「くっそ。一歩間違えれば死んでんぞ。本気で殺そうとしたっつーんじゃ……！」

「そこまで考えたかはわからない。少なくとも三体月の呪いのことは知ってたようだし、佐分利さんが三体月を見たことも知ってるようだから、だいぶ身内が関わってる。だが詰めが甘いよ。『発心流の名を捨てて』なんてわざわざ書いたら、自分が〝捨てて欲しい側の人間〟だって白状してるようなもんだ。俺だったら『去れ』としか書かない」

「念を押したんでしょうね……」

「佐分利さんが跡継ぎになるのを妨害してるってことか」

もちろん、こんな脅しに「はい。そうですね」と乗るわけにはいかない。

「……けど難しいな。佐分利さん自身が継ぎたくないのなら、引き留めるのも」

「いや。本心はちがうんじゃないかな」

無量は闇に沈む富田川の黒い流れを眺め、

「……後継者でありたいけど、自信がないだけなんじゃないかな」

「本当は能を続けたいと？」

無量は亮平といっしょに滝尻王子を参拝した時のことを思い出している。まるで突然なにかが降りてきたように「道成寺」の足拍子を踏み始めた。物凄い緊迫感だった。囃《はや》子《し》方《かた》もおらず、ただのさびれた神社の境内だったのに、それを忘れさせたほどだった。何かに憑依《ひょうい》でもされたような顔つきで、ほとんど無意識に。体に染みこんでいるのだ。たぶん本人が思うよりずっと深く。骨の髄まで。

「もうやりたくないみたいに口では言うけど、本当は舞台を踏みたいんじゃないのかな。能がやりたいんじゃないかな」

兄に比べて自分には才能がなく、技量のなさも未熟さも重々自覚している。いくら商業演劇でたくさんの舞台を踏んでも、彼にとって能は全く別世界で別次元なのだろう。

優秀な兄の後で周りからも常に値踏みをされているような居心地の悪さもあるはずだ。

「『道成寺』の話をする時、佐分利さんの口調はめっちゃ熱かった。清姫の気持ちで舞うんだって。てか、そんなもんじゃない。舞台に上がったとき、佐分利さんは清姫と一体になったんじゃないかな。だから〝清姫雛《びな》〟のことがあんなに」

　三人の気持ちは固まっていた。

「……一肌脱ぐか」

　忍がジャケットのポケットにしのばせていたチラシを助手席の無量に差し出した。

「なにこれ」

「佐分利さんちの門のところにあった。ご自由にどうぞって」

　萌絵も後ろから覗《のぞ》き込み、読んではっとした。

「ええっ、まさか！　相良さん」

「永倉さんにも協力してもらうよ」

　無量は「まじか」という顔をした。

「そこまでする必要ある……？」

「佐分利さんの本心がおまえの読みとった通りなら、勘違いしたままで選択を間違えて欲しくないじゃないか」

　出会ったばかりの忍も放っておけないと思ったのだ。

「……それとあの手紙の差出人〈安珍〉は、新しい情報をふたつ、くれたよ」

「新たな情報？」

「ひとつは清姫雛のこと。〝清姫の封印は解かれた〟と文面にあった。おそらく、あの経筒のことだ。あれはやはり清姫雛の頭《かしら》で、埋めたのは、もしかすると禍《わざわ》いを封印するためかもしれない」

無量と萌絵はギョッとした。

「封印……って埋経でも地鎮でもなく？」

「うん。昔から、禍いを形代《かたしろ》に移して容器に入れて土に埋める、という風習はあった。土に埋めるという行為自体が、封印になったんだ」

「つまり西原《さいばら》くんたちはせっかく封印していた悪いものを発掘で掘り返してしまったってことですか！」

忍はうなずいた。無量と萌絵は青ざめた。

「そりゃだいぶやばくない？」

「もうひとつは」

忍は赤信号に変わろうとする信号の手前で、ブレーキを踏んだ。

「あの手紙を書いた人間は、人形の頭が出土したことを知っている人間だということだ」

無量たちははっとした。

忍は昼間に田辺の発掘会社ですれちがった男のことを考えている。

馬淵孝四郎。嵐山会というシテ方の団体に所属する能楽師。

まさかあの男が……？

だがどういう理由で？

フロントガラスには西の空で肥えていく明るい月が滲《にじ》んでいる。

＊

翌日はGW後半の連休に入る前、最後の作業日だった。

佐分利から欠勤の電話が来たのは、朝方のことだった。やはり昨日の無理が祟《たた》ったのか、体調が優れないという理由だった。

「大丈夫かな……。佐分利さん」

無量は腰に道具差しのベルトを巻き、調査区に張られたブルーシートを押さえる土嚢《どのう》をどかし始めた。すると隣の調査区が何やら騒がしい。駆けつけると、女性作業員がおろおろした様子で訴えた。

「大変です！　グリッドがめちゃめちゃにされてます！」

見ると、土が荒らされている。遺物が出土した場所に刺してあった目印の串《くし》やピンホールが抜き取られ、水糸も荒っぽく引き剥《は》がされていた。それどころか、苦労してクリーニングを終えた地面がぐちゃぐちゃに掘り返され、ひどい有様だ。

「うそだろ！　誰がこんなことを！」

吉岡も悲鳴をあげて頭を抱えた。土層観察用のセクションベルトも崩されて、見るも無惨な状態になっている。

「警察を呼んでくれ！　発掘現場が荒らされてると！」

現場は大騒ぎになった。

幸いというべきか、経筒が出た調査区からはすでに遺物は取り上げられていたので、輪宝などもすでにここにはなかったが、測量途中だった調査区が荒らされて全部一からやり直しだ。それどころか、マーキングを失い、出土地点がわからなくなってしまったものは記録写真と照合せねばならない。

無量は怒り爆発だ。

「信じらんねー。遺跡荒らすなんて冗談じゃない。ふざけんな！」

頭にまいたタオルを引き剝がして地面に叩《たた》きつけた。こんなことをしでかすのは、昨日、亮平に手紙をよこした〈安珍〉とかいう人間しか考えられない。

「ゆるさねえ……〈安珍〉のやつ絶対探し出してボコボコにしてやる！」

激怒する無量から萌絵のもとにメールが入ったのは、それからまもなくのことだった。

萌絵は忍と一緒に車で中辺路町に向かっているところだった。

「発掘現場が荒らされた？　……本当なのか！」

運転中だった忍が思わず乱暴なハンドル操作をしたものだから、萌絵が「ひっ」と頭上の手すりを摑《つか》んだ。

「夜の間に誰かが現場に忍び込んで、ぐちゃぐちゃにしたみたいです」

「なんなんだ……っ。佐分利さんだけじゃなく現場にまで手をだすなんて！」

むろん犯人が〈安珍〉だと決まったわけではない。だが、一連の状況から鑑《かんが》みるに無関係だとはとても思えなかった。

狭くもない調査区を汗水流してせっせと掘ってきた無量たちの労力を思うと、いたたまれない。

「一度壊した遺跡は二度と元には戻らないんだぞ。それを……っ」

「とっちめてやりましょう！　……と言いたいところだけど、通報もしたようだし、警察に任せたほうがいいのかな」

「佐分利さんの事故の一件もあるし、十分警察案件だと思うけど、張本人である佐分利さんがどう思ってるか」

熊野は朝から曇天だった。厚い灰色の雲からは今にも雨が落ちてきそうだ。

ふたりは再び佐分利家を訪れた。

家政婦の万里江に訊《き》くと、亮平は能楽堂にいるという。

行ってみると、中から男の声で謡が聞こえる。入口からそっと覗いた。

堂内には立派な能舞台がある。

屋根もあり、舞台正面の壁にあたる鏡板《かがみいた》には老松が描かれている。舞台から向かって左側は橋掛かりと呼ばれる長い廊下のようになっていて、出入口には五色の揚幕《あげまく》が下がっている。

佐分利亮平は舞台にいた。

他には誰もいない。面《おもて》もかけず能装束もつけず囃子《はやし》もない。「仕舞」と呼ぶ稽古《けいこ》だ。怪我をした左手を吊《つ》っているので不自由そうだが、気にかける様子はない。足拍子を踏む音が驚くほどよく響く。まるで舞台自体が巨大な音響装置であるかのようだ。その凜《りん》とした響きにいやでも背筋が伸びる。独特の足遣いに忍は気づいた。

「……乱拍子だ」

魅入られたように呟《つぶや》いた。

「これは〝道成寺〟だ」

前シテの白拍子だ。無量の前でも見せた場面だった。袴姿《はかますがた》で面もかけていない。なのに、ふたりには亮平が亮平には見えなかった。まるで別人だ。異様な緊張感に満ちていてとても声をかけられない。

舞台上は無音だから、忍と萌絵に囃子も謡も聞こえない。だがその独特の足遣いで忍にはわかった。乱拍子とは、シテの白拍子が道成寺の鐘に向かって石段をあがっていく様を表すものだ。難曲中の難曲と呼ばれる『道成寺』の見せ場のひとつで、これをやり遂げたら一人前と言われる。しんと静まりかえった舞台上で亮平はじっとしている。上体は静止しているかに見えるが足元のみは動いている。つま先を上げ、音をたてず下ろす。今度はかかとを上げ、下ろす。足をひねり出し、出し揃え、急に腰を沈めたかと思うと右足を後ろに跳ね上げ、足拍子をダンと打つ。その一瞬だけ空気が破れる。そしてまた収縮していく。すこぶる単純だがそれゆえに難度が高く精神性を問われる一連の動作が、階段の一段となる。これを繰り返す。

彼の中でだけ響く鼓に合わせて亮平は動く。執着も愛も憎しみも極限まで内向化されて、それらはわかりやすい形では表には現れない。だが張り詰めた身体が生み出す所作は圧縮された情念そのものなのだ。極小の動きで激情を表す。あまりの緊張感で見ている方は息ができない。無音の空間に亮平の謡が地の底から湧きあがるように朗々と響く。神事を見るかのようだ。

白拍子が道成寺の階段を噛みしめるようにあがっていく。かつて自分と安珍とを隔てた恨めしい鐘へと向かって。

〝道成の卿《きょう》　承り　始めて伽藍《がらん》　たちばなの
道成興行の寺なればとて　道成寺とは名付けたりや〟

萌絵はぞわっと鳥肌がたった。思わず足が竦《すく》んだ。中国拳法《けんぽう》で研ぎ澄ました神経がいやと言うほど反応している。亮平から発せられる凝縮された〈気〉がビリビリと肌に伝わって身動き取れないほど圧倒されている。

凝縮して凝縮して、爆発寸前に達したその瞬間から急の舞が始まる。打って変わって舞に躍動感と烈《はげ》しさが加わる。ほとばしる想いに堪えられなくなったように。

高揚感は頂点に達した。

次の瞬間、亮平が高く飛び上がり、大きく回転した。

大きな音が板張りの舞台を震わせた。亮平はうずくまり、動きを止めた。

それが「鐘入り」だった。

落ちてくる鐘に飛び込んだのだ。鐘はここにはないが。

しばらくの沈黙の後、おもむろに立ち上がって深く息を吐いた。そのときには亮平はもう素に戻っている。

それまで呼吸も忘れて圧倒されていた萌絵が、亮平の〈気〉が散じたのに気づいて思わず拍手をしかけたが、忍が止めた。能では客は拍手をしない。

「……あれ。相良さんと永倉さんやないか」

結構目立つところにいたはずだが、集中していて全く気づかなかったらしい。

「昨日はどうも。朝から稽古ですか」

「いや……。自分に問うために舞っていた」

「問う？　なにを？」

「俺に能の才能はあるのかないのか」

忍たちは真顔になった。

昨日とは亮平の表情がちがう。

一晩明けて冷静に自分を見つめ直すようになっていた。

「自分でもようわからんかったから、一番思い入れのある『道成寺』を舞って、確かめようと思った」

「……。答えは見つかりましたか」

亮平の体には余韻の熱が残っている。それに浸っている。

自分と向き合うように瞼《まぶた》を閉じた。

「才能のことはわからん。というか舞ってるうちに頭が真空になった。ひとつわかったのは、ここにあがって舞ってる時、俺は一番、俺であれてることだ」

いい顔をしている、と忍は感じた。

落ち着きを取り戻した亮平は、自分が見つけた答えに満足しているようだった。

「……でも跡取りになるかどうかは別だ。能を続けるだけなら、ここでやらんでもええ。他のシテ方の門下に入って続ける手もある。だが難しいかもな」

どうして？　と萌絵が訊くと、亮平は「たとえば」と天井を見上げ、

「『道成寺』ではここに鐘を吊《つる》す。〝鐘入り〟の瞬間、鐘を落とすが、その入り方ひとつとっても流儀ごとにちがう。〝上掛け〟というシテが鐘の真下に入ってから落とすもの、〝下掛け〟というシテが鐘の落ちる瞬間に横から飛び込むもの。うちの流儀は回りながら飛び込むという特殊なもので〝回り掛け〟と」

どの流儀よりもアクロバティックで危険が伴う。鐘の重量は八十キロもある。歌舞伎の「道成寺」の鐘はゆるゆると降りるが、こちらは本当に「落とす」。鐘を落とす「鐘後見」と呼ばれるシテ方と、よほど息が合わなければ、事故になるほどだ。失敗して命を落とした先祖もいる。

「文字通り、命がけなんや」

熊野の里神楽から発展した発心《ほっしん》流は、いわゆるメジャーな流儀とはだいぶ様式がかけ離れている。基本の動作も演目もしきたりも。決まり事がまるでちがう。

「発心流が骨の髄まで染みこんでるのに、今さら他流儀が身につくかどうか」

「……佐分利さんは能をやりたいんじゃない。発心流がやりたいんじゃないですか」

亮平は驚いた。

忍の指摘は意外だったからだ。

「他の流儀ではないような気がします。ふるさとが生んだ能をふるさとで舞うからこそなのでは」

亮平は目を伏せて、襟元をくつろがせると、ようやく笑顔になった。

「それよりどうした。俺を心配してきてくれたんか」

忍が渡したのはチラシだ。門の前で無料配布しているものだった。

「体験教室の募集？　……ああ、最近弟子が減ってるもんやから観光客相手に始めたんやな。……え？　まさか」

そのまさかだった。

忍と萌絵はチラシの裏側を向けて差し出した。

「参加申し込み書です。受付お願いします」

*

「体験教室の申し込みですか。しかも特別コースなんて珍しいですね」

事務を請け負う弟子の井川《いがわ》透《とおる》が驚いた顔をした。亮平はほがらかに、

「東京の友達でな。うちに泊まりにきたついでに能を体験してみたいって。急ですまんが今日から頼めんか」

「はあ……。問題はないかと」

「恩に着る」

発心流の体験教室は三つある。一日コース、二日コース、特別コース。特別コースは連休をたっぷり使ってシテ方・ワキ方・囃子方・狂言方をフル体験するというものだ。

そんなこんなで忍と萌絵は佐分利家に潜入することに成功した。

ふたりの目的は亮平のボディーガードと佐分利家の内部調査だ。亮平は困惑していたが、昨夜起きた遺跡荒らしを伝えると一瞬で吹き飛んだ。苦労して掘った遺跡が壊された。みんなが汗水流して調べている遺跡だ。義憤だけではない。それ

も自分が関わっていたせいで壊されたかもしれないと思ったら、いたたまれなくなった。いてもたってもいられなくなった。

――もう、くよくよするのはやめや。

亮平は自分から忍たちに協力することを決めた。

「これで〈安珍〉のやつを突き止められるか」

「ありがとうございます。やるだけやってみます」

「ていうか、相良くんでなく永倉さんがボディーガードなのは、なんで？」

「安心してください。こないだもボクシングの元世界チャンピオンを倒してきたところです」

「うそやろ！」

体験教室参加者という名目で稽古をつけてもらいながら佐分利家を調べる。が、亮平も半端《ハンパ》はできない性分で、稽古をすると決めた以上おざなりにはできない。いつのまにか熱が入ってしまう。

基本の構えからすり足。前に出て、下がる。

たったそれだけなのに悪戦苦闘だ。

だが、萌絵の上達が異様に早い。驚くほど早くサマになってきた。

「おお。君はすごいねえ」

入口のほうから声があがった。見ると、白髪の老人がひとり、壁際に立って見守っている。

「大叔父貴《おおおじき》」

　と亮平が言った。祖父の弟にあたる佐分利雄彦《たけひこ》だ。

「珍しく体験希望者がいてると聞いての。……君は日舞かなにかやってたのかな？」

「空手と少林寺《しょうりんじ》と中国拳法《けんぽう》を少々」

「武道家か。どうりで筋がいい。体の使い方を熟知しちゃある」

　どれ、と言って雄彦が舞台にあがってくる。いつのまにか亮平を差し置いて自ら指導を始めている。なまじ萌絵の呑《の》み込みがいいものだから、どんどん熱を帯びてきて、気がついたら忍は蚊帳の外に追いやられ、萌絵と雄彦一対一での集中稽古《けいこ》となっていた。

「永倉さん、気に入られたなあ……」

「珍しいこともあるもんや。大叔父貴は部外者には滅多に稽古つけないのに」

　舞台からおりた忍は、亮平に発心流の顔ぶれについて訊《たず》ねてみることにした。

　後継者問題に異を唱えている者が誰なのか、きちんと把握したかったのだ。

　発心流の正弟子は七名、准弟子と呼べる氏子たちが二十名ほどだという。

「派閥なんてたいそうなもんじゃないが、おおまかに見た感じ、ふたつにわかれてるな。まず一番弟子の富樫派の連中、そして大叔父貴の息子（父のいとこ）である佐分利賢《けん》。賢おじさんとは相良君はまだ会ってないよな」

　和歌山の会社に勤めていて、月に二度ほど顔を出すという。

発心流は古式猿楽の流れで、シテ・ワキ・囃子《はやし》・狂言をオールマイティーにこなせなければならないが、賢は特にワキを多く務め、発心流では宗家の清彦についでナンバー2的な立場にいるという。

「佐分利さんの感触ではどうですか。どっちの風当たりがきつい、とか」

「どっちもや。どっちも俺を認めてない。一番弟子の富樫はゴリゴリの兄貴派だったから、兄貴の娘に継がせようとしちゃある。賢おじさんは……自分派だな」

「自分派」

「兄貴が余命わずかとわかって、急遽《きゅうきょ》、後継者選びせなならんくなったとき、賢おじさんは自分が代わりに宗家を継ぐと手ぇ挙げた。親父はそれが気に入らなかったらしく、俺を呼び戻したってわけだ」

話の流れからすると、亮平が跡継ぎになるのを一番面白く思っていないのは、父のいとこの佐分利賢だということになる。

〈安珍〉は富樫派か、賢派か。

だが、どちらも決定的な根拠がない。

「とはいえ、俺が帰ってくるなり、こんなことを始めた理由ならわかる。うちの流儀のしきたりでは、四十九日の法要で、次期後継者を親父が指名することになってる」

「四十九日に？」

亮平は兄が逝去した日から指を折って数え、

「五日後やな」

もういくらもない。

おそらく〈安珍〉は、次期後継者＝亮平の線が濃厚になってきたとみて、なりふりかまっていられなくなってきたのだろう。

こちらが黙っていたら、ますます過激な手を使われかねない。

「こっちもガードを固めないといけないな」

ガードといいながら、忍の目はどこまでも攻撃的だ。次に手を出してきたら、見境なく潰《つぶ》すくらいの気持ちでいる。

「……もうひとつ、聞きたいことがあります。馬淵孝四郎という能楽師を知ってますか。嵐山《らんざん》会に所属してる」

亮平は知らなかった。嵐山会という団体名自体は業界では有名なので知っているが、その会員とは面識もないという。ただ他流儀との交流会は年に何度かあるので、父や大叔父らは知っているかもしれない。

「何かあるのか？　その男」

人形調査で赴いた淡嶋神社で見かけたこと。地権者の俵田夫妻とともに田辺の発掘会社に来ていたこと。忍が打ち明けると亮平も険しい顔になった。

「そりゃ聞くからに怪しいな。俺から弟子たちに訊《き》いてみよか？」

「いや、どこに繋《つな》がってる者がいるかわからないから、佐分利さんは動かないでください。僕がそれとなく関係者に探りを入れます」

馬淵という男がなんの目的で堺遺跡を探っているのかはわからないが、その動機はいま起きていることと無関係ではなさそうだ。

亮平から聞き取った証言をもとに相関図を書き起こした忍は、さっそく行動を起こした。

＊

「おおお、これが徳川家から拝領した茶具ですか」

稽古を終えた萌絵はその後、大叔父の雄彦《たけひこ》に蔵を案内してもらえることになった。

発心流に興味津々の萌絵に、雄彦は気をよくした。歴史の質問などをばんばんぶつけていたら、藩主から拝領した能面を見せてくれると言い出した。

「すごいですね。本当に紀州のお殿様が見たとは」

「紀州藩は代々、能楽好きのお家でなあ。初代・徳川頼宣公も愛好家で知られていて」

「南龍さんですね」

「おお、よう知ってるな。その南龍さんは自分でも舞った。時の観世《かんぜ》大夫《だゆう》に師事して、十代の頃から家康公の前でもどこでも、あちこちで披露しちゃあったそうや」

能は戦国武将からもてはやされた。豊臣秀吉の能フリークぶりは有名だが、家康も大好きだった。頼宣が紀州藩主になると、有名どころの能役者をどんどん召し抱えた。

「代々の殿様も、熊野詣に来るたびにうちに立ち寄ってくださった。白浜の御殿まで出向いたりもしたそうや。熊野でしか見られない演目を好まれたと」

雄彦が奥から古い桐箱を持ってきた。

「これや。頼宣公から拝領した面《おもて》」

蓋《ふた》を開くと、萌絵が「ひっ」と悲鳴をあげた。

なんとも恐ろしい面だった。乱れ髪に角が生え、大きく開いた口に牙《きば》が生え、目は金色に塗られている。

「こ、これは般若《はんにゃ》ですか？」

「蛇の面や。『道成寺』でしか使わん。専用の蛇の面だ」

鐘の中で早替えをしたあとにかける、後シテの「蛇体」専用の面だった。

「すごい迫力ですね……。もしかして今も」

「もちろん。上演のたびにふつうに使《つこ》てるよ。舞台で使《つこ》てこそ面は生きる」

能では文化財級の古い面も当たり前のように使われる。古い面が醸し出す迫力は不思議だ。一種の霊気のようなものまでまとっている。まるでそれをつけて舞った代々の役者の念が染みついているかのようだ。

「こっちはお殿様から拝領した見台《けんだい》だ」

謡本《うたいぼん》を載せるための台だ。

見事な漆塗の見台には家紋が入っている。見たことがない家紋だ。アルファベットの「U」が三つ、押《お》しくら饅頭《まんじゅう》をしているような。

「紀州の殿様の家紋だよ」

「えっ。三葉《みつば》葵《あおい》じゃないですけど」

「これは替紋だ。副紋ともいう。鍬《くわ》を三つ合わせた三つ鍬形紋という」

非公式の場で用いる家紋だ。萌絵にはどこかで見覚えがあった。

「……軒丸瓦《がわら》の紋……」

そうだ。これだ。この替紋を瓦に使ったのだ。まちがいない。

萌絵は確信した。

やはり、あの遺構は紀伊徳川家の御殿跡だったのだ。

ということは、あの経筒はやはり……。

第五章　大峯の修験者

堺遺跡の現場検証が終わり、無量《むりょう》たちは荒らされた調査区のグリッドを一から作り直さなければならなくなった。

結局この作業に一日を費やしてしまい、日程は大幅ロスだ。

無量は徒労感を噛《か》みしめている。無量だけではない。作業員全員がだ。

すっかりモチベーションを落とした作業員たちは帰り際までしょげ返っていた。

明日からはＧＷ後半の連休が始まる。どの道、無量は和歌山に留《とど》まるので、いざとなれば休日出勤も厭《いと》わないつもりだった。

西日を受けてキラキラと輝く海を、虚《むな》しい想いで見つめている。

片付けが終わった現場に奇妙な来訪者があった。

無量が気づいたのは、吉岡《よしおか》と誰かが言い争うような声が聞こえたからだ。今度は何事かと駆けつけてみると、吉岡の目の前に山伏のような姿の男がいて、しきりに何かわめいている。

「南龍塚を掘り返したのか！　この罰当たりどもめ！」

ぼさぼさの髪に兜《と》巾《きん》をかぶり、鈴掛《すずかけ》をまとって結袈《ゆいげ》裟《さ》を首からかけ、わらじを履いている。吉岡は必死になだめて説明するが、ひげ面の山伏は納得いかない様子で「ここは一木一枝手をつけてはならん場所なんだぞ」と叱りつけている。

無量は慌てて仲裁に入った。

「どなたか知りませんけど、ちゃんと許可とってやってるんです。地権者さんも市のほうからも」

「なんだ。おまえ」

「作業員っす。まともなクレームなら聞きますけど、よくわからないいちゃもんなら帰ってもらえます？」

無量は気が立っている。いつになく喧嘩《けんか》腰《ごし》になってしまう。相手はむさくるしい風体のいかにも怪しげな山伏だ。

「南龍塚が何とも知らずに手をつけたのか」

「知らないから手ぇつけるんでしょ。それが発掘調査ってもんすよ。南龍塚のこと、何か知ってるんですか。あの経筒はやっぱり徳川頼宣《よりのぶ》公が埋めたんすか」

すると山伏は達磨《だるま》大師を思わせるぎょろりとした目で、無量をにらんだ。

「おまえが掘り返したのか。埋まってたもんを見たのか」

「この手で掘り当てたんだからそりゃ見ましたよ」

「経筒だったそうだな」

「平安時代のね。でも中身は江戸時代のもんすね。やっぱ頼宣公が埋めたんすか。それとも頼宣公を呪うためにだれかが……っ」

分厚い手が、無量の口をいきなりふさいだ。

「滅多なことを口にしてはならぬ」

無量はもがいて引き剝《は》がそうとするが、握力がすごくて息もできない。

「なんのために先人が手をつけるなと言ったかも考えず、考古学者というやつらはこれだから無礼でいかん」

渾身《こんしん》の力で引き剝がした。

「なんなんすか！　何か知ってることがあんなら逆に教えてくださいよ！」

ひげ面の山伏は急に態度を改め、手荒なことをしたと頭を下げて詫《わ》びた。

「私の名は、筒井《つつい》萬海《ばんかい》。見ての通り、大峯山《おおみねさん》に棲《す》む修験者である。……ところで、その経筒に人形の『頭《かしら》』は入っていたかね？」

＊

午後の体験教室は、萌絵《もえ》ひとりが受けることになった。

その間、忍《しのぶ》は亮平《りょうへい》の部屋にこもって調べ物に余念がない。そこへ亮平が書類をどっさり抱えて入ってきた。

「事務局に行って借りてきたぞ。うちの弟子名簿と後援会名簿だ。とりあえず三十年分持ってきた。あとは弟子の履歴書も」

「ありがとうございます」

忍は「馬《ま》淵《ぶち》孝《こう》四《し》郎《ろう》」と関わりがある者を洗い出すつもりだった。俵田《たわらだ》夫妻との接点も調べなければならない。ノートPCを広げて、しきりにメモをとっている。

「どうだ。なんかわかりそうか」

「まだなんとも。……馬淵孝四郎が淡嶋神社にいた理由も考えてみたんだが、僕たち同様、人形の『頭《かしら》』のことで家近《いえちか》さんちを訪れたんじゃないかって」

「来たかどうか、聞いてみればええやん」

「でも万一、家近さんと繋《つな》がってたらまずい」

亮平は忍の隣に座り、いっしょに名簿を見始めた。

「おふくろにこっそり聞いたが面識はないみたいやな。親父はわからんけど」

「ここに出入りしたことはないと？」

「客として観に来たことはあったかもしれんが」

ふたりで名簿にあたっていると、万里江《まりえ》が二階にあがってきた。

「ぼっちゃま。下で玲奈《れな》さんがお呼びですよ」

「ねえさんが？」

亮平は忍を連れて階下に降りていった。階段の陰から飛び出してきたのは、小さな女の子だ。

「亮兄ちゃん！　つーかまーえたー」

と言って忍にしがみついている。間違えたと気づき、悲鳴をあげて飛びすさった。

「はは。亮兄ちゃんはこっちやで。……相良《さがら》くん、姪《めい》っ子の陽菜《ひな》だ」

「だめでしょ、陽菜。お客様をびっくりさせちゃ」

居間のほうから現れたのは陽菜の母親だ。

晃平《こうへい》の妻・佐分利《さぶり》玲奈だった。

「亮くん、バイクで転んだって聞いて心配してたんよ。腕は痛む？　痛み止めは」

「薬が効いとるからもう平気。ああ、こちらは東京の友人の相良忍くん」

玲奈は三十代半ば。ストレートのロングヘアに白い肌、背も高くて、柳の枝を思わせるしなやかな体つきが印象的だ。

だがその華やかな顔立ちとは裏腹に服装がひどくシックなのは、夫と死別したばかりであるためか。表情はどこか憂いを帯びている。

兄夫婦はこの家で両親と同居していた。その兄が亡くなって、今後をどうするか、という話になっているようだ。

「私、この子と一緒にここを出て、田辺の町で暮らそうと思うの」

居間に落ち着いて、忍に茶と茶菓子をふるまったところで、玲奈は亮平へと切りだした。

「晃平さんが亡くなって、亮くんが跡継ぎになるのに、私がここにいてるのもどうかと思うの。町のほうなら職場にも近いし」

「親父たちにはもう話したの？」

　玲奈はうなずいた。

「晃平さんが亡くなった今、無理にこの家に引き留めることはできないと。私の好きにしていいって」

　亮平は明らかに動揺している。

「……ま、まだ俺が継ぐって決まったわけじゃないし。いてもいいんじゃないかな。てか、俺はいてほしいよ。義姉《ねえ》さんと陽菜に」

「でもいずれは亮くんも結婚して、ここに奥さんと住むようになるかもしれへんやろ。私たちがいたら迷惑だよ」

「迷惑やない！　俺は結婚なんかしない！」

やけにムキなった亮平を見て、忍はちょっと驚いた。玲奈も驚いていたが、困ったように眉《まゆ》を下げ、微笑んだ。

「ありがとう」

　そこに陽菜が割って入ってきて「遊ぼう」と亮平の腕を引っ張った。

「だめよ。亮兄ちゃんは怪我してるんやから」

「平気平気。ならお菓子でも買いに行こか」

亮平だけを行かせるのは、と忍が心配してついていきかけたが、亮平は「店はすぐそこだから」と言い、陽菜と一緒に出ていった。

忍は作業に戻るため二階にあがった。窓から見下ろすと、亮平は陽菜と玲奈と三人で仲よさげに玄関を出ていく。亮平のあんなに楽しそうな笑顔は初めて見た。

「あれ？　そうか。佐分利さんは玲奈さんのことが」

玲奈とは、なんだかいい雰囲気だ。

そんな三人のもとに能楽堂のほうから和装の男が近づいていくのが見えた。

「……あのメガネは。一番弟子の富樫《とがし》さんか？」

門の前で何か亮平に訴えている。

険悪な空気になってきた。少し言い争うような声が聞こえてきた。玲奈が残ることになり、亮平と陽菜はふたりで出かけていった。

「……これは確かめておく必要があるかな」

忍はもう一度、階下に降りた。

「ですから……。何度申せばわかるのですか、若奥様。弟子たちの目もあるのですから、ふるまいにはくれぐれも気をつけてくれと」

物陰から窺《うかが》っていると、富樫が玲奈に説教をしている。

「やましいことなど何もありません。私は亮平さんをあくまで義弟《おとうと》として」

「あなたはそうでも世間はそうは見ません。若が亡くなったばかりなのに、年頃の男と楽しそうに。弟子たちが見たらどう思うか」

「失礼なこと言わんといて。お葬式からこっち、ずっと笑わんかった陽菜が、亮くんのおかげでやっと笑えたの。あの子には亮くんが必要なんやわ」

「子供にかこつけて、あなたまで気の迷いを起こさないでもらいたい。人目にでもついて変な噂を立てられて、家門に泥を塗るような振る舞いだけはくれぐれも謹んでいただきたい」

富樫はきつく釘《くぎ》を刺して去っていった。

玲奈は全く釈然としない様子だったが、忍が現れると、慌てて取り繕った。

「相良さん。お恥ずかしいところを」

「今の。一番弟子の富樫さんですよね。少し話を伺ってもいいですか」

ふたりは居間に戻った。

玲奈によると、富樫は弟子のまとめ役で、晃平の右腕を約束された男だったという。本来なら宗主にならって弟の亮平を推すところだが、富樫は亮平の適性を疑問視して、陽菜を擁立し、自分はその後見人になると主張している。

なるほど、と忍は思った。

まるで幼君に家督を継がせて自分が実権を握ろうとする家老だ。

「そのせいか、私と亮平くんが仲良くしているのをとてもイヤがるんです。私にとっては実の弟のような存在だし、家族としてふつうに接しているだけなのですが」

「つまり富樫さんは、玲奈さんと亮平さんの仲を疑ってるんですね」

確かに、もし玲奈が亮平と再婚でもしようものなら、富樫の描いた筋書きはがらがらと崩れる。相手が亮平では発心《ほっしん》流の実権を握ることはできなくなる、というところか。

「富樫は父にはとても従順なんですが、ああみえて野心家なんです。発心流をシテ方五流に負けないほどの大きな流儀にしたいのです。東京の芸能プロと手を組んで、全国で公演を打つような計画も」

玲奈は芋羊羹《いもようかん》を食べながら、溜息《ためいき》をついた。

「私はこの熊野でしか見られへん古式能だから価値があると思うんです。ほら、ご当地スイーツもその土地でしか食べられへんからレアなんでしょ？　全国どこでも食べられるようになったら、ありがたみがなくなるいうか」

かくいう玲奈は甘い物には目がない。大阪の人気カフェでスイーツメニュー開発をしていたこともあるという。

「あまり手を広げすぎても発心流らしさがなくなる。お客様のほうから足を運んでくれるようでないと。熊野に来ないと見られへんのが発心流の良いところやと思うんです。そのための広報は大事やけど、方向を間違えていてるんやないかと」

玲奈の意見は正しい、と忍は思った。

流儀の実権を握りたいのは、メジャー進出の野望を実現するためか。

「だったらなおさら芸能界でも顔がきく人気俳優の亮平さんの名を利用して、後継者にもちあげたほうがよさそうなものなのに」

「嫉妬《しっと》しとるんや。亮くんに」

　玲奈はさらりと言った。

「家飛び出して舞台俳優になって成功した亮くんが、富樫にはねたましいんです。伝統を笠《かさ》に着て亮くんの芸をけなすのは、権威でしか亮くんに勝てへんからやわ」

　そういうことか、と忍も納得した。心の底に嫉妬と羨望《せんぼう》を隠して、負けを認めたくないからマウントをとって、亮平を追い出したいのだろう。

「でも不思議です。亮平さんは自分の芸に自信がないようですけど、そんなにだめなんでしょうか。僕が見た限り、かなりのレベルに達していると思いますが」

「亮くんの芸は、伝統的な発心《ほっしん》流の芸風からすると、少し華やかすぎるんです」

　玲奈は結婚前は能を観たこともなかったが、跡取りの妻になってからは、否《いや》が応でも何度も観るようになった。役者の身内は自《おの》ずと見巧者《みごうしゃ》になるのだ。

「お義父《とう》様や晃平さんはとても発心流らしい抑制の利いた芸風でした。発心流はわび・さびのような『枯れ』た表現を良しとします。抑揚を極力抑えて淡々と舞います。入り込みすぎてもだめ。玄人好みといえばそうなのですが、素人にはわかりにくい芸で、有り体にいえば地味なんです」

　だが、亮平の芸はちがった。

彼の表現は没入が深い上にエネルギーが高いのだ。

「感情がとても大きいのです。その大きな感情を凝縮して凝縮して一瞬に爆発させる。とても華やかで心奪われます。発心流の芸風でそれは駄目なんですけど、お客さんがみんな魅了されてるのがわかるんです。亮くんが舞うと見所《けんしょ》（客席）まで熱くなる」

「熱く…ですか」

「能は幽玄の境地を表現します。極限まで抑えた動きで伝えるのが能の美です。特に発心流は〝枯れ〟に美しさを見いだします。でも亮平くんの芸には〝枯れ〟がない。だから『邪道』だと怒られるけど、みんな、わかってるはずなんです。きっとお義父様も。亮平くんの芸には問答無用で心動かされる力があると」

玲奈の口調も感化されたように熱い。

「……晃平さんも言ってました。『亮平の芸には〝枯れ〟はないが〝華〟がある』。お義父様も富樫も賢《けん》おじさまも、だから駄目だと言います。流儀としては間違ってると。でも彼の舞は、同じ型を踏襲していても、ひとつひとつの動作に秘めた熱がある。晃平さんは誰よりも、亮平さんの舞が好きでした」

亡き夫を偲《しの》ぶように、玲奈はぼんやりと遠くを見た。

「みんなが駄目だというので、亮平くんは心が折れてしまったようやけど、晃平さんはよく言ってました。『発心流の本道の芸は俺が伝えていくから、亮には亮にしかできない芸を究めて欲しい。ふたりで盛りたてていけたら、どんなにいいだろう』って」

その夢はついに叶《かな》わなかったが……。

忍は真率な面持ちで聞いている。

そこまで話して玲奈は我に返った。

「ごめんなさい。私ったら、つい」

「いえ。お気兼ねなく」

「本心を話せる人が周りにいなくて。能楽の宗家の妻なんて、はじめから向いてなかったのかも知れません」

少しやつれた表情に気苦労がうかがえる。

「せめて晃平さんがいててくれたら、がんばれたかもしれへんのやけど……」

柱時計を見やる瞳《ひとみ》に涙が浮かんでいる。

夫の余命宣告以来、覚悟はできていたとはいえ、いつもそばにいた者を失った悲しみは、そう易々と癒《い》えるものではない。

玲奈は涙を隠すように「そろそろ夕飯の支度せんと」と立ち上がった。忍も作業に戻ることにした。

居間を出たところにいきなり亮平が立っていた。帰ってきていたらしい。

目と鼻を真っ赤にして、立ち尽くしている。

忍は亮平の肩を軽く叩《たた》くと、二階にあがっていった。

大峯山の修験者を名乗る怪しい男・筒井萬海《ばんかい》は、経筒に雛人形《ひなにんぎょう》の「頭《かしら》」が入っていることを知っていた。

何者なのか。

*

無量が問いただしてものらりくらりとかわして、しまいには「知りたければ酒をおごれ」と修験者とも思えないわがままを言い出す始末だ。妙な押しの強さがあって、仕方なく宿舎まで連れてくると夕食まで奢《おご》らされてしまった。

「いい夜風が吹いとるなあ。久しぶりに海をみた。いいもんだ」

夕食後、近くの磯まで連れてこられた。

夜の南部《みなべ》湾には、ひょうたん島を思わせる鹿島が黒く鎮座する。引き潮で剝《む》き出しになった岩礁に右から左から打ち寄せる白波が闇に浮かび上がる。ざあん、ざあん、と波音が繰り返す。このあたりは熊野古道で唯一海岸を通るところで、熊野詣の都人たちも打ち寄せる波と戯れて、さぞ興奮したに違いない。

風呂《ふろ》にも入って甚平姿になった萬海は、潮の引いた夜の磯を歩いて大きな岩の上にあがっていってしまう。追いかけた無量は、萬海の振る舞いに困り果てていた。

「いい加減に教えてください。あなた、何者なんすか。なんで人形の『頭』のこと知ってたんすか」

萬海《ばんかい》は波飛沫《しぶき》がかかるのも厭《いと》わず、岩場の高いところにあぐらをかいた。

「おお、いい十日夜《とおかんや》の月だな。こっちに来て座れ。おまえ名は」

無量が渋々腰掛けて名乗ると、萬海は喜んだ。

「仏教にも通じる良い名だ。ご両親はきっと学のある方なのだろう。それで経筒の中には人形の『頭《かしら》』の他に何が入ってた」

いきなり本題に入る。このマイペースな言動、どこかで……と思ったら、師匠の鍛冶《かじ》大作《だいさく》だった。標的にされた理由がなんとなくわかった。

「経巻と木簡、合子《ごうす》の中には人毛らしきものがありました。あと経筒の下に法具が。経塚なのか地鎮遺構なのか、はたまた厭物《えんもつ》かって悩んでるところです」

「その木簡にはこんな記号が記してなかったか？」

萬海は手帳を取りだしてペンでさらさらと幾何学模様を描いて、見せた。無量は慌ててスマホを取りだし、忍がこっそり遺物整理室で盗み撮りした画像と見比べた。

「はい。え？　なんでわかるんすか！」

「私は修験者だぞ。法力で見える」

「まさか」

「んなわけない」

思わず半眼になる無量を無視して、萬海は言った。

「実をいうと根來《ねごろ》寺にいたことがあってな」

「……って、俵田さんたちのご先祖がいた、あの根來寺っすか」

「そうだ。我らが興教《こうぎょう》大師——覚鑁上人が開かれた寺だ。上人は荒廃しきった高野山を蘇《よみがえ》らせ、東寺《とうじ》の支配下から独立させるため大活躍された。大伝法院《だいでんほういん》を建て途絶えていた法会を復活させ、時の法皇や上皇からも尊崇されたが、これが保守派の嫉妬と反発を呼んでしまった。対立を避けて山を下りられた上人は葛城《かつらぎ》山のふもとの末寺に入り……」

延々とうんちくを語る。

「その根來寺で若い頃、発掘調査のバイトに参加した」

「えっ。なんだ、同業だったんすか」

「その発掘で出入りしているうちに真言密教の魅力にとりつかれ、高野山大学に入り、僧になった。そこで覚鑁上人に出会い、その生き様に感動し、根来寺文化研究所で根來寺に伝わる古文書の研究をした」

途端に無量の目つきが変わった。

「そこでなにを」

「根來寺には紀州藩主八代・重倫《しげのり》公が寄進した能面が大量にあるのだが、ある能面にまつわる不思議な覚書が見つかった」

「ある能面？」

「不動《ふどう》と名付けられた面だ。初代藩主・頼宣《よりのぶ》公が所有されていた。不動明王《みょうおう》のことだ」

能面と一口に言っても様々な種類があるが、不動明王とは珍しい。

「その面は熊野に伝わる滝尻能の一門、発心《ほっしん》流にのみ代々伝わる秘曲のものだった」

無量は鋭く反応した。……発心流！

「白浜の御殿で初めてそれを観て、いたく感激した頼宣《よりのぶ》公は、その曲観たさに発心流の役者を召し抱えようとしたが、断られた。これは当地でのみ演じることを許された能だ、と申して。ますます感銘を受けた頼宣公は発心流を庇護《ひご》し、白浜に赴くたびに鑑賞したという。その秘曲の名は『三体月』という」

無量は息を呑《の》んだ。――「三体月」！

熊野でまれに見られるという「三つに分裂した月」のことだ。

佐分利家に呪いをもたらすという。

「私もその曲が気になってな、熊野に足を運んで調べてみた。発心流でも滅多には演じない秘曲中の秘曲、幻の演目なんだそうだ」

「どういう内容なんすか。それ」

「奇妙な曲だ」

秘密事を打ち明けるように、萬海《ばんかい》は声をひそめた。

「シテは熊野詣にきたという老いた女御《にょご》。ワキは弘法《こうぼう》大師」

「弘法大師？　空海が出てくるんですか！」

「そのようだ。あとは不動明王が出てくる。それしかわからん」

門外不出で、数十年に一度しか上演されない幻の曲だ。

観た者自体が少なく、しかも「語るなかれ聞くなかれ」と言われて、謎も多い。

「頼宣《よりのぶ》公が残した面は、発心流で使われていたものを本面とする写しだった」

その秘曲の名残を手元に置いておきたくて面打師にひとつだけ作らせた。相手は天下の徳川家とあって発心流もそれだけは許したらしい。

「頼宣公とその秘曲のことはわかりましたけど、あの経筒とはどんな関係が？」

「……わかっていることが、もうひとつある」

小道具だ、と萬海は言った。

「その秘曲で使われる小道具のひとつに〝経筒〟がある。その経筒の中身が」

「まさか……出土した経筒の中身と同じだっていうんすか」

萬海はうなずいた。

「小道具の内容は、面と一緒に伝わった覚書に記してあった。おそらく頼宣公か、藩の能太夫《だゆう》かがメモして残したのだろう。或《ある》いはどうにか秘曲の中身を自分たちで再現しようとしたのかもしれん」

「お殿様直々にですか」

「南龍さんはすごいんだぞ。有名な『石橋《しやつきよう》』や『猩々《しようじよう》』なんかを自分で演出して、紀州藩だけに伝わる特別な『御世話筋秘曲』を作り上げたくらいだ。発心流の『三体月』も、もしかしたら『御世話筋』に加えようとしてたのかもしれん」

演出家の才能もあったようだ。

そんな頼宣《よりのぶ》の能への情熱が、紀州徳川家の家風も生んだ。

「でもなんでです？　南龍塚に埋めたのは舞台の小道具だったっていうんじゃないすよね」

「問題はそこだ」

萬海《ばんかい》が探偵のように指を立てた。

「出土した経筒には何か彫られていなかったか？　施主か願主の名はあったか」

「えー……と確か、なんとか仏子かくいんだったか、かくえんだったか」

「〝金剛仏子　覚胤《かくいん》〟か！」

いきなり正解が萬海の口から飛び出してきて、無量はおののいた。

「そ……そうっす。知ってるんすか。そのひとが誰か」

「知ってるも何も……覚鑁上人の愛《まな》弟子だ！」

死後、その志を継いだ弟子のひとりだった。

「なかでも覚胤は覚鑁上人が編み出した易行《えきぎょう》を庶民に広めた人物だ」

「易行って？」

「難行苦行の反対だ。覚鑁上人のおられた平安末期は末法の世が流行《はやり》言葉だった。人々は仏法が滅んだと言い、焦りのあまりかえって信心を強め、浄土信仰が熱狂的に盛り上がった。そんな中、上人は密教の立場から、凡夫が救われる方法を説かれたのだ。それこそが〝一密成仏〟。すべての仏はいわば大日如来《だいにちにょらい》のお姿のひとつ。つまり阿弥陀一尊だけでも念じれば、悟りの境地である大日如来に至る。そういう理屈を編み出して、大流行の浄土信仰と密教とをつなげたのだ」

無量ははっとした。

密教と浄土信仰は相容《あいい》れない気がしていたが、大日如来と結びつける解釈を発明したことで繋《つな》がったわけだ。覚鑁という人物によって。

死の際に阿弥陀を念ずれば、大日如来に通じ、即身成仏が約束される。

大日如来と阿弥陀の真言を唱えよ。

「当時、密教はそもそも秘密の教えで、国家のものであり、庶民には敷居が高いもんと思われていたからな。だが覚鑁上人が願ったのは、密教を寺の中だけの小難しい学問とせず、外へと広めることだった。その志を受け継いだ覚胤は、元葛城山の修験者だったこともあり、自ら進んで寺の外へと出ていって教えを広めた。その経筒も衆生救済の足跡のひとつだったのだろう」

「その経筒を、五百年後に経塚から掘り出したのが、頼宣公だったってわけっすか」

だが、そうなるとますます謎だ。

「萬海さんは南龍塚がなんなのか、なんの目的で作られたか、知ってるんすよね。ただの経塚じゃないすよね。教えてください。あれは結局、なんなんすか」

静まりかえる夜の磯に波音が響く。

萬海《ばんかい》はやけに真面目な顔をしている。

「あの経筒は、呪具《じゅぐ》だ」

「呪具。地鎮具ではなく？」

「呪具だ。まちがいなく呪法に用いるための」

無量は引きそうになった。

「誰かを呪う道具？　まさか頼宣《よりのぶ》公を呪うために誰かが埋めた厭物《えんもつ》？」

いいや、と首を振る。

「埋めたのは頼宣公だ。頼宣公が執り行わせた或《あ》る呪法のための、呪具だ」

ただならぬ言葉に、無量は息を止めて凍りついた。

「南龍公が誰かを呪ったっていうんですか。あの経筒を使って？　その相手は一体」

「それは言わぬが花」

無量は青ざめた。

心臓がどくんどくんと鳴りだした。

「な……なら、せめて、なんで萬海さんが知ってるのか、それだけでも教えてくださいよ。それも根來寺の記録にあったんすか」

「観世音寺の開山の和尚と俵田さんちの先祖は、秀吉《ひでよし》の時代、根來寺の焼き討ちから逃げてきた坊さんだってのは聞いたよな」

「ええ。何人かで熊野に逃げてきたって」

「俺の師の師の遥《はる》か前の師も、そのひとりだった」

無量は「まじすか」と首を突き出した。

「円海《えんかい》上人。俺が修行した寺の師祖で、元根來衆だった。観世音寺の開山にも尽力し、頼宣公の信頼も厚かった」

その後、大峯山に引きこもったが、観世音寺とはつきあいが続いて、いまもその弟子たちが大きな法会が開かれるたび、はるばる大峯山からやってくるという。

「その観世音寺の住職が昨日連絡をくれた。発掘で経筒を出土させちまったらしいが、大丈夫かって。大丈夫なわけない。あれだけは出しちゃいけなかったのによう」

「まさか。その呪法を執り行った張本人が、円海……」

萬海は「さてと」とさえぎるように言うと、おもむろに膝《ひざ》に手を置いて岩場から立ち上がった。

「あの経筒を掘り返した者は、問答無用で始末せねばならん」

「え……？」

一瞬なにを言われたのかわからなかった。

萬海がぎろりと見下ろしてくる。殺気を感じて無量は尻《しり》で後ずさった。

月を背負ってすっくと立つ萬海は別人のように冷たい眼差《まなざ》しをしている。

まるで暗殺者のように。

「実を言うとおまえさんをここに連れだしたのは、このためだった。運がなかったな。

気の毒だが、これも南龍公から下された藩命である。覚悟はよいか」

「ちょ……ちょ……うそでしょ。冗談すよね……」

「許せよ……」

萬海《ばんかい》はふところから短刀をとりだした。月の光に閃《ひらめ》いた白刃に無量は「ひ！」と悲鳴をあげた。後ろは海で逃げ場がない。

「待っ……やめてくださいよ、お坊さんでしょ！　殺生は……！」

近づいてきた萬海が勢いよく短刀を振りあげる。容赦なく振り下ろした。無量は思わず両手で頭をかばい、目をつぶって身を縮めた。

波の音が響いている。

無量はおそるおそる目を開けた。

刃は頭上ギリギリで止まっている。萬海は振り下ろした姿勢で静止している。無量が恐怖で固まっていると、萬海は、ふう、とひとつ息を吐き、「はい、おしまい」と言って短刀を鞘《さや》に収めた。

「一応、師祖が拝命した手前、形だけでもね。やっとかないとね」

「え……。あの、なら藩命は」

「だって紀州藩自体なくなっちゃったんだぜ？　今更、藩命もクソもあるかよ」

腰が抜けてポカンとしている無量の手を、萬海が引いて立ち上がらせた。

「……だが、面倒なことをしたもんだな。呪具とは大いなる力のもとだ。許可なく掘り返して、ただで済むもんでもない。できれば経筒ごと回収したい。なんとかならんか」

「といわれましても」

「命は取らないでやったんだ。そこをなんとか頼むよ」

江戸時代だったら藩に殺されているほどの秘密だ。

よほど、まずい「証拠品」なのだろう。

「そんなにヤバイ呪法だったんすか」

「弘法大師空海が編み出した降伏法《ごうぶくほう》のひとつで、秘法中の秘法、と寺の記録にある。だがその内容は江戸時代に伝授が途絶えており、ほんの一部が文献から推測できるのみだ。うちの寺にはそれに用いる呪符が伝わっていた」

「呪符って。それがさっき描いた、木簡の？」

「うむ。ところがだ。その秘法の根幹部分が、発心流の秘曲『三体月』の中に描かれているというじゃないか」

「！……例の秘曲すか！」

萬海は足場の悪い岩場をひょいひょい歩いていく。無量は追いすがった。萬海は経でも唱えるように喋《しゃべ》り続け、

「俺はその秘法をどうしても復活させたくてな。今日まであちこち調べてきた。わかったのは、その修法は高野山でなく根來寺に伝わってたことだ。覚鑁上人の時代は、弘法大師が入定してからすでに三百年近く経っていた。唐から持ち帰った貴重な修法も多く

はとうに伝える者なく絶えていたが、覚鑁上人が掘り起こして組み直し、葛城山の修験者に伝えた。根來寺には学僧だけでなく修験者もいたからな」

頼宣《よりのぶ》公の前でその秘法を修した円海上人は、根來寺の修験者だったのだ。

「俺も尊敬する覚鑁上人のように『三体月の秘法』を復活させたいわけさ」

「じゃあ、あの輪宝も地鎮具でなく、呪具だったんすか」

「ほお、輪宝も出たのか。ご師祖さん本気だったな」

「なら佐分利さんにかかってる呪いも、マジでヤバイやつなんすか！」

萬海は聞き逃さなかった。立ち止まり、

「佐分利というのは、発心流の宗主のことか？」

「宗主の息子さんです」

「せがれか。跡継ぎのほうか？」

「ご長男は亡くなりました。三月に病気で。いま跡継ぎ問題でもめてるんすよ」

萬海はしばし絶句して、そうか、とうなだれ、月に向かって合掌した。

「今の宗主は生真面目な男だが、頭が固くていかん」

「お父さんのこと知ってるんすか」

「謎の修法を解明するには秘曲『三体月』の中身を知るのが近道だったからな。だが清《きよ》彦《ひこ》のやつは頑固でヒントもくれやせん。まあ、ああいうやつだからこそ、古いものを古い形のまま忠実に伝えていけるんだろうが」

　宗主を呼び捨てにできる仲なのか。無量はそれならと思い、

「次男の亮平さん、後継者を降りろって脅されてるんすよ。力になってやってくださいよ」

「俺には関わりないことだ」

「関わりなくないでしょ。経筒に入ってた人形の『頭《かしら》』は多分、佐分利家にある清姫雛《びな》のなんすよ。その後、〈安珍〉を名乗るやつから変な手紙が届いたんす。『清姫の封印が解けた、俺みたいに清姫に焼き殺されたくなければ跡継ぎ降りろ』って。佐分利さんが焼き殺されるかも知れないんすよ！」

　畳みかけられて、今度は萬海のほうが面食らった。

「まてまてまて。なんだそれは。安珍って『道成寺』のか」

「〈安珍〉に心当たりはありませんか」

「そんなもんしらん。警察に行け」

　むげにされても無量は諦《あきら》めなかった。

「じゃあ、清彦さんに『関係者にヤバイやつがいるから、なんとかしてくれ』って頼んでくださいよ」

「しらん。俺は関係ない」

「なら、何をすれば！」

　萬海が急に立ち止まった。あやうくぶつかるところだ。

月を見上げたまま、背中で呟《つぶや》いた。

「……木簡は何枚あった」

「たしか、二十枚くらいす」

「そこには南龍公が修法をした理由、願意が記されているはずだ。その木簡を引き渡してくれれば、考える」

無量はギョッとした。

波飛沫《しぶき》が風に乗ってふりかかる。萬海は背で受けて、

「世の中には闇に秘しておいた方がいいこともある。真実を明らかにするばかりが良いことでもあるまい。これは南龍公の――ひいては紀州藩の名誉を守るためでもあるのだ」

「でも……それは」

「おぬしらは学究の名のもとならば、なんでも許されると勘違いしてないか？　故人の秘密を暴くことも正義になるとでも？　故人にだって尊厳はある。学究の名のもとならば墓暴きも許されるなどと思っているのだとしたら、それは考古学というものの慢心であり、傲慢《ごうまん》ではないのか」

無量は返す言葉が見つからなかった。

「木簡を引き渡してくれれば、この俺が、次男坊を追い払おうとしてるやつを追い払ってやろう」

「どうやって」

「俺は修験者だぞ。なんのために山で修行してると思ってんだ。怨敵《おんてき》調伏、災厄辟除《へきじょ》の術なんぞ、山ほど知ってるわ」

その術とやらで反亮平派の弟子たちを改心させてくれるとでもいうのか。
そんなことが現実に可能なのか？
にわかには信じがたい無量の顔を見て、萬海はひらひらと手を振った。

「ま、その気になったらいつでも呼んでくれ」

萬海は去った。ザザン、と波の打ちよせる音がした。
岩場で砕けた波飛沫が風にあおられて降りかかってくる。
無量は立ち尽くしたきり、動けなかった。

*

発心《ほっしん》流の能楽堂から明かりが消えたのは、夜十時を回る頃だった。

GW後半は県内イベントでの出張公演が入っているので、その準備に余念がない。衣装や大道具をトラックに積む作業が遅くまで続いた。

亮平は怪我のおかげで今回の出張公演はお役御免になった。留守番組は観光客向けの体験教室で講師を務める。弟子たちも出払うので、明日は一日、静かになりそうだ。

「発心流の秘曲……？」

夜中、亮平の部屋に集まった忍と萌絵は、スマホを囲んで、作戦会議と相成った。

『佐分利さんなら知ってると思うんですけど』

電話の向こうの無量が言うと、亮平はうなだれた。

「……アレのことかな。子供の頃に一度だけ観た。あれは祖父が死んだ年の秋やった」

代替わりの時にだけ上演する秘曲だという。だから「数十年に一度」しかやらないのだ。

「うろ覚えだが、ひどく風変わりな曲やった。前シテと後シテの間に、中シテがある。前シテは年老いた女御で、中シテと後シテは……そう、仏様の面《おもて》をかけてた」

「仏様の面？」

「確か、弘法大師が修行中に年老いた女御と出会うんやけど、その正体は仏様だったってやつや。ツレがふたりいて、シテと三人で仏の面をかけてたんや」

亮平は遠い記憶を呼び起こすように集中した。

「……そう。うちの仏壇にいる仏様と同じだったから覚えてる。阿弥陀と観音と薬師の面。中シテはとても厳粛で……荘厳な舞だった。とても」

いま思い出しても、背筋がのびるほど。

亮平は記憶をさらにたどり、

「後シテは舞台上で早替えがある。大きな作り物の中に入り、出てきたときは衣装の色も面も変わっている。あの面は……不動明王や」

「！」

頼宣が写しを作らせた面のことか。不動の面！

「三体の不動明王。それが『道成寺』の乱拍子以上に独特な足遣いで、ずっと意味のわからない呪文唱えて、一言でいえば変な曲だった。三体の明王が弘法大師になにかまじないを教えてる話やった」

萬海が言っていたのはこのことだったのだ。

曲の内容が、まさに空海への呪法伝授というものだったとは。

「仏壇の仏様だとなぜわかったんですか」

「うちの仏壇は熊野三山の本地仏なんや。本宮大社の阿弥陀さん、速玉大社の薬師さんと、那智大社の観音さん」

本地仏とは、仏が神の姿をとって現れるとする考え方だ。

「言い伝えじゃ、熊野の三体月は熊野三山の神様の姿だとも言われるから、たぶん、そうなんやろなって。でもあの曲では最後、三体とも不動明王になってしまう」

「つまり三体の明王が『三体月』の正体ってことか」

忍もようやく腑《ふ》に落ちた。それが曲名でもある「三体月」の意味だ。

小道具として出てくる「経筒」も亮平は覚えていた。まさかその中身が、出土品と同じだったとまでは気づかなかったが。

「たしか……一子相伝の秘曲だ。後継者はシテもツレもワキも全て教え込まれる。数十年に一度しか演じないから謡本は封印されてて、それら一式を相続することが発心流の後継者になることなんや」

「ということは、亡くなったお兄さんはそれを？」

「たぶん兄貴は伝授されてたと思う」

兄が病死した今、清彦は次なる後継者にまた一から伝授しなければならない。

萌絵は「すごい」と打ち震えている。

「たったひとりの後継者に芸が継承されるなんて、まるで北斗《ほくと》神k……」

「そうか。それで佐分利さんを追い払おうとしてたのか」

一度芸を継承された者は体で受け取る。形のない財産だ。死より他にそれを取り上げる術《すべ》はない。

『あのさあ……。思ったんだけど、佐分利家の呪いの話。三体月を見たら早死にするってやつさ……』

スマホを通して無量が言った。

『実はその一子相伝の秘曲のことを指してた、ってことはない？　正式の後継者でないひとが継承してはいけない。その稽古《けいこ》をしてるところも覗《のぞ》いちゃいけないっていう』

「本当の三体月やなくて？　能のほうやと？」

『うん。雨戸も閉めて家に閉じこもるっていうのは、稽古の間は謡や足拍子も見ないよう聞こえないよう、他の家族は閉じこもっとけ。ってそういうことじゃないの？』

亮平は目から鱗《うろこ》が落ちたような顔をした。

「……つまり、一子相伝の掟《おきて》を守るための〝呪い〟やったって？」

何かを禁じるために「呪い」という形をとれば、一子相伝を理解できない子供でも行動を制限できる。

「家に閉じこもってた時、お父さんとおじいさんだけいなかったとか、なかったですか」

そう言えば、と呟き、亮平は体中から力が抜けてしまったのだろう。惚《ほう》けたような顔をした。文字通り、長い呪縛《じゅばく》が解けたのだ。

「そうや……きっとそれや。なら俺、早死にせんですむんやな。はあ、よかったあ！」

『やっぱずっと気にしてたんすね』

「そりゃするわ。なら、清姫雛《びな》の頭《かしら》が〝悪い月の呪いを引き受けた〟ってのは？」

「悪い月は三体月のこと。つまり熊野三山の力、もしくはそれが変化した不動明王の力を、清姫雛が引き受けたってことじゃないか？」

忍は「三体月＝神仏」と置き換えて、読み解いた。

「なぜそれが清姫雛だったのかはわからないけど、堺御殿で徳川頼宣の修した呪法が秘曲『三体月』に描かれた〝まじない〟だとするなら」

忍が学生時代過ごした京都には、空海が建てた東寺がある。五大明王像があり、静かに忿怒《ふんぬ》する姿が自分自身の心象風景とも重なって、よく通ったものだ。

「でも、うちのばあちゃんは清姫雛は『悪い月から皆を守るために首を差し出した』って言ってたで。そこはどう説明する？」

　忍もそこは答えが出ない。

　悪い月にはまだ他にも意味があるのか？

「まだ謎が多いな。〈安珍〉の正体も」

「もし遺跡荒らしも〈安珍〉のしわざだとすると、なんで出土した場所を荒らす必要があったんでしょうか」

「うん。発掘妨害か、何かの痕跡《こんせき》を消すためか。それとも、まだ何か探しているとか」

『経筒以外にもまだなんか埋まってる？』

「〈安珍〉はそれを手に入れたくて掘ったんだとしたら？　素人が掘り方もよくわからずにやたらめったら掘ったから、荒らされたように見えるけど、本当はそっちが目的だとしたら」

『つまり犯人はその遺物Xがまだ出土してないと把握してたってことだよね。把握できる立場にいたのは、俺たち関係者と地権者さんと』

「……そして、あの男。馬淵孝四郎だ」

　四人の頭にぱっと浮かんだのは「安珍＝馬淵」という図式だ。

　発心流の誰かと組んで、亮平おろしを企《たくら》んでいるのではないか。

　その目的は不明だが、逆に言えば、それさえわかれば、糸口になる。

「馬淵に関しては僕が引き受ける。一番弟子の富樫氏のことはなんとなく把握した。もう一派の佐分利賢氏のほうは」

　はい、と萌絵が手をあげた。手には履歴書とレポートがある。

「和歌山市在住で、紀北《きほく》油脂株式会社、今年で勤続三十五年目。資材管理部の部長を務めてます。清彦氏のいとこで幼なじみなんですね。子供の頃から一緒に切磋琢磨《せっさたくま》してきた仲だと雄彦《たけひこ》師匠が言ってました」

　勤勉実直な清彦に対して、賢は明朗快活。稽古中でも納得できないと師に嚙《か》みつくこともあったので年長者は手を焼いたが、先代には気に入られ、可愛がられてきた。取り巻きも多く、年下から好かれたので、清彦よりも人気はあった。

　というのが賢の父親である雄彦の評だ。

「雄彦氏はどうなの？　自分の息子を宗主の座に、とか、そういう野望は」

「我が子可愛さゆえに、みたいなのは特に感じられず。というか、賢氏は芸の実力がイマイチみたいで」

　萌絵は雄彦から能の指導を受けつつ、しっかりリサーチも忘れなかった。

「〝息子は口は達者なんだけど、ひとつのことを突き詰められず、言い訳癖があって、自分のよくないとこを見ようとしない〟……だそうです」

『実の息子なのに辛辣《しんらつ》だね』

「公正ともいうね。佐分利さんから見た印象は？」

　亮平は「うーん」と悩ましそうに、

「子供の頃は〝オモロイおっさん〟やったんやけどね。……そうだ、バイク屋から修理の報告がきたで」

やはり、ブレーキディスクに不具合があった。普通ではちょっと考えられない歪《ゆが》み方をしていたので、誰かにいじられたのでは？　と言われてしまった。

「やっぱり……」

バイクは車庫にあり、庭に出入りできれば誰でも触れられる。事故の前日は夜まで稽古があって弟子の出入りも多かった。

「ちょっと気になるひとがいた」

忍が履歴書を一枚、差し出した。弟子の井川透《いがわとおる》のものだ。

「このひと若い頃、趣味でモータースポーツやってる。ネットで調べたら鈴鹿《すずか》の8耐にも出てた。メカニックとして」

「え、まさか……」

「事故前日に稽古にも来てた。どんなひとです？」

亮平は動揺している。

「めっちゃ良いひと。気さくだし優しいし、そんなことしそうな人じゃない」

『富樫派？　賢派？』

「どっちか言われたら富樫のほうやけど。え？　富樫がやらせたってゆー？」

もともと周りは敵だらけ、とは言え、ショックだったのだろう。

周りの人間が腹の底で何を考えているのかわからない。これではたとえ後継者になったとしても、誰を信じていいのかわからない。

「こんなんでどうやって跡継ぎになるっちゅーねん……」

亮平は天を仰いでいる。四面楚歌《そか》とはこのことだ。

寝静まった階下から、柱時計の鳴る音が聞こえた。

*

作戦会議が終わった後、無量は忍ともう少しだけ、話をした。

萬海《ばんかい》とのことだ。

経筒内にあった木簡の「願意」部分だけ持ち出せ。そうすれば力を貸す。

そう言われた。

『頼宣《よりのぶ》公にとって不名誉な願意、か。かえって気になるな』

スマホから聞こえる忍の言葉に、無量は布団の上に体育座りをしてうなずいた。

電話の向こうの忍も寝静まっている周囲に配慮してか、声を潜ませて、

『……紀州藩初代藩主・頼宣公は、戦国時代の武将っぽいとこがあって、将軍家からは警戒されてたところがあったらしい。確か、由井《ゆい》正雪《しょうせつ》の乱で、正雪は頼宣公からの手紙を持ってた。頼宣公と結託してることを示す証拠の手紙だったたって』

「ええっ。そうなの？　由井正雪って浪人たちと幕府転覆もくろんだひとだよね」

『幕閣が頼宣公を直接問いつめたんだが、頼宣公は「ここで外様大名の名を出すようなら心配だが、この俺の名を持ち出すくらいなら幕府は安泰だ」って笑い飛ばしたって』

「剛胆だね……」

　煙に巻かれて、結局、真偽のほどはわからないまま、詮議《せんぎ》は終わっている。由井正雪の持っていた書状も偽造と判明したようだ。

『だが幕府転覆の嫌疑を掛けられるくらいだからな。火のないところに煙は立たないともいうし……もしかしたら、その呪法の願意っていうのも』

「まさか、幕府転覆？」

　忍が暗い声になった。もしくは。

『将軍呪殺、とかね』

　無量はぞーっとしてしまった。

「そ、そんなことありうるかな……」

『頼宣公は和歌山城の大規模改築をしたせいで、幕府から謀反《むほん》でも企んでるんじゃないかと疑われたこともある。尾張徳川家の義直《よしなお》公もそうだが、将軍家は自分よりも力を持とうとする御三家をいたく警戒していた。それこそ敵は身内にありってね。ことある毎に疑われて嫌がらせをされ続けたら、懲らしめたくもなるかもね』

　野望というより、身を守るためと言ったほうがいいか。

『もしくは、将軍家を絶やして、自分の子や孫が将軍になるよう、願意をこめたのかもしれない。実際に後に頼宣公の孫・吉宗は将軍になった』

「それは呪法の効果ってこと……？」

さあね、と忍はうそぶく。

いずれにしても、そんな本音を隠していると幕府にばれたら大変なことになる。

経筒を掘り返した者は殺せ、と藩が命じるのもわかるというものだ。その呪法がたとえ素朴な願掛けであっても幕府を刺激しかねないし、ここぞとばかりに難癖をつけられる。なんなら頼宣下ろしの口実にされかねない。

『まして呪詛《じゅそ》なんか万一発覚したら、いくら御三家でもただじゃ済まない。頼宣公は下手したら切腹、紀州徳川家がお取りつぶしになる』

地中に埋められた経筒はゆるぎない証拠だ。

これだけは見つかってはならない。堺御殿を早々に潰《つぶ》してしまったのも危険だったからか。跡地の一木一枝、切ってはならない、というのも経筒を隠すためか。

証拠の経筒をうかつに掘り当てたりした日には、口封じに殺されもするだろう。

「現代でよかった……」

『江戸時代はわからないけど、平安時代なら呪詛の発覚は即大罪だからな。厭物《えんもつ》は証拠品以外のなにものでもない。呪っただけで罰せられた時代だ』

あの経筒はそういう「厭物」なのだ。

『もし木簡の願意が、幕府転覆・将軍呪殺だったりしたら、歴史的大スキャンダルになるな』

研究者も騒然となるだろう。きっとニュースでも取り上げられる。

だが、無量を迷わせているのは、歴史スキャンダルの発覚などではなかった。

「……萬海さんにさ、学究の名のもとなら故人の恥や不名誉を暴いてもいいのかって言われた。死者にだって尊厳はある。墓暴きをする考古学は傲慢《ごうまん》だって」

その言葉が胸に浅からず刺さっていたのだ。

無量自身、否定できないから、あの時、何も言えなかった。

「……過去の人間の尊厳って言われたら、全くその通りだなとも思うし」

無量は膝《ひざ》を抱き寄せる。

「土の中に埋めるのってさ、大体、隠したいものじゃん。銭とかお宝とか、銅剣とかも。なんなら殺した死体や凶器もそうだよね。本人が隠したくて埋めたものでしょ。俺たちは掘ればどんどん暴いてく。そのこと考えると、いくら時間が経ったからって、本当にやっていいことなのかなって。しかも出たものは必ず記録に残すし」

スマホの向こうから『確かにね』と忍の落ち着いた声が聞こえた。

『墓や古墳なんかもそうだな。掘ったらたまたま墓だったってこともあるけど、古墳なんかはそうとわかってて調査の名目で暴くわけだし。宮内庁が渋るのも無理ないと思うよ』

「死んだ人の尊厳を守ってるんだよね。なのに俺たちのしてることって暴くことじゃん。研究のためなら正義ってのも変じゃん。昔のひとが知られたくないこと暴いてさ、実はこうでした、なんてえらそうに論文にして、それって下世話な週刊誌とどう違うの？」

無量は背を丸めて、足の指でしきりに布団をつまんでいる。

「公にしないことだって、あっていいと思うよ」

『……。無量は南龍公の願意は隠した方がいいと思うのか？』

「どうだろ。たとえば、呪う相手が幕府とかじゃなくてさ、もっと身近な気に喰《く》わない奴とか恋敵とか、冷たくされたとか恨めしいとか嫉妬《しっと》してるとか、めちゃめちゃプライベートな理由だったら、暴くのかわいそうじゃない？」

『だが、その願意も、将軍家や幕府に大きな影響を与えたものだとしたら？』

難しい問いかけだ。無量は悩み、

「歴史的意義を問うような、ってこと？」

『それを知ることで頼宣公の本心が伝わる。後世のひとたちの、その時代への理解が深まるとしたら？』

無量は仰向《あおむ》けに転がり、布団の上で大の字になった。

「むずい。でも……保管庫から持ち出すのは泥棒だよな」

『答えは出てるじゃないか』

「まあね。現代人として法は犯したくないし」

スマホから忍の小さな笑い声が聞こえた。

忍独特の少し鼻にかかった含み笑いが、無量の尖《とが》った神経を和らげた。

忍と過ごす真夜中の、こういう気の置けない時間は癒《い》やしだ。もやもやが晴れる。

「明日《あした》はそっち行くから。早く〈安珍〉とっつかまえて温泉入りに行こうな」

電話を切る。

と同時に、無量は灯《あか》りも消さず寝落ちしてしまった。


だが、忍のほうはまだ眠る感じではない。

佐分利家の客間で布団に寝転がりながら資料とにらめっこしている。

「俵田さんの会社は、賢氏の勤める紀北油脂の子会社なのか……」

忍はすかさず検索した。

紀北油脂は終戦後に創業して合併や子会社化を繰り返し、和歌山でも五指に入る大企業となった。脱炭素化の流れを受けて、石油系企業はどこも経営が芳しくないが、こちらもビジネスモデルの転換を迫られているようだ。

昭和の企業はどこも大変だ、などと思い、経営者情報をチェックしていた忍の手が不意に止まった。

思わず起き上がった。

「これは……っ」

*

朝の冷ややかな風が海沿いの国道に吹いている。

無量は田辺行きのバスに乗るため、バス停に向かった。

すると、萬海《ばんかい》が待ち伏せているではないか。

「どうだ。木簡の件、考えてくれたか」

無量は大きく息をつき、「その件すけど」と言い、

「木簡を持ち出すことはできません。出土した埋蔵文化財すから。記録残して保存処理して復元が必要ならそうすることになるかと」

「おいおい。いいのか。せっかく俺が大峯修験の術で悪いやつら追い払うって言ってんのに」

「いいっす。自分たちでなんとかします」

「ふつーに協力もするぞ」

「いいっす」

無量はつれなく言い、海のほうを見やった。

「……死者の尊厳とか難しいことは、すぐにはよくわかんないすけど、出土したものを出土してないと言ったら、それは違う意味での捏造《ねつぞう》になるんじゃないすかね」

昨夜は頼りなかった無量の語調に、今朝は信念がこもっている。

萬海も気づいた。無量は顔を向け、

「俺は発掘屋だから発掘屋のルールに従う。ただそれだけっす」

南部《みなべ》駅のほうからやってきたバスに乗り込んでいく。

「おい。どこに行く」

「佐分利さんちに。〈安珍〉つかまえなくちゃ」

すると、あとから萬海も乗ってきた。無量もびっくりして、

「ちょっと！　なに乗ってきてんすか！」

「なにもくそもあるまい。先に並んでたのは俺のほうだ」

「そ、そうですけど、他にも席空いてるでしょ。なんで隣に座るんですか」

「もっとつめろ」

「窮屈なんすよ！」

結局、萬海は終点まで乗り、さらに乗り換え先までついてきて、とうとう——。

「一緒にここまで来ちゃったわけ？」

佐分利家の玄関前で萌絵と亮平が呆《あき》れている。

無量についてきた萬海は勝手知ったる様子で庭をうろうろし、能楽堂を覗《のぞ》き込んでいる。

「しつこいから交番につき出そうかと思ったんだけど」

「なるほど……。確かにクセ強そうなひとだね」

忍は清彦たちの和歌山市内での公演についていって留守だった。

弟子たちも出払って閑散としている。萬海はがっかりして、

「清彦のやつは留守か。なんだつまらん」

「親父と知り合いなんですか」

「おまえさんが例の次男坊かい」

「亮平です」

「そうか。なら知ってるか？　あの築百年を超える立派な能楽堂。あそこは元々、寺だったんだぞ」

え！　と無量と萌絵は驚いた。お堂っぽいとは思っていたが。

「明治の廃仏毀釈《きしやく》で廃寺になったのを佐分利の連中が能楽堂に作り替えたんだ。昔、滝尻王子が立派な社殿を誇っていた頃、ここはその神宮寺だった」

神社と寺院がセットになっていた時代の話だ。

「かつては立派な護摩堂だった。俺の師祖は、焼き討ちされた根來寺から逃げてきて、ここにしばらく匿《かくま》ってもらってたんだ」

深い山に囲まれた谷間のお堂だった。

すぐそばには『平家物語』にも出てくる岩田《いわた》川《がわ》（現・富田《とんだ》川）が流れ、清流の音が絶えず聞こえている。豊かな山林は見る者へとのしかかってくるような迫力がある。谷間

には時折かすみがかかり、昔と変わらぬ森厳な空気を醸していた。案内してやる、と歩き出した萬海は、裏山へと入っていく。まるで自分の庭のように知り尽くしている。

「あ、宝篋《ほうきょう》印塔」

萌絵が指さした。可愛らしいサイズが斜面のそこここに建っている。五輪塔はそれ以上に多く、ちょっと数え切れない。

「ここは熊野神域の入口にあたる場所。いわば熊野結界の門だ」

結界から先には、聖地・熊野本宮大社が待っている。

平安時代の人々が極楽浄土を重ねた聖域だ。

「確かに。海のほうからこのあたりまで来ると急に空気が変わりますよね。澄むというか、厳かになるというか」

「想像力をたくましくしろ。平安時代の参詣《さんけい》者はすぐそこの川を必ず自らの足で渡った。それが熊野結界に入るための禊《みそぎ》だ。渡るだけでも難儀な川で、増水時は死者も出たと」

人々は渡るだけで大騒ぎしただろう。川の増水で足留めを余儀なくされた人々のために参詣者を受け容《い》れる施設もあったはず。

「そうか。それで安珍さんも清姫さんちに泊まってたのかもですね」

萌絵も気づいた。このあたりの里は門前町のような様相を呈したにちがいない。

「お詣《まい》りとかイベントも多かっただろうし、数日逗留《とうりゅう》しそうなひともいるのに、スルーされたらそりゃ怒るわ」

佐分利家の寺院は、霊域の護《まも》りも兼ねていた。

「高野山の末寺だったらしい。このへんは山中に磐座《いわくら》も多く、土地に霊的な力のある、いわゆるパワースポットだった」

「ガチの修験者が横文字使わないでくださいよ」

「おぬしはいちいちツッコむなあ」

昔は寺だったという話は、亮平もさすがに知っていた。仏壇の古い仏像も位牌《いはい》も、その寺から引き継いだものだと聞いていたからだ。

「高野山ってことは、やっぱ例の秘曲が発心流に伝わったのは偶然じゃないわけか。ちなみにこの山で発掘調査をしたことは？」

「こいつの家は頭が固くてなあ。調べさせんのだよ。まったく」

この口ぶりでは萬海もかつて調査しようとしていたらしい。

「せっかく来たのだから、御本尊を拝ませてくれ。ご長男のお位牌にも焼香したい」

四人は母屋に戻り、仏間に向かった。

人気のない邸内はやけに静まりかえっている。

庭に面した廊下を歩いていた時だ。

突然、萌絵が「しっ」と三人を手で制止し、立ち止まった。

「仏間のほうで、何か物音がする」

屋敷の中はみんな出払っている。家族は公演先だし、家政婦の万里江さんは休みだ。

誰もいないはずだ。

無量たちはたちまち警戒モードになった。

忍び足で仏間に近づき、息を殺して、そうっと細く襖《ふすま》をあけ、覗き込んだ。

男がひとり、仏間を物色している。

たまらず亮平が踏み込んだ。

「そこでなにしてる！」

男は驚き、亮平に向かって手近にあった位牌を投げつけてきた。ひるんだ隙に脱兎《だっと》のごとく飛び出していく。

「おい待て！」

追ったのは萬海だ。無量も「そっち頼む」と萌絵に叫んで飛び出していく。

仏間は物色されて、足元には箱がたくさん転がっている。その中には道成寺雛《びな》の箱もあった。

「清姫雛と安珍雛は……！」

すぐに亮平が確認した。無事だ。

「なんてこった……っ。道成寺雛を狙ったのか」

「他になにかなくなっているものはありませんか！」

「なにかと言われても」

萌絵が目の端に人影を捉《とら》えた。亮平の真後ろに隠れていた者がいる。刃物を振り上げている。

叫ぶよりも早く、手近にあった供物を投げた。見事に頭にあたり、相手が怯《ひる》んだ隙に萌絵は考えるよりも早くツーステップで足刀をくらわせた。吹っ飛ばされた男が襖ごと倒れる。

だが向こうも格闘経験があるのか、すぐに立ち上がり、萌絵めがけて襲ってくる。相手の拳《こぶし》を素早く制し、顔といわず腹といわず、目にもとまらぬ連打を繰り出す。とどめの掌底打ちからの引き倒しで、背中から押さえこんだ。

「佐分利さん！　通報！」

「お、おう……っ」

尻ポケットからスマホを出し、警察に通報する。萌絵は暴漢が頭にかぶっていた目出し帽を剝《は》ぎ取った。若い男だ。見覚えはないが。

「おまえ……っ」

亮平は知っていた。

「コージんとこの若いのか」

「コージ？」

暴漢はわめき散らして暴れている。何が目的か、盗みか、と聞いたが「しらねーわ！先輩に頼まれただけや」の一点張りだ。その先輩が誰かは言わない。

しばらくして無量と萬海が戻ってきた。

「すまん。取り逃がした。外に仲間がいて。変な改造バイクで」

「仲間がいたの？」

「しかも大きな朱塗りの文箱《ふばこ》のようなものを抱えていたぞ。あれはなんだ？」

亮平が顔色を変えた。

「朱塗りいうのは根来塗の文箱のことか？　八咫烏《やたがらす》の蒔絵《まきえ》の、これくらいのサイズの！」

そうだ、と答えると、亮平は真っ青になって、

「……やばい。アレや」

アレ？　と無量たちが訊《き》く。亮平は顔を強《こわ》ばらせて棒立ちになっている。

「――御烏箱《おからすばこ》を持っていかれた……」

第六章　〈安珍〉の野望

市民会館には続々と客が集まり始めていた。

忍《しのぶ》は朝九時には到着していたが、すでに仕込みは終わっており、ステージ上には見事な能舞台ができあがっていた。玲奈《れな》が案内してくれて、能におけるリハーサルにあたる「申し合わせ」を見ることもできた。

曲は『道成寺』。

シテは清彦《きよひこ》がつとめる。

久しぶりの演能だったが、跡継ぎが亡くなったばかりとあって、関係者の空気はまるでお通夜だ。実際、追悼公演を兼ねていた。

「申し合わせ」の後、忍は「佐分利賢《さぶりけん》」と対面できた。

恰幅《かっぷく》がよく、見た目だけならば、宗主の清彦よりも貫禄《かんろく》がある。ワキはよく言うところの「脇役」とも少しちがい、シテの相手方を指す。面をかけない「直面《ひためん》」で、手にした数珠《じゅず》をじゃらじゃら練りながら、蛇体となった清姫の亡霊と戦う役だ。

「うちのは田舎猿楽やよって、五流のように洗練されてはいてないように見えるやろけど田舎臭さが味わいでもある。シテもワキもツレも囃子《はやし》方《かた》もみんな氏子で、何役もやるんよ。今日はあいにく宗主がシテやけど、私がシテを務める時また観に来るとええわ」

やたらと「田舎」を口にする。郷土芸能には郷土芸能のよさがあるのに、どうもメジャーな流儀に対するコンプレックスがあるようだ。恰幅の良さとは裏腹な卑屈さを言葉の端々に滲《にじ》ませつつも、自分のシテは清彦よりいい、とでも言いたいのか。虚栄心にあてられて、忍は数分話しただけでお腹いっぱいになってしまった。

「楽しみにしてます」

作り笑顔で楽屋を出た。

清彦の楽屋は扉が固く閉じられている。本番前は誰とも会わないという。そのストイックさは、どこか亮平《りょうへい》の芸と通じるものがある。

ホールはすでに客入りが始まっていた。ホワイエでは関係者が挨拶《あいさつ》を交わしている。

「きたか」

馬淵孝四《まぶちこうし》郎《ろう》の姿があった。思った通りだ。

近くには俵田《たわらだ》夫妻の姿もある。来た客たちも馬淵に気づいて遠巻きにみている。

忍はジャケットのボタンを閉めて、近づいていった。

「嵐山《らんざん》会の馬淵さんですよね。……お久しぶりです。以前、井奈波《いなば》の主催する能演でお目にかかった、相良《さがら》と申します」

馬淵はあからさまにいぶかしんだが、龍禅寺笙子《りゅうぜんじしょうこ》の名を出すと急に態度を変えた。

「ああ、龍禅寺の御当主の。確か甥《おい》っ子さんでしたっけ」

訂正するのも面倒だったので、そういうことで話を進めた。

「珍しいところでお会いしますね。発心《ほっしん》流にどなたかお知り合いでも？」

「ああ、ええ……地方の古式能の方々とも交流がありましてね。地方色豊かな郷土芸能としての能を学ぶよい機会です」

「そういえば、馬淵さんは先日、紀州藩の御世話筋秘曲『石橋《しゃっきょう》』を復曲して上演されたと伯母《おば》から聞きました」

徳川頼宣《よりのぶ》の考案で独自に変曲した幻の『石橋』だ。一度は途絶えたが吉宗の代に復曲し、八代藩主重倫《しげのり》などはこれに執心して二十四度もくり返し舞ったという。『石橋』自体はよくめでたい席で披露され、歌舞伎の『連獅子《れんじし》』の元となった曲でもある。

「ああ、御当主はご覧になったのですね。歴史に埋もれた曲を蘇《よみがえ》らせるのも、現代の能楽師の仕事です」

「それで和歌山にご縁が？」

「ええ。紀州徳川家の秘曲はレベルも高い。今度は『猩々』も復曲しますよ。ぜひ観にいらしてください」

忍がリサーチした通りだ。

馬淵は近年、秘曲復曲に力を入れていて能楽界でも話題になっている。最近では地方の古式能にのみ伝わるレアな演目を熱心に集めて回っていると。

「発心流にもなにか、幻の曲があるんですか？」

忍に水を向けられ、馬淵は明らかに動揺した。

が、すぐに笑顔で包み込んだ。

「歴史深い熊野の神事能ですからね。勉強しがいがありますよ」

はぐらかすのがうまい。忍の見立てた通りだ。今ので確信に変わった。

馬淵孝四郎の狙いは、秘曲『三体月』を手に入れることだ。

そのために発心流に近づいたのは、まちがいない。

馬淵の秘曲復原は評判で、珍し物好きの間で話題になり、今ではシリーズ化している。

演能だけで売り出すのは難しい世界だが、馬淵は大手プロモーターと手を組んで、まるでコンサートツアーのように各地のホールや能楽堂をめぐり、集客も上々だという。ゲストに有名タレントを呼び、わかりやすい前説付きで、その秘曲の珍しさを大袈裟《おおげさ》に宣伝するスタイルは、能の敷居を下げたと喜ぶ者もいれば、軽薄だと疎む向きもある。

中には伝承者の絶えた山村能を当事者に無許可で勝手に復曲したとして、問題になっている例もあった。

発心流の『三体月』はそんな馬淵のいい標的にされてしまったようだ。

「あらまあ、そちらの素敵な御方はだあれ？　馬淵さん」

会話に加わってきたのは、俵田の妻・京子《きょうこ》だ。忍を一目見て、

「あら？　どこかでお会いしたことあったやろか」

田辺の発掘会社で長谷川《はせがわ》主任と一緒にいたところを見られている。だが、おとといとはちがい、今日は髪もセットしてスーツに身を包み、伊達《だて》メガネまでつけていた。

「いえ。はじめてですよ」

忍が「井奈波グループ創業家の縁者」と知ると、京子は大袈裟なほど喜んだ。ほどよく会話が温まったところで、忍は切りだした。

「馬淵さんと俵田さんご夫妻はお仕事関係のお知り合いなのですか？」

また一瞬つまったような顔をみせたが——。

「わたくしどもは発心流の後援会を運営しておりまして、会社関係のお知り合いを介して友人になりましたの」

なるほど、と忍は思った。からくりがみえてきた。

おそらく馬淵は『石橋』を復曲した際、紀州徳川家の能面がらみで根來寺を訪れたのだ。

そこで萬海《ばんかい》も見た「不動の面」と出会ったのだろう。

覚書には秘曲『三体月』のこと、作り物や小道具が記されていた。その記述の中に『人形』の二文字も含まれていた。南龍塚から出た経筒の中身が、覚書とそっくり同じだったことは俵田から知らされたとみえる。それで東京からわざわざ飛んできたにちがいない。

忍はその後、家近《いえちか》にも確認した。淡嶋神社の参道ですれ違ったあの日、やはり馬淵は家近の資料館を訪れていた。出土した人形の鑑定依頼にきたと言い、忍たちと同じ女雛《めびな》の「頭《かしら》」だったのでとても驚いた、と家近は証言した。

俵田夫妻のほうは、どうやらこちらも萬海同様、先祖から南龍塚に「頼宣の呪具《じゅぐ》」が埋まっていたことを伝えられていたとみえる。おそらく俵田家も「藩命」を受けていたのだろう。経筒を守り、これを掘り返した者には口封じをするために。なんなら、それを出土させるために発掘調査を依頼したのかもしれない。

そして、俵田夫妻と馬淵とを結びつけた人間はおそらく……。

「あら、みえましたわ。会長ー」

京子が高い声でホールの入口に手を振った。階段をゆっくりとあがってきた和装の老人がいる。取り巻きをつれている。

「おや。もう来てたのかね、馬淵くん」

小柄な老人だが、矍鑠《かくしゃく》として眼光鋭く、静かな威厳がある。たとえるなら「隠居はしたが、いまだ藩政に影響力をもつ元藩主」——そんな風貌《ふうぼう》だ。

俵田が忍を引き合わせた。

「こちらは、紀北重工の名誉会長、六国醍醐《ろっこくだいご》様」

忍は思わず身を硬くした。

近畿《きんき》に石油化学・機械工業の企業を何社も展開する六国グループの総帥だ。

「……ほう。これはまた龍禅寺さんところも賢そうな若者を育てたもんやなあ」

「相良忍と申します。実は以前、井奈波の創立百周年パーティーで一度お目にかかったことが」

「そうやったか。井奈波といえば少し前に、七剣のひとり・剣持《けんもち》某《なにがし》を追い落とした身内がおった、いう話を耳にしたが」

どきり、とした。それはまぎれもなく忍のことだが、名乗り出るわけにもいかず、微笑でごまかした。が、六国老の皺《しわ》に押し潰《つぶ》された小さな目は、何もかも見透かすようにこちらを見ている。

「笙子はんによろしゅうな。ほな、いこか」

六国醍醐は馬淵と俵田夫妻をひきつれて、客席へと向かっていった。

忍は久々に肝が冷えた。すごい覇気だ。六国醍醐。第一線から身を引いて悠々自適の隠居生活と聞いていたが、とんでもない。微笑んでいるだけで、あの圧だ。亡き龍禅寺雅信《まさのぶ》を思い出した。

俵田夫妻と馬淵を結びつけたのは、あの男だ。

六国は嵐山会の名誉会長でもある。龍禅寺笙子から聞いた話によると、馬淵に秘曲復曲を勧めたのも、あの六国だったという。能という能を見尽くして、すっかり飽いてしまった六国老は、現代人が作る新作能を全否定する一方で、今は幻の曲を掘り起こすことに夢中になってしまっているとか。

馬淵は六国老を後ろ盾に、全国の珍しい秘曲を発掘し、復曲演能の第一人者の座を固めることで名を揚げ、能楽界での存在感を高めたい。そんな野心が見え隠れする。

彼らに用意された席は、中央通路に面したど真ん中だ。とても目立つ。

次から次に関係者が挨拶《あいさつ》にくる。とうとう行列ができてしまっている。

その傍らには宗家ではなく、佐分利賢の妻の姿があった。

「……なるほど。そういうことか」

佐分利賢を後継者に推しているのは、どうやら、六国《ろっこく》醍醐のようだ。

馬淵を動かし、俵田とも繋《つな》げた。

忍は客席の一番後ろから、その様子を眺めている。

「また面倒くさい連中が関わってきたもんだな……」

玲奈に訊《たず》ねたところ、六国老は数年前から俵田を通じて発心流後援会の名誉会長に就任し、多額の協賛金で経済的な援助をしてくれていた。おかげで、古い面や衣装のメンテ、設備の改修までできたので、発心流にとってはありがたいスポンサーだ。

そんな六国の発言は無視できない。その手にかかれば、後継者はおろか現宗主に難癖をつけて引きずり下ろすことさえできてしまいそうだ。

「さあ、どうやって亮平さんを守りぬくか」

揚幕の向こうから、囃子《はやし》方《かた》の「お調べ」の笛と鼓の音が聞こえてきた。

＊

「盗まれた〝御烏箱《おからす》〟って、いったいなんだったんすか？　そんなに大変な代物だったんすか！」

無量《むりょう》は何度も問いただしたが、亮平は真っ青になって狼狽《ろうばい》しており、まともに答えられる状態ではなかった。

佐分利家には警察が現場検証に入っていた。萌絵《もえ》は仏間で警察官に問われるままに、当時の状況を語って聞かせている。

空き巣はふたり組で侵入したらしい。他の部屋は荒らされておらず、貴金属類にも手はつけられていなかった。勝手口から入ってきて、まっすぐ仏間に向かったところを見ると、犯人の目的ははっきりしていて、家の間取りまで把握していたようだ。

萌絵が取り押さえた犯人はパトカーで連行されていったが、外で待ち受けていた仲間の改造バイクで逃げたもうひとりの行方はまだわからない。

警察官は亮平にも事情を聞き始めた。

「まずいことになったな」

萬海《ばんかい》と無量は庭にいて、鑑識の職員がガラス窓の指紋をとっている様を眺めている。

事情聴取を終えて戻ってきた萌絵は、怒り心頭で地団駄を踏んでいる。

「ああ、くやしい！　もうちょい早く踏み込んでれば、もうひとりもふん縛れたのに」

「君はなんだい。捕り物の心得でもあるのかい」

「やっぱ〈安珍〉のしわざっすよね」

無量は声をひそめた。まだ警察には手紙のことは伝えていない。

「……最初から〝御烏《おからす》箱〟を狙ってたっていうのも、その在処《ありか》をわかってたってのも、どっちも身内が関わってる証拠ですもんね」

「なんか、サブリンがいまにも切腹しそうで怖いんだけど」

根来塗の朱《あか》い箱には八咫烏の蒔絵《まきえ》がほどこされ、封印が貼られていたという。八咫烏は熊野の神様の使いだ。足が三本ある。神武天皇を熊野から奈良まで先導したと言い、熊野三山のシンボルマークでもある。

「なにが入ってたんだろう。きっと家宝だよね」

「ただの家宝ではなさそうだ」

亮平の様子から察するに、盗まれたのはありきたりな金品の類《たぐい》ではないのだろう。

「もしやその箱には『三体月』の謡本《うたいぼん》が入っていたのではないか？」

「謡本？　能の台本のことですか。確か代替わりの時に相続するって」

まさか、と無量たちは震えあがった。

秘曲の謡本を〈安珍〉に盗まれたというのか？

「それヤバくないすか！」

「ああ、まずいな。だいぶ、まずい」

後継者だけが受け取ることのできる唯一無二の本だ。秘曲『三体月』の楽譜と歌詞が記されている。舞は口伝によるものだが、その大元である謡本は家宝中の家宝だ。

それが人手に渡るだけでもそうとうまずいことだが、謡本自体を質に取って跡継ぎ指名を要求してくる恐れもある。

「人質ならぬモノ質とは、なんて卑怯《ひきょう》なやつらだ。次男坊が言ってたコージっていうのは誰のことだ？」

「佐分利さんの地元の同級生らしいっす。十代の頃に一瞬つるんでたけど、親がうるさくて距離置いたって。犯人はコージ氏の飲み屋でたむろしてるやつみたいっす」

「討ち入ろう、西原くん！　私が一暴れして取り返してくる！」

「おい待て、落ち着け永倉《ながくら》」

「だってこのままじゃサブリンが！」

今にも飛び出していきそうな萌絵の服を無量が引っ張った。

「そこにあるとは限らないでしょ。つか、とうに〈安珍〉の手に渡ってるって」

返す返すも取り逃がしたのが口惜しい。萌絵も無量も途方に暮れてしまう。

このままでは亮平の立つ瀬がない。それどころか『三体月』の貴重な謡本が流出してしまう。どうにかして取り返さねば。

だが、どうやって……。

＊

終演後の楽屋は後片付けで大忙しだった。

挨拶にきた関係者の中に、六国《ろっこく》たちと佐分利賢の姿もあった。

忍は六国たちのあとをつけて楽屋に戻ってきた。清彦は後から現れた。どんなやりとりが交わされるのか、と少し離れた場所から聞き耳を立てた。

「清彦くん。また一段と芸を磨きはりましたなあ。乱拍子も鐘入りも見事やった。枯れの境地を踏ませたら、発心《ほっしん》流は当代一やな」

「光栄です」

「ところで例の件、そろそろ決めてくれたんかな」

清彦の顔つきがにわかに硬くなった。忍も身を乗り出して耳をそばだてた。

六国は好々爺《こうこうや》のような顔をして、

「心待ちにしとったんや。ようやく観られるなあ。愉《たの》しみにしとるで」

「……。本日はありがとうございました」

清彦が深々と頭を下げる。

六国は取り巻きとともに悠然と去っていく。賢も見送りのために玄関までついていった。まるで大名行列を見るようだ。

それにしても例の件とはなんのことだろう？　忍が頭を働かせていると、さきほどの舞台で「鐘後見」をつとめた大叔父《おおおじ》の雄彦《たけひこ》が、姿を見つけて声をかけてきた。

「相良くん、どうやった。うちの『道成寺』は」

忍は我に返り「お疲れ様です」と頭を下げた。

「はい。素晴らしかったです。……晩秋の険しい岩山が見えました」

「ほう、岩山」

「少し前まで山を鮮やかに染めていた紅葉が、色褪《いろあ》せて散っていくような。燃え尽くした名残のように、乾いた落ち葉が岩肌に降り積もっている。そんな景色です」

雄彦は目を丸くし、大きな声で笑い始めた。

「それこそが発心流の目指す景色だ。大したもんやな。周りが振り返ったほどだ。永倉くんの筋の良さにも感心したが、君も面白い。気に入った」

お墨付きをもらったので、忍は六国老が残した「心待ち」の意味を訊ねてみた。

雄彦はたちまち険しい顔になり、

「実を言うとな。いま、清彦は難題を押しつけられていてるんよ」

「難題とは、亮平さんの跡継ぎ問題のことですか」

聞いてたんか、と驚いて、雄彦はようやく愚痴を言える相手を見つけたとばかりに弱り顔になって打ち明けた。

「六国さんは、晃平《こうへい》の四十九日の前夜に、当家に伝わる秘曲を観せろと言い出した」

「秘曲……『三体月』のことですか！」

雄彦はまたまた肝をつぶした。

「そんなことまで亮平のやつ話したんか」

「あ、いえ……。それは別の方面から。滅多に上演しない幻の曲ですよね」

「六国《ろっこく》さんからは、ずいぶん前から『三体月』を観せろ観せろとしつこく迫られちゃあったんやが、晃平が亡くなってからは、今まで以上に難題を振りかざすようになってきた。ついには後継者指名にまで口を出してきて」

「なにを言われたんです」

「うちの賢を後継者に指名せよと。さもなければ、援助を打ち切ると言ってきよる」

「そんな……っ。まるで脅しじゃないですか」

「我々も困惑した」

ここ数年、発心流の懐事情は厳しい。高齢化で氏子の数は先細りしていく一方だし、若い弟子も減っている。六国たちの援助でどうにか延命していたようなところもあり、いまここで断たれては流儀の存続自体が危うくなる。

だが清彦の意志は固かった。

明らかに技量に劣る男に流儀を預けるわけにはいかないし、なにより賢ごときに宗主がつとまるとは思えない。これは宗主としての責任であるし、発心流のプライドでもある。自分が選んだ人間に継がせて流儀が絶えるというなら、それも運命。自分の代で終わらせることもやむなしと。

この決断には周りも驚き、一門の人々は大騒ぎになった。

すると意外にも六国のほうから妥協案を切り出してきたのだ。

「それが『三体月』の演能だ」

伝統ある発心流が絶えるのは忍びない。

亮平の指名を認めるから、そのかわりに、自分の前で『三体月』を特別に上演してくれ。そうすれば、後継問題に口は出さずに援助を続けよう。

ただし、上演を拒むなら、亮平の指名は認めない。

こちらは賢を宗主とした新しい流儀を立ち上げることになるだろう。

賢を指名するか。『三体月』を上演するか。どちらかを選べと。

「……ひどい。発心流を分裂させる気満々じゃないですか」

「新派なんぞ立てられてはたまったもんではない。足元を見られたのだ。上演は晃平の四十九日――指名式の、前夜と決まった」

「それで〝心待ちにしてる〟というわけですか」

「秘曲『三体月』は、宗主の代替わりの時にのみ、演能するしきたりだ。だから幻の能なのだ」

ステージの上では能舞台のバラシが始まっている。

楽屋の喧噪《けんそう》をよそに、雄彦は重苦しい顔をしていた。

「しきたりを破ることになるが、前例がなかったわけでもない。昔、紀州の殿様に請われて演能したこともある。『三体月』を一度観せるだけで、後継を認めて援助も続けてもらえるならば、それが一番いい解決法ではないか、と清彦にも助言した」

流儀の分裂も回避できる。たった一度でいいのだ。

だが忍は毅然《きぜん》と言った。

「……その上演は、だめです。『三体月』をとられます」

「とられるだと？」

「録画されるという意味です。ただ観るだけでは済まないはず。昔とちがって、今はいくらでも録画ができるし、音声も残せる。六国《ろっこく》氏の前でやれば、全部記録されてしまいますよ」

「記録されたら、どうなる」

「コピーされます」

真顔で断言した。

「曲をそっくり盗まれます。彼らの目的は『三体月』を自分たちで演じて世に売り出すことです。幻の曲だなどと宣伝して、まるで自分たちのもののように」

ばかな、と雄彦は声を荒らげた。

「そんなこと許されるわけがないだろう！」

「はい。多分そのままは上演しないでしょう。自分たちでほどよく手を加えて、六国版

『三体月』を馬淵に作らせるはず」

もし発心流から訴えられても、自分たちで古い謡曲を発掘したとか、別の土地にも伝わっていたとかなんとか口実をつけるはず。万一、裁判に持ち込まれても佐分利家には戦いきる財力はない、と踏んでいるのだ。

「彼らの目的は『三体月』です。はじめは賢氏を指名させて一子相伝で受け継ぐのを待つつもりだったかもしれないが、そんなのは悠長すぎると気づいたはず。盗むなら、上演させて録画したほうがなんぼも手っ取り早い」

危機感をあらわにして、忍は強く訴えた。

「六国たちの前でやってはいけない。『三体月』を盗まれます！」

「なにを騒いでいるんだね」

清彦が現れた。

帰り支度を整えて楽屋を出るところだった。

「おお、清彦。ちょうどええとこにきた。『三体月』のことやけどな」

「お義父《とう》さま！」

さえぎるように、今度は玲奈が血相を変えて駆け込んできた。

「大変です！　いま、亮平さんから電話があって、家が空き巣に入られたと！」

「なんやと」

しかも亮平が犯人に襲われた。幸い怪我はなく、暴漢は萌絵が取り押さえて警察に突きだしていた。盗まれたものは「御烏箱《おからす》」という根来塗の文箱《ふばこ》のみだったこと、いま警察が来て現場検証をしていることなどを玲奈は早口に伝えた。

清彦も雄彦も絶句した。

「〝御烏箱〟を持って行かれたのか……っ。なんてことを！」

すぐに戻る、と清彦は言い、すでに歩き出している。玲奈が追いすがり、一番弟子の富樫《とがし》に「あとのことはお願いします」と伝えて、足早に楽屋口へと向かった。

「えらいことになった……」

雄彦もうろたえて目が泳いでいる。

「まさか賢のやつの差し金か……？　あいつめ！　なんちゅう大それたことを！」

賢はどこだ！　と弟子たちを捕まえてわめきちらす。

騒いでいるところに、六国《ろっこく》を見送りに行っていた賢がちょうど戻ってきた。雄彦が物も言わず、息子の胸ぐらを摑《つか》みあげた。

「貴様、なんのつもりや！　六国ごときにたぶらかされおって、なんちゅう恥知らずなことを！」

「なんのことや、親父」

「おまえが盗ませたんやろ、〝御烏箱〟……！」

賢は「知らん」と突っぱねた。激しい言い合いになり、とうとうつかみ合いの親子げんかになってしまう。忍と弟子たちが慌てて止めに入ったが、忍はとばっちりを受けて肘《ひじ》打ちを食らってしまった。

「この親不孝もんが！　六国に金でつられたんか、その腐った性根たたき直しちゃる！」

激昂《げっこう》する雄彦の声が響き、楽屋は騒然となった。

そこへ忍のスマホにも萌絵からメッセージが着信した。

賢への追及は雄彦に任せることにして、忍は急ぎ熊野へととって返すことにした。

*

忍が佐分利家に戻ったのは、警察車両がちょうど撤収していった後だった。

縁側に腰掛けてうなだれている亮平のそばに、無量と萌絵と萬海《ばんかい》がいた。

忍は高速道路を目いっぱい飛ばしてきたので、いつのまにか玲奈の車を追い抜いていたらしい。清彦たちはまだ着いていなかった。

「忍……。ごめん。下手打ったみたいだ」

無量と萌絵も責任を感じて落ち込んでいる。自分たちが留守番をしていながら、みすみす佐分利家の家宝を盗まれてしまったのだ。忍は車中の電話で詳細を聞いていたので、多くは問わず、責めもしなかった。

「とにかく誰も怪我がなくてよかったよ。永倉さん、ありがとう」

「相良さんのほうこそ頬が腫《は》れてますけど、まさか誰かに襲われたんですか」

雄彦たちの親子げんかを止めただけだと言うと、萌絵は胸を撫《な》で下ろした。

「〈安珍〉から何か連絡はあったのか？」

「ううん。今のところ、まだ何も」

「そうか……。ちょっといいかい？」

忍は無量と萌絵を庭の物陰に連れてきて、小声になった。

「〝御鳥箱〟の中身はやっぱり『三体月』の謡本だったのか？」

「サブリンも直接中身を見たわけじゃないそうだけど、いろんな行事のたびに特別な取り扱い方をされてたから、多分そうじゃないかって」

「つまり『三体月』の謡本を手に入れたいやつのしわざか……」

やはり六国《ろっこく》と馬淵しか考えられない。

忍は彼らのことを萌絵と無量に打ち明けることにした。

ふたりは衝撃を受けた。

「……秘曲コレクターってこと？　じゃあ、そいつら初めから『三体月』が目的で発心流に近づいたってわけ？」

「たぶんね……」

人は老境にさしかかると自然と欲を手放していくものだと思いがちだが、忍は、そうではない老人が世の中には少なからずいることを知っている。龍禅寺雅信がいい例だった。老いて妄執に取り憑《つ》かれた人間ほど厄介なものはない。

「大きな集団の一番上を長いこと極めた人間ってのは、満たされていない状態自体に、もう耐えられない。そんな老人が一度取り憑かれたら死ぬまで目は覚めない。周りに誰も止める人間がいないからだ」

無量の脳裏に祖父・瑛一朗《えいいちろう》が浮かんだ。いま思えば、瑛一朗もまた自らの学説への妄執に取り憑かれていたのだろうか。祖父が辿《たど》った道は、一度権威を得て降りられなくなった人間の末路のようにも思えた。

「なら〈安珍〉っていうのも六国氏側の誰か？」

「経筒の出土を把握してる。ってことは発掘関係者に通じてる。だとすると富樫さんたちじゃないな」

「なら、さっきの連中も六国氏の指示で？」

「動いたのは下請けの下請けのそのまた下請けだろうから、実行犯が捕まったところでトカゲの尻尾《しっぽ》だ。大元には辿り着けないだろうけど」

「ふざけてる」

萌絵は怒りで拳《こぶし》が震えた。

「私たちは何をすればいい？　すぐにでも謡本を取り返しにいかないと！」

そこへ玲奈の車が到着した。清彦が降りてきて、亮平のもとに駆けつけた。

父親の顔をみた途端、亮平は絶望的な表情になり、言葉をかけられる前に立ち上がって、清彦の前でいきなり土下座した。

「すまん、親父！　俺のせいや！」

地面に額をこすりつけている。

「俺がいながら本当にすまん！　俺の責任や。必ず俺が取り返す！　この手で！」

だが清彦の目線は土下座する亮平ではなく、その横に立つ修験者のほうに張りついている。

「萬海じゃないか。これはどういうことだ」

「次男坊を責めるな。俺が裏山を案内してやろうと外に連れ出したりしたせいだ。家を空けた隙をつかれた」

殊勝に頭《こうべ》を垂れる萬海に、清彦は状況を摑みかね、

「なぜおまえがここにおるんかって訊《き》いとるんや」

「南龍塚の経筒が掘り返されたと聞いて、山から駆けつけた」

なんだと、と清彦が初めて声を荒らげた。

「経筒が掘り出されたっちゅうんか！　なぜ早くそれを知らせん！」

無量たちは驚いた。

清彦も知っていたのだ。南龍塚の経筒のことを。

「じゃ、あれはやっぱ清姫雛《びな》の頭《かしら》だったんすね？　佐分利家の道成寺雛の……！」

「無量」

止めたのは忍だった。いまはそのことを問いただしている場合ではない。

「亮平を助けてくれた永倉さんというのは君か？」

清彦は萌絵に向かい、深々と頭を下げた。

「相手は刃物を振り回したと聞く。ありがとう。危険を顧みず息子を助けてくれて」

萌絵よりも亮平のほうが驚いている。亮平のしくじりに叱責《しっせき》のひとつもなく、助けた萌絵に命の恩人だといって頭を下げる。今までに見たことのない父の一面だった。

「〈安珍〉のしわざだというのは、わかっている。君たちには迷惑をかけた」

「どうするんだ、清彦。『三体月』の謡本を持って行かれたんだろ？　そいつが誰かもわかってるのか」

「見当はついてる」

清彦は青白い頬でそう答えた。

「いとこの賢が仕組んだことだろう。その後ろには六国《ろっこく》老がいてるはずや」

「賢おじさんが？　じゃあ〈安珍〉の正体は賢おじさんやったのか……っ」

愕然《がくぜん》とした亮平が、次の瞬間立ち上がって、弾丸のように飛び出していきそうになるのを、萬海が両手を広げて止めた。

「どいてくれ！　おじさんとこに行って俺が取り返してくる！」

「亮平！」

清彦の腹の底からの一喝に亮平は身を竦《すく》ませた。

「落ち着け。おまえは殺されかけたんやぞ」

「そうだぞ、ぼっちゃん。仕組んだ当人のもとに行くなんて、飛んで火に入る何とやらだ」

「では私たちが行きます」

名乗り出たのは萌絵だった。

「行かせてください。私たちが説得して取り戻します！　なんなら腕ずくででも！」

「いや。もう手遅れかもしれない」

口を挟んだのは忍だった。いつになく暗い面持ちで、

「六国《ろっこく》たちが手に入れたいのは〝物〟じゃない。〝内容〟だ。中身をスキャンして何食わぬ顔でこっそり返却してくるかもしれない。あるいは謡本と引き替えにいろいろ要求してくるかもしれないが、それは頭の悪いやり方だ」

「だね。首謀者だって一発でバレる」

「じゃあ、どうしたらいいの！」

萌絵の訴えに答えられる者はなく、しん、と静まりかえった。

全員、黙考している。

口を開いたのは、忍だった。

「どうにか六国氏が手を引く方法を考えましょう」

謡本の「中身」が渡ってしまうのは、止められない。

だが能で重要なのは舞だ。謡の中身が流出して、完全オリジナルを作られても迷惑だ

が、彼らのこだわりからすれば、肝である舞を必ず手に入れようとするはず。

だからこそ、何が何でも上演しなければならない状況を作ろうとするはずだ。

ならば。

「発心《ほっしん》流に手を出せばヤケドするということを、六国氏に思い知らせるんです。『三体月』を盗むのは大きなリスクがあると。毒蛇が派手な色をまとって、自分が危険な存在であることを捕食者たちに報《しら》せるように」

だが、そのためには何をどうすればいいのか。

無量たちには見当もつかない。

*

亮平の失態を誰よりも責めたのは、清彦ではなく、一番弟子の富樫だった。

発心流の家宝を盗まれた責任は亮平にある、こんな大失態をやらかした人間を後継者と認めるわけにはいかない、と。帰るなり、他の弟子たちと清彦に訴え続けた。

亮平はますます厳しい立場に立たされている。

だが亮平にも意地がある。警察に任せっぱなしにもできず、逃げた男の行方を突き止めるため、犯人の若者が出入りしていた田辺のスナックに向かった。ひとりで行かせるわけにはいかず、萌絵と無量もついていった。

「だから、しらんゆーちゃるがな！　しっこくすっと痛い目みさすぞ！」

探す中で地元の悪い連中に力ずくで追い払われかけたが、これには萌絵が敢然と立ち向かった。男たち相手に店で暴れた挙げ句、

「わかった……言う！　言うから放して。腕折れる！」

事情を知る男たちもしまいには泣きを入れてきた。

「金で雇われたんや！　常連のおっちゃんに！」

その男が俵田の会社のOBだった。佐分利邸から持ち出した〝御烏《おからす》箱〟はとうにその男に渡したという。佐分利邸の間取りから、箱の置き場所も含めてすべて詳細に伝えられて、犯人たちは指示通りに決行しただけだった。

「この分だとすでに俵田さんか賢おじさんに渡ってるな」

そのうち、しれっと戻されても、中身はすでに六国《ろっこく》たちに「見られた」と思うしかない。

「絶対にあのじーさんの前で『三体月』を演《や》らせるわけにはいかん」

あんなに後継者になるのを嫌がっていた亮平だが、いつのまにか発心流の秘曲を守ることに目の色を変えている。

「よそもんになんか舞わせてたまるか。あの不動の舞は」

この俺が受け継ぐ、とは口にしなかったが。

亮平の変化は無量の目にも明らかだった。

　数日前まで逃げようとしていた体は向きを変え、今は真っ向から立ち向かっている。なりふりかまわない亮平の力になりたい、と無量も萌絵も心底思った。無量たちが犯人を追って奔走する一方で、忍は六国のことを本腰入れて調べ始めた。何をすれば六国の手を引かせられるのか。

　何をもって「毒」とするか。

「……ずっと引っかかってることがある」

　忍は夜もパソコンの前を離れない。食事もまともに摂《と》らず、おにぎりを合間にかじるだけだ。

「六国や馬淵の目的が『三体月』を手に入れることなら、なんでわざわざ俵田さんは南龍塚を掘らせたのか。ただ秘曲を手に入れるだけなら、発心流に圧力をかけるだけでよかったはず。なのになぜあの発掘調査を行った？」

　それは萌絵もずっと気になってはいることだった。

「発掘のきっかけは確か、家を建てるために造成してたら遺物が出たって」

「それは口実だ。俵田さんは経筒を出すために発掘させたはずだ。それはなぜ？」

「なぜでしょう」

「発掘調査自体が、六国からの指示だったとしたら？」

　萌絵は首をかしげた。

　忍は何を言おうとしているのか。

「えーと、経筒の中身は秘曲『三体月』の小道具と同じだったんですよね。そもそも馬淵氏は根來寺の能面の覚書を見て秘曲『三体月』の存在を知った。そこには小道具の中身も書いてあった。ほんとに合ってるかどうか、確かめようとした、とか？」

「なら、なんで堺御殿から出る経筒が、能の『三体月』の経筒と同じだと事前に知ることができたんだっけ？」

モニターから目を離さず忍が問い返してきたので、萌絵も必死で頭の中を整理して、

「えー……と、俵田さんはあの経筒が『頼宣公の埋めた呪具《じゅぐ》』であることを先祖から伝え聞いて知ってた。頼宣公は秘曲『三体月』の中に描かれた空海の呪法を見て、それと同じ呪法をやってみようと思い立った。それで萬海さんとこの師祖である円海《えんかい》上人に執り行わせたんですよね」

幕府転覆のためか、個人的な恨みを晴らすためか。それはわからない。

だが、経筒がその呪具であったことだけはまちがいない。

「つまり秘曲『三体月』は空海の呪法のテキストみたいなもので」

「そう、テキスト。あれは指南書だとしたら？」

「どういうことですか」

「六国《ろっこく》氏が手に入れたかったのは、本当に、能のほうだったのかな」

意表を突かれた萌絵が「まさか」と身を乗り出し、その先の言葉を紡ごうとした時、忍のスマホに電話がかかってきた。

柳生篤志《やぎゅうあつし》からだった。

忍はスピーカーモードにして電話に出た。

「お疲れ様です、そっちはどうでしたか」

『お疲れ様じゃねえ。相良てめえ、おまえらのせいでこっちはGW返上で掘ることになっちまったんだぞ』

萌絵には意味がわからない。柳生のいる小石川の現場は、まるっと休みに入っているはずだ。

「十兵衛さん、休みじゃないんですか？　今日も現場で掘ってたんですか？」

『ああ、バイトとパートさんたちは駆り出せねえから、さくらとミゲルと三人で必死に掘ってんだよ。俺たちのGW返してくれよ』

「なんで掘ってるんですか？　まさか相良さんに指示されて？」

なぜ、柳生たちが忍に指示されて休日返上で掘らなければならないのか。

「それで例のものは出ましたか」

と忍が言うと、

「出ねーよ。ほんとうに出んのかよ。いくら地権者が怪しいからって」

ストップ！　と萌絵が割って入った。

「地権者が怪しいって、どういうことですか」

忍がメールソフトからファイルを開いて、モニターに出した。小石川の発掘現場の受注記録だ。地権者の欄を見た萌絵は「あ！」と口を押さえた。

「このひと……〝六国祥吾《ろっこくしょうご》〟って、まさか」

「六国氏の三男坊だ。紀北重工の東京本社で取締役をやってる」

萌絵の顔から、さーっと血の気が引いた。

六国の身内の土地で、同時期に東京で発掘調査をしているだと？

「それって、偶然じゃないですよね。まさかその土地って紀州藩の藩邸があったとかいうんじゃ」

『あいにくそれはない。でも、とある幕臣の屋敷だった可能性がでてきた』

「その幕臣というのは？」

「安藤《あんどう》家だ」

と忍が答えた。安藤と聞いて萌絵の頭に浮かんだのは江戸幕府の初代老中・安藤直次《なおつぐ》だ。その屋敷跡だったというのか？　老中の屋敷？

「安藤直次は家康の側近だった。まだ駿府《すんぷ》城にいた頼宣の補佐役に任命されて、大坂の陣では徳川軍を率いた。頼宣が紀州藩主となる時に付家老《つけがろう》に任命されている」

忍はまた別のファイルを開いた。

現代の地図に江戸時代の地図を重ねてある。拡大されたその一角には「紀州徳川家付家老安藤家」とキャプションがついていた。

「十兵衛さんたちが掘ってた場所は、紀州藩の家老のお屋敷跡だったんですか！」

付家老とは、御三家に将軍から直々に任命された大名のことだ。

紀州藩には安藤・水野《みずの》・三浦《みうら》・久野《くの》の四氏が付家老に就いていたが、安藤家は特に国《くに》詰《づめ》（江戸藩邸ではなく地元）で政務を取り仕切った。

「しかも安藤家は田辺城三万八千石を与えられてるんだよ」

「田辺って……じゃあ、ここは地元じゃないですか」

もっとも、安藤家の藩主は和歌山城下に詰めていたため、田辺城はずっと城代が仕切っていたのだが。

「でもこないだ小石川で出土したのは地鎮遺構でしたよね。もしかして相良さんが疑ってるのは」

忍はその遺構は地鎮具ではない、と踏んでいる。

萌絵にも忍の言いたいことが読めて、ぞわっとした。

「そこからも経筒が出るんじゃないかって、そういうことですか」

忍はおにぎりを口に押し込んだ。

六国が本当に手に入れたかったもの……。

それは、つまり——。

＊

五月に入ったというのに、季節が逆戻りしたように冷え込む朝だった。

このあたりの山々は決して険しい高峰というわけではなく、稜線《りょうせん》も一見なだらかに見えるが、深い。

近くを流れる富田川は河原も広く、流れも穏やかだが、一度天候が崩れると深い山の雨を集めて一気に川幅が広くなる。

熊野古道はその山のなだらかな尾根を縫っていて、一部の難所を除けば、比較的、歩きやすい。だから足腰が特別強いとも思われない都の貴族たちも、なんとか歩き通せたのだろう。

そのなだらかな尾根も、今日はガスに包まれて見えない。

無量は朝から佐分利家の裏山を見て回っていた。

苔《こけ》むした石塔は、中世のものが多いようだが、中には鎌倉初期かもっと前にまでさかのぼれるものもありそうだ。熊野神域の門という地域だけある。

曇り空の下、霧に包まれた山林は、この世とあの世の境を彷徨《さまよ》っているようで、異界から来たものに出くわしても不思議ではない雰囲気だ。

能は幽玄の境地を表現すると言うが、この地で生まれた神事能とは、まさにこの世とあの世の境で行われる。能のシテはこの世ならぬものが多い理由も、わかる気がする。

「……そこにいるのは無量か」

林の中の道をあがってきたのは、作務衣《さむえ》姿の萬海《ばんかい》だった。

「早いすね。萬海さん」

「修験者の朝は早いのだ。おまえさんこそ何してる」

「朝ランしてきたんす。清姫の墓まで」

ここからはそう遠くない。川沿いの国道を少し田辺に戻ったところに、清姫のふるさと真砂《まなご》の集落はあった。

「石碑と石塔とお堂がありました。このへんでは清姫は安珍にだまされたのがショックで、川の淵《ふち》に身投げしたと伝わってるんすね。怨霊《おんりょう》になって安珍を追いかけたと」

「村の人々が報復のために安珍を追いかけて、焼き殺した、ともいうな」

いずれにせよ、清姫伝説の元になった小さな事件がこの地で起きたのは本当なのだろう。いまは歴史に埋もれた生身の「清姫」に、無量は想いを馳《は》せた。

「清姫の事件が起きたのは延長《えんちょう》六年。西暦九百年くらいなんすね。平安時代の中期くらい。醍醐《だいご》天皇の御代だから、菅原道真《すがわらのみちざね》とかがいたあたり」

清姫の父親は真砂の庄司《しょうじ》、藤原清重《きよしげ》という。

無量はしゃがみこんで、裏山に埋もれるように身を寄せ合う石塔を見つめた。

「……『三体月』の呪法は、もともと空海が編み出したんでしたっけ」

「編み出したというより持ち込んだんだろうな。それを覚鑁上人がシンプルに整えて修験者が広めたと」

「簡易版ってことすか」

「つまり修験者向けの易行を開発したようなもんだろう」

「萬海さんはその修法の内容を知ろうとしてたんすよね。だから清彦さんとも友達になったんすよね」

「ああ。ガードは堅いけどな」

「おおまかな内容はわかります？」

「降伏法なのは確かだ。私の見立てでは『転法輪法《てんぽうりんほう》』がベースになっているのではないかと思う」

　転法輪法？　と無量が訊《き》き返した。

「うむ。弘法大師空海が大陸から持ってきた東密の秘法でな。どちらかというと国家の安全が脅かされ、存亡の危機に陥った時に執り行われる大法だ」

「戦争とか」

「侵略された時、叛逆《はんぎゃく》が起きた時にも使われる。転法輪という筒に、施主の人形《ひとがた》と怨敵《おんてき》の人形、両方を入れて行を修し、結願《けちがん》後は怨敵の人形のみ焼くというものだ」

「筒と人形……。同じっすね」

　ヒトガタとニンギョウの違いはあるが、根っこは同じと考えれば、どちらを用いても問題はなさそうだ。人形がひとつしか入っていなかったのは、もうひとつは結願後に焼いてしまったからなのか。

「『転法輪法』は強烈だぞ。我々が知る中でも最強の部類だ。崖《がけ》っぷちからの起死回生も叶《かな》う。国家ベースから個人の呪殺まで。最強の怨敵降伏法と呼ばれるくらいだ」

その簡易版が堺御殿で執り行われたということらしい。徳川頼宣が一体だれを調伏もしくは降伏させたかったのかはわからないが。

「それって、萬海さんもできます？」

萬海はびっくりして「突然なにを言い出すのか」と慌てた。

「それは……私も密教僧の端くれではあるし、師から伝授はされている。やれと言われてできないことはないが、恐ろしい呪法だから気安くやれるとは言えん」

しゃがみこんでいる無量は背中を向けたまま、言った。

「やってくれませんか」

「な……なんだと」

「その呪法、実際にやってみませんか」

肩越しに振り返った無量は、半開きの瞳《ひとみ》に暗いものを宿している。

「六国《ろっこく》氏は発心流の秘曲を盗み取ろうとしてるんですよね。そんなの立派な怨敵じゃないすか。発心流の秘曲を取り上げて自分の思うままにしようなんて、そんな邪悪なやつ、調伏してしまったほうがいいんじゃないすかね」

「おまえ、自分がなにを言ってるかわかってんのか！　俺に六国氏を呪い殺せって言うのか！」

無量はゆらりと立ち上がった。

その目の奥に暗い炎が宿っているように、萬海には見えた。

「……発心流に手を出せば恐ろしい目に遭う、ということを思い知らせてやるんです。こうなったら『三体月』の呪法で、六国《ろっこく》たちのたくらみを打ち砕いてしまいましょうよ」

＊

「六国氏を調伏って！　西原くん、なに考えてるの！」

萌絵は猛然と反対した。

「それって六国氏たちを呪うってことでしょ？　そんなの西原くんらしくないよ。よくないよ。それに人を呪うと返りの風が吹くんだよ？」

吹かない、と無量は断言した。

「呪いは呪いでも、これは仏の名のもとに行う仏の力による修法だから」

「そんな……っ。西原くんどうしちゃったの？　相良さんもなんとか言ってくださいよ！」

半泣きになってうろたえる萌絵がたまらず忍にすがりついたが、無量の提案を咎《とが》めるどころか、忍は「それだ」と目を見開いた。

「いい考えだ、無量。それなら六国氏に一撃を与えられる」

「ヒ！　相良さんまで何いきなり同調しちゃってるんですか。お願いだから、ふたりとも正気に戻ってよ。いつもなら呪いなんて鼻で笑うくせに！」

「他の人はともかく、六国氏には呪いの効果が出せそうだ」

忍はパソコンの資料ファイルをモニターに出した。昨日一晩かけて集めたものだ。そこには小石川の現場の受注資料だけでなく、六国醍醐が寄進した寺々の写真、参加した様々な修行風景が載っている。修験者の姿で大峯山や羽黒山《はぐろさん》やその他、全国各地の修験場を踏破してきたようだ。滝行や護摩を焚《た》いている写真まである。

「これは……」

「名誉職にある人間って人と会う度いちいちこうして報告があげられてしまうんだね。六国氏はもともと信心深かったが、隠居してからは修験道にのめりこんだらしい。僧籍まで取得して家の庭に滝行場を作り、自分の山で回峰行をして、ついにはお堂を建てて毎日のように護摩を焚いていたんだとか」

萌絵も無量も震えあがった。

「めちゃめちゃ元気じゃないですか」

「ただそれも数年前までの話だ。大病をわずらってからは修行をやめて、かわりに密教に深くはまった。古い仏像と曼荼羅《まんだら》を買いまくり、高野山の高僧とも交流を深めてる」

無量たちにも話が読めた。

「もしかして『三体月』に興味を持ったのも」

「ああ。六国氏はその秘曲にこめられた謎の呪法に強い関心をもったんだろう」

馬淵孝四郎が根來寺の能面を調べていて発見した秘曲『三体月』の存在。それはただの幻の曲というだけではなく、空海の呪法が描き込まれているという。六国《ろっこく》老人はたちまち心を奪われただろう。馬淵がその復曲を目指したように、六国は呪法の復元を目指そうとした。紀北グループの社内報にはまるで総理大臣のようにいちいち名誉会長の行動記録が載っている。さすがに呪法の調査とは書かないが、熱心にあちこちの高僧を訪ねて調べまくっていたのがわかる。

「経筒が出たのは偶然じゃない。六国氏が全部、筋書きを描いていたんだ」

「六国氏が」

その先を聞こうと身を乗り出したそのとき、無量のスマホに電話がかかってきた。緊張感を削《そ》がれて「なんだよ」と出ると、耳をつんざくようなわめき声が返ってきた。

さくらとミゲルだった。

『無量さーん！　こっちも経筒が出ましたあ！』

『萌絵さーん、ついにお宝出土させたっとですー！』

『掘ったのは私！』

『見つけたとは俺！』

押しのけ合うように口々に訴える。まるでツバメの雛《ひな》だ。

忍のスマホにも着信があった。柳生からのメッセージだった。

〝経筒出土。おまえの見立て通りだったよ〟

　どういうこと？　と無量が忍と萌絵に説明を求める。

「紀州徳川家はどうやら、堺御殿と同じ呪法を江戸でも修していたらしい」

「江戸で？　でも十兵衛さんたちが掘ってた現場は……」

「安藤家の屋敷跡だったの」

　萌絵が代わりに説明した。

「付家老・安藤直次の。たぶん、藩邸でやると将軍家から真っ先に疑いをかけられるから、あえて付家老の屋敷でこっそり修したんだと思う」

「えっ。でもなんで江戸で？　なんのために？　まさか」

　スマホの向こうからはさくらとミゲルの声がまだ響いている。萌絵が「はーい。おつかれさまー。ちょっと待っててね」とにこやかに言って保留にした。

　無量にも江戸から経筒が出た意味がなんとなくわかったのだろう。

　腕組みをしてうなだれてしまった。

「そこの地権者が六国一族だったって？　偶然なわけないよね」

「前の地権者から地価の五割増で買収してた。もちろん偶然じゃないだろう」

　無量もそこまで言われてようやく気づいた。

　六国醍醐が本当に手に入れようとしているもの。それは秘曲ではない。

　空海の秘法なのではないか。

＊

一連の推測を、無量たちは清彦と亮平に報告した。

ばかげたことを、と突っぱねるかに見えた清彦は、意外にも真顔だった。

むしろ亮平のほうが全く信じようとしなかった。

「ははは！　いくらなんでも考えすぎやで。それに六国《ろっこく》じーさんを調伏するなんて突拍子なさすぎる。呪法なんて非科学的なもの、本当に存在するとでも」

「やろう」

清彦の答えに、亮平は目をひん剝《む》いた。

耳を疑った。

「親父……、とうとうどうかしちまったのか。呪法だなんて平安時代じゃあるまいし、そんな漫画みたいな話、真に受けるのか」

「六国老がそうまでして『三体月』を盗もうとしてるなら、もはや言葉は通じんだろう。仏の力で思い知らせるしかない」

「じゅ……呪殺でもする気か！　警察につかまるぞ！」

捕まらない、と忍が素っ気なく言った。

「いまの日本には呪殺を禁じる法律はない。罰則もない」

「相良！　おまえまでどうかしちまったんじゃないのか」

「殺されることはないにしても、熱病で何日かうなされることはあるかもしれないな。そうなっても六国老の目が覚めないなら、それまでということです」

「彼の言う通りだ。もはや援助が打ち切られてもかまわん」

「親父！」

「萬海。おまえがやってくれるのなら、俺が願主となる。どうだ」

　もちろんやるさ、と萬海は答えた。

「ただ俺は容赦しないぞ。仏の力でじーさんの老い先が短くなってもしらんからな」

「かまわん。やるなら徹底的にやってくれ。発心流に手を出したことを後悔させてやるのだ」

　清彦の冷徹さに亮平が思わず引いたほどだ。

　そう。清彦はただの能楽師ではない。彼はこの世で唯一、一子相伝の秘曲『三体月』を正統に伝授された人間なのだ。つまりそこに描かれた空海の呪法が何かも知っている。

　そう気づいて亮平も思わず背筋を正した。能という形で身を以《もっ》て知る人間だった。

「西原くん、君は南龍塚の経筒を亮平とともに掘り出したのだったな」

「はい」

「今から語るのはここだけの秘密。萬海もよく聞け。『三体月』の秘法を執り行う時、必ず用意するものがある。それが〝転法輪筒〟だ」

無量はすぐにピンときた。

萬海が話していた「転法輪法」に用いる呪具のことだ。

「『三体月の秘法』の肝となる〝転法輪筒〟は新しいものでは駄目だ。経塚に埋まっている古い経筒を用いなければならない」

「えっ！　なら南龍公が古い経塚の経筒を掘り返して再利用したのも」

そうだ、と清彦は答えた。

「……あの秘法は、長いこと地中に埋まっていた経筒の霊力を利用することによって威力を生む。古ければ古いほどいい。経塚の霊力は熟成し、十分に練りこまれているからだ。その地の霊力が高ければ高いほど、経筒に蓄えられる呪力も高まると考えられる」

「つまり……頼宣《よりのぶ》公が古い経筒を再利用したのは、呪術のパワーを高めるためのものだったと？」

忍の言葉に清彦は深くうなずいた。

「南龍公が平安時代の経塚をあえて掘り返して、埋まっていた経筒を用いたのは、『三体月』の秘法には古《いにしえ》の霊力が必要だったからだ。呪力とは地下水のようなもので、呪法は井戸を掘ることになぞらえられる。霊地の地中にある霊力は永続して存在し、地中から汲《く》み上げたエネルギーを仏の属性によって変成し、対象に注ぎ込む。それが『三体月の秘法』の原理とされる」

亮平はただただびっくりしている。一介の能楽師であるはずの父から、呪術者のような話がとうとうと語られるのは驚きでしかなかった。

「つまり、水道管に蛇口をつけるようなもんすか」

「しかも水道管を長くつないで遠隔地で利用することもできる」

「そうか。頼宣公は熊野の霊力を江戸に持っていこうとしてたんすね！」

言われてみれば、あの輪宝と橛《けつ》は、水道やガスのバルブにそっくりだった。いくらでも開閉できそうだ。

「当家の土地は滝尻王子社の神宮寺・滝尻寺だった。『三体月の秘法』を最初に執り行った寺院でもある。ここには多くの経塚が存在する」

その下には古い経筒が埋まっている。

どれも十分に呪法に使える古さだ。

「だが、どれを使ってもよいというものでもない。納められている経典は密教経典であることが条件だ」

経塚に埋められている経典で多いのは法華経《ほけきよう》だ。般若心経といったものもある。

施主や願主が密教僧である場合、密教経典が納められることがある。

「中でも〝大日経〟〝理趣経《りしゆきよう》〟を用いたと伝わっている。だが今度の『三体月の秘法』を執り行うためには特別の経筒を用いようと思う」

清彦は静かに告げた。

「弘法大師空海が、その手で埋めたと言われる〝空海の転法輪筒〟だ。またの名を〝弘法筒〟」

無量たちは息を呑《の》んだ。うそやろ、と亮平も絶句した。

清彦は重々しく告げた。

「それを使え」

「……使えって」

「覚鑁上人が最初に執り行った『三体月の秘法』で用いたものでもある。ただし、それがどこに埋まっているかは、誰も知らない」

無量は思わず亮平と顔を見合わせてしまった。

「それを掘り当てろということですか」

清彦の目がじっと無量を見つめている。その目線の意味を探ろうとするように、無量も真剣な表情になった。

「その経筒。特徴を教えてもらえますか」

「蓋《ふた》と底に輪宝の線刻あり、と伝わっている。願主も施主も刻まれてはいない。内部には弘法大師自らが筆を執った経典一巻。そして弘法大師が大陸から請来した金の独鈷杵《とっこしょ》一口と金剛橛四口が納められている」

居合わせた者たちは思わず固唾《かたず》を呑んだ。

「弘法大師の真筆、ですか」

「そうだ」

それが本当なら国宝級の経典だ。

厳格な僧侶《そうりょ》のように清彦は亮平に向かった。

「亮平。おまえは御烏《おからす》箱を奪われた失態の責任を取って、必ずこれを掘り当てろ。もし見つけることができんかったら、おまえを後継の座から正式に降ろす」

亮平は目を瞠《みは》った。

無量たちは「そんな」と反発しかけたが、清彦はもう腹を決めていた。

「いいな、亮平。必ずこれを探しだし、発心流に手を出す輩《やから》は全員、恐ろしい目に遭わせてやれ」

亮平の目が暗く据わり、低い声で言った。

「わかった。演能の日までに〝空海の転法輪筒〟必ず俺が探し出す」

第七章　空海の遺産

「佐分利《さぶり》さん、考え直したほうがいいんじゃないでしょうか。いくら仏様の力とはいえ、敵を懲らしめる呪法《じゅほう》に手を出すなんて、やっぱりまずいですよ」

萌絵《もえ》はその後も根気よく説得を続けている。

無量《むりょう》たちは亮平《りょうへい》といっしょに佐分利家の土地を検分するため、裏山を歩き回っていた。一列になって薄暗い山道を歩きながら、萌絵は前を行く亮平の背中に訴える。

「転法輪筒ってアレですよね。平安時代のデスノートとか言われてるやつですよね。高《こう》山寺《さんじ》に伝わってる木製の見たことあるけど、見るからに怖いし、掘り当てた途端すごい勢いで呪われそうで」

亮平のかわりに無量が答えた。

「だったら本望。右手の鬼とどっちが勝つか、試してみるわ」

「あーっ。そういうことじゃないでしょ」

ちっとも聞き入れようとしないふたりに、萌絵は頭を抱えている。

見かねた忍《しのぶ》がようやく種明かしをしてくれた。

「何も本当に六国《ろっこく》氏を呪おうとしてるわけじゃないよ。あくまでこれはデモンストレーションだ」

「デモン……スト……？　デモなんですか？」

ああ、と忍は木の根をまたぎながら、ぬかるむ斜面をあがっていく。

「あんまり手を焼かすとヤバイ呪法を執り行いますよ、てところを見せつけて六国氏を揺さぶろうっていう」

「あ、そういう……」

萌絵もようやく理解した。なまじ、その手のマンガや映画をたくさん見てきたので、妙にリアルに思い浮かんでしまうのだ。

「でもそれで手を引いてくれるでしょうか」

「逆に六国氏だから効くとも言える。大病してから密教にどっぷりはまってるらしい。永倉《ながくら》さんがイメージできたように、六国氏の頭の中にもきっと密教の強烈な世界観ができあがってる。自分がそれをくらう立場にされたら冷静ではいられないよ」

平安時代と同じだ。イメージできるからこその恐さなのだ。

「六国のじーさんの最終目的は、やっぱり、自分でその呪法を執り行うこと？」

亮平の問いに、忍はうなずいた。

六国はおそらく、徳川頼宣《よりのぶ》に自分を重ねている。

頼宣は家康の息子で大藩の主《あるじ》、将軍家に物言える立場で、能に熱心だった。

「頼宣公も泰平の世は戦国時代のノリじゃ通用しないことを痛感してたはず。六国氏のとこもう昭和の経営は通用しない。紀北重工には海外のファンドから買収話が出てるらしい。経営難の現場は受け容《い》れるつもりのようだが、六国氏は大反対してる」

「えっ。じゃあ、六国氏が呪詛《じゅそ》したい相手っていうのは」

「うかつなことは言えないけどね」

「そ、それって威力業務妨害とかにはならないですか」

「うーん……。どうだろう。危害を加える意思表示をしてるとも言えるが、呪法は危害にあたらないとも言えるし」

忍と萌絵のやりとりを聞きながら、亮平が思い浮かべるのは父親の顔だった。

「親父も『デモンストレーション』のつもりなのかな……」

「清彦《きよひこ》さんは……本気だと思う」

無量が答えた。

「本気で六国氏を『恐ろしい目に遭わす』気なんだと思う。だって背負ってるものがあるんだもん。ハンパな気分で手ぇ出したひとたち、マジでヤバイ目に遭うかもね」

無量には伝わったのだ。清彦の覚悟が。

形ばかりのつもりはないだろうことも。

「……それ止めなくていいの？」

萌絵が訊《き》いた。先を歩く無量は振り向かず、

「止める立場にもない。だけど清彦さんがそう心に決めたなら、俺は力になりたい」

とりようによっては危険な発言だったが、忍は何も言わなかった。

尾根に出た。その間に見つけた「経塚らしきもの」は地図にすべて書き込んだ。

「……これ全部掘り返すのか？　とても二、三日じゃ掘りきれんぞ」

通ってきたところだけでも大小七十基はあった。

埋まっている経筒をひとつひとつ確認していたら、ひと月はかかりそうだ。

「もちろん全部は掘り返さない。ここの石塔が全部経塚ってわけじゃないだろうし、掘るのは最低限に絞る」

無量はこの中から厳選するつもりだ。発掘屋の勘が頼りだ。

佐分利家は谷間にあるので平坦《へいたん》地が少なく、斜面を削って造成してあり、石垣の上に母屋と能楽堂も建っている。山林を歩いていると、山城の曲輪《くるわ》のような削平地がいくつか見られた。

「ここは昔、秀吉が攻めてきた時、湯河《ゆかわ》氏が砦《とりで》を造ったらしい」

「たしか、このあたりで一番勢力をもってた武将ですよね。湯河一族」

「道成寺のある御坊に本拠地があったんだが、秀吉に海と陸から攻め込まれて、熊野に退いた。あの山らへんが潮見峠ゆーんやけど、そこに陣を張り、迎え撃った」

滝尻寺は湯河氏にとって最前線の本陣となった。

三ヶ月徹底抗戦した末、秀吉側を一度は退けることができた。

「熊野の山は深いからな。天然の要害やし」

「ここも戦場になったんですね。もしかすると、萬海《ばんかい》さんとこの大師匠も、湯河氏を頼って熊野に逃げてきたのかも」

湯河の武将といっしょに山中で戦う僧兵の姿が目に浮かんだ。

「石塔も戦死者の追善かもしれないですね。どれを掘ればいいんだか」

「明らかに中世以降に建てたやつは除外して、それ以外をピックアップしよう」

無量たちは山をくまなく歩いて、一日目は掘る場所の候補を絞って終わった。

佐分利家に戻った無量は、庭に自前の発掘道具を並べて手スコ（移植ゴテ）の角度を調整している。

片付けを終えた忍がやってきた。

「他に必要なものはある？」

「緩衝材入りのボックスリュックも欲しいかな。遺物を運べるぐらいの」

無量はしゃがみこんでせっせと手スコを研いでいる。その背後から忍が呟《つぶや》いた。

「……昔の俺が空海の呪法なんて手に入れたら、真っ先に使ってただろうな」

無量は振り返った。忍は壁にもたれかかり、

「現実の世界で力のなさを噛《か》みしめてる人間にとって、呪詛は毒だ。昔の俺だったら飛びついた。憎い連中全員、恐ろしい目に遭わせてやるって」

「………」

「だけどデモンストレーションとしての呪法は諸刃《もろは》の剣《つるぎ》だ。俺はあなたに害を加えますよ、潰《つぶ》しますよって表明するようなもんだから。そのせいで逆に潰されるリスクを負うなら、ひとを呪うことはいい選択とは言えない」

だよね、と無量は言った。

「呪いは本来、相手に知られずに成就するから値打ちがあるんだもんね」

「清彦さんは大丈夫かな」

「うん。でもこれが清彦さんの戦い方なんじゃないかな」

自分が引き継いだ遺産を、亮平にしっかり渡すこと。先祖から受け取ったものをなんら変えることなく、そのままの形で引き継いでいこうとする清彦の、木訥《ぼくとつ》なまでの誠意が無量の心を揺さぶっていた。

「人間て目新しいものに弱いじゃん。伝統担うひとの中にも時代に合わせて変えていこうとする人もいるけど、そういうのって正統や王道があるからできることなんだよね」

受け取ったものを何ひとつ変えないのも、勇気であり、覚悟だ。

変えたくなる欲求を殺して、無私の境地で守り続けるのは簡単なことではない。変えないのは怠惰ではない。変えずに磨くことへと集中するという意味だからだ。

能は物ではない。そうやって秘曲『三体月』は、つないできた先人の努力と苦労によって、形なきものでありながら形を保っていられるのだ。

「なんか、清彦さん見てたら、そういうの伝わっちゃったんだよね」

「無量」

「ほら俺、地味にがんばる人のほうが好きだからさ。いいとこどりしようっていう小ずるいおっさんたちにギャフンて言わせたいわけよ」

忍は苦笑いした。

「おまえらしいよ。……それより亮平さんだな。見つけられなかったら、跡継ぎ失格で降ろされてしまう」

「清彦さんは、佐分利さんの気持ちを試してるつもりなのかも」

亮平は跡継ぎになりたくないなら、この「弘法筒」探しから降りてしまえばいいのだ。だが、亮平は降りなかった。たとえ皆に認められなくても発心流にしがみついていたい。そういう気持ちの表れだと無量は思った。

「それに御鳥箱を持っていかれた落とし前をつけない限り、富樫《とがし》さんたちを納得させられない。秘密のミッションだから、弟子の皆さんも何を探してるかは知らないだろうけど、きっと皆、できっこないってタカをくくってる。だからこそ必ず成功させる。佐分利さんのために」

無量は研ぎ終えた手スコを月にかざした。満月に近づいてきていよいよ冴《さ》えてきた月光を受けて、先端が刃物のように光っている。

「さあ、鬼が出るか蛇が出るか。最凶の経筒、掘り当てにいくか」

＊

しかし、いくら掘っても経筒が出てこない。

覚鑁の時代の経塚はマウンド状に盛り上がっている特徴がある。上に石が載っているものもあれば、ないものもある。無量が厳選した「平安経塚」は、七ヵ所。

だが、実際に経筒が入っていたものは四ヵ所だけだった。

やっとの思いで掘り当てた経筒も「転法輪筒」の特徴はなかった。

「おいー！　全部ハズレか、ムリョっちー」

怪我した片腕をかばいながら不自由な体勢で掘り続けていた亮平が、悲鳴をあげて座り込んだ。もう日は暮れかけている。

無量も焦りを隠せない。ここまできれいに外れるとは思ってもみなかった。今まで培ってきた知識と勘を総動員して厳選したつもりの場所だった。自信もあった。なのにそのどれでもないとは。

「こんなはずじゃ……。なら、どこに……」

「他の候補も掘るか。無量」

「あ……うん。いや、でも」

ここではない、と一度判断した後に覆されるのは、滅多にない無量だ。撤回は屈辱だが、今はそんなことも言ってられない。

「近いところから片っ端に掘ってみる？」

顔まで土まみれになった萌絵が言った。無量は迷ってなかなか決断ができない。

「いや。やっぱり掘らない。他だ。他を探す」

「でももう山の中は一通り見たよ」

「見落としがあるのかもしれない」

「やっぱり金属探知器みたいなもの借りてきたほうがいいんじゃないかな。『三体月』の演能は明日《あした》の夜だよ。もう明日一日しかないんだよ」

無量の方法は、レントゲンやCTスキャンなしに、見た目と触診の所見だけで開腹手術をするようなものだ。だが、探知器を使うのは忍が疑問を呈した。

「金属のありかは探れても、その経筒の年代まではわからない。逆にいらないものを掘ってしまう可能性もあるし、その手間のほうが厄介だ。それに」

金属探知器でわかる経塚なぞ、無量がすでにピックアップしている。

という謎の自信が忍にはある。

だが、今回に限っては珍しく無量のほうが弱気だった。

「……永倉、念のため金探（金属探知器）用意できるかな……」

「無量。おまえ」

「念のためだ。少しでも精度をあげたい」

こんな弱気な無量を、忍も萌絵も初めて見る。

無量は言えなかった。いつもなら「右手」が遺物の気配を嗅《か》ぎ取ってくれる。だが、佐分利家の山に入ってからは、それがまったく効かない。疼《うず》きもしないし、熱くもならない。まるでずっと濃霧の中を彷徨《さまよ》っているような感覚なのだ。自分の体内レーダーが全く役に立っていないと感じる。

まさかこれが空海の力だというのか。

空海の張った結界が、無量の〈鬼の手〉の嗅覚《きゅうかく》まで奪っているのではないか。

ぞっとした。

空海という得体の知れない大きな存在が、急に恐ろしく思えてきた。

その夜は不安で不安で眠れなかった。

「……もし見つけられなかった時に備えて、別の経筒を用意したほうがいいか？」

枕を並べて寝ている忍が、無量に声をかけてきた。焦りは忍にも伝わっている。

「最悪見つからなくても、古い経筒ならいいんであって、空海の経筒である必要はない。今日掘り当てた経筒は一旦《いったん》埋め戻したけれど、必要なら明日取り上げる」

「……うん。いや、待って。ぎりぎりまで待って」

空海の経筒でなくとも六国たちと対決することはできる。そもそも「弘法筒」が本当に実在するかどうかは、清彦にだってわからないはずだ。

だが、見つけられなかったら亮平はどうなる。跡継ぎを降ろされてしまう。

プレッシャーが余計に無量の感度を狂わせている。

どうにか眠りについたものの、無量は悪い夢にうなされた。まるでこちらが呪法をくらっているかのように。

夢の中で無量は一寸《いっすん》先も見えない濃霧の中を歩いていた。

経筒を探して彷徨っているが、道の先も見えず、どこにいるのかもわからない。同じところをぐるぐる回っているようで、不安ばかりが膨れあがっていく。

出口のない迷宮を彷徨っていた無量の手を、突然、後ろから引いた者がいる。

——そちらに行ってはいけない。

女の声だった。気づくと、白く細い手が無量の右手を握っている。

足元を見ると一寸先が崖だった。小石がガララ……と崩れて落ちていったが底が見えない。

——こちらへ。

そう言って反対側へ手を引く。顔は見えない。淡い桃色の被衣姿で、小さな足は草履も履いていない。引かれるままに歩き続けた無量の目の前に、大きな岩が現れた。

岩の上には大樹がそびえ、その太い根が岩全体を人の手のように包みこんでいる。

大樹のもとに、檜皮《ひわだ》色の衣をまとう僧侶《そうりょ》が立っている。

誰だ、と叫んだ。僧侶の顔は霧に隠れて見えなかった。

——おまえは地中の祈りを荒らしにきた者か。

ここは祈りの場である。あまたの人々の願いが経筒に詰め込まれて埋まっている。

おまえごときにその祈りを暴く権利はない。

無量は弁解した。荒らしにきたんじゃない。いま、必要なだけだ、と。

経筒を貸してくれ。あなたが埋めた経筒を……！

——代わりに何を差し出す。

ただで成就させようとは虫がよい。代わりに何が差し出せる。

ひとを呪わば、穴二つ。自分を差し出す覚悟はあるのか。その身を投げだす覚悟はあるか。

ためらいを振り切るように無量は顔をあげた。ある！　と答えた。

——そうか、ならば。

檜皮色の衣の僧は、手をぐんと伸ばして無量の右手を摑《つか》んだ。

——この鬼をもらう。

摑まれた右手が腕の先からすっぽ抜ける感覚がした。その瞬間、僧の体が青い炎に包まれて不動明王へと化身した。片目を剥《む》き出し、恐ろしい顔で睨《にら》んでいる。不動明王は、右手に剣を握り、左手には羂索《けんさく》の代わりに無量の〈鬼の手〉を握っている。つむじ風が巻き起こって森の霧を一気に吹き払った。

そこで目が覚めた。

気がつくと、忍が覆い被《かぶ》さって必死に呼びかけている。

「おい無量、しっかりしろ！　無量！」

忍を起こしてしまうほど、派手にうなされていたらしい。無量は起き上がって、思わず右手を確かめた。大丈夫だ。ちゃんと手首から先もついている。

「あの景色……」

無量のまぶたには、夢の中で僧侶が立っていた場所がはっきりと残っている。

「いま何時？」

「え……？　まだ四時だけど」

「行こう」

イメージが消えないうちに掘りに行かなければ、と無量は思った。

「今すぐ支度して、忍ちゃん。出発しよう」

*

まだ明るくもなっていないうちから叩《たた》き起こされた萌絵と亮平は、眠い目をこすりながら支度をし、寝ぼけ眼でよろよろと庭に集合してきた。空はようやく白んできたところで、あたりは深い濃霧に包まれている。夢の中と同じ状況だと無量は感じた。防寒具を着こみ発掘道具を背負って、四人は早朝の山に入った。

「なんか手がかりでも見つかったんか」

夢のお告げがあったとも言えず、無量は問い返した。

「このあたりに大きな岩はないすか」

「岩？　このへんの山にはゴロゴロあるぞ。どんな岩や」

「斜面に突き出た白い岩。大きな木の根が岩を包みこんでる。カンボジアのタ・プローム遺跡みたいに。近くに細い沢もある」

「天狗《てんぐ》岩のことかな？　やったら、うちの山やないで。大叔父貴《おおおじき》んとこの山や」

「雄彦《たけひこ》さんの？」

「前は本家の山やったけど、ひいじいちゃんが死んだ時、分家筋に分けたとこや」

あっ！と無量たち三人は顔を見合わせた。財産分与で土地も分けられるということがすっかり頭から抜けていた。

「沢ゆーと、もっと奥やな。でもなんで天狗岩のこと知ってんの？」

「あとで説明するんで、とりあえずそこに案内してください！」

言われるまま亮平は無量たちを引きつれて、案内していなかった方角へと歩き出した。分家筋の山は日当たりが悪く、足元のシダも多くてより鬱蒼《うっそう》としている。雨が降った時にだけ現れる涸《か》れ沢が数筋あって岩場が多く、いかにも修験場といった地形だった。

「見えてきた。あれが天狗岩だ」

　霧の向こうにうっすらと白い岩が見えてきた。重量感のある大きな岩は、樹木の根に包みこまれている。無量が夢で見た岩とそっくりだ。檜皮色の衣の僧が立っていた岩ではないか。

　岩の下は削平地になっていて、木々の根元に石仏だか板碑だかが分厚い苔《こけ》に埋もれている。無量はじっくりと検分した。

「ここ、もしかして昔はお堂が建ってなかったっすか」

「それはわからんなあ」

「礎石があるんすよ。ここと、あそこに」

　草に埋もれているが、ほんの少しだけ顔を覗《のぞ》かせている。もとからある石ではない。誰かが設置したものだと無量は言った。

「あと、そこ。溝が掘ってある」

　ここにはやはり建築物があったようだ。敷石を基準にして建物の範囲を推測すると、その中央に当たる部分の土が、少しだけ盛り上がっているのがわかった。

「怪しいな」

　無量はスコップを持って足元の土に突き刺した。掘り始める。草の根が張り巡らされていて決して掘りやすくはない。が、三十センチほど掘ったところで無量は焼物の破片らしきものを見つけた。

「遺物？」

「ああ。しかも熱を受けてる。たぶんこの線は焼土層だ……」

　しゃがみこんだ無量が土層を指でなぞった。忍もスコップをもって無量が掘ったところを掘り広げた。また遺物が出てきた。今度は金属製の器のようだ。

「護摩壇に用いられる法具だな。多分、秀吉との戦で焼かれたお堂があったんだ」

つまり、ここは――。

無量たちはお互いを見て、確信を持った。

「掘ろう」

四人は動き始めた。発掘前の状況を写真に納めて下草を苅《か》る。要領は試掘の時と同じだ。掘る場所をあらかじめマーキングしてから、掘り始める。その頃には朝日も差し込んできて霧に光が散乱し、辺りが真っ白に輝き始めていた。

地表から五十センチほどに達した時だった。スコップの先端が固いものにあたった。

「きたか」

土をどけてみると、それはどうやら石蓋《いしぶた》のようだった。

この下に小さな石室がある可能性が高い。

四人の表情に緊張が走った。

萌絵が出土状況を記録する。一通り終えたところで、地面に腹這《はらば》いになった無量が、石蓋を慎重に持ち上げる。その下から現れたのは、灰黒色の陶質土器。須恵器《すえき》の壺だ。骨壺《こつつぼ》にも似ている。堺遺跡の経筒もこのような外容器に収まっていた。

「まちがいない。経筒の容《い》れ物や」

記録して外容器ごと取り上げた。

四人で取り囲んで凝視する。異様な緊張感だ。

「開けるよ」

無量が手を添えると、がこっと動いて外容器の蓋が開いた。

中には金銅《こんどう》製の筒が入っている。その蓋には輪宝が線刻されていた。

「……これや」

亮平の声が緊張のあまりかすれた。

「〝弘法筒〟……〝空海の転法輪筒〟や」

無量と忍と萌絵もゴクリと唾《つば》を飲み込んだ。本当に存在していたとは。

「これ以上は開けないほうがいい。中身の確認は山を下りてからにしよう」

忍の指示で、転法輪筒を壺ごとリュックに納める。緩衝材を詰めて、背負おうとする忍に、亮平が横から言った。

「それは俺が背負う」

「でも亮平さんは怪我が」

「かまわん。これは俺が背負わなならん荷物やから」

無量たちに手伝われながら、亮平がリュックを背負って立ち上がった——。

その時だ。

「おい。おまえら、ひとの山で何しちゃる」

山道のほうから男の声がした。

振り返ると、そこにいたのは五十代くらいの恰幅《かっぷく》のいい男だ。

佐分利賢《けん》ではないか。

ひとりではない。数人の若い男たちを連れている。先日田辺のスナックで萌絵がとっちめたコージの仲間だった。霧が濃くて今の今まで人影に気づけなかった。

まずい。萌絵は身構えた。早朝だからと油断していた。まさかこんな朝っぱらから見張られていたのか？　家を出るところから監視されていたとしか思えない。

「ここは本家の山ではないぞ。不法侵入で警察を呼ぶこともできるが、どうする」

「不法侵入って……」

亮平が負けじと言い返した。

「同じ佐分利の山やないかい！　一族の土地に不法侵入もクソもあるか」

「一族ではない。当家の土地だ。許可はとったのか。ひとんちの山で掘ったもんを許可もなく持っていくつもりなら、盗掘以外のなにもんでもないぞ」

「誰が盗掘や。人聞き悪いこと言うなや！」

「無許可で掘った埋蔵物を持ち帰れば立派な窃盗罪に問える。さあ、掘ったものをそこに置いていけ」

賢はスマホを構えて通報態勢だ。コージの仲間たちが無量たちを取り囲む。手には木刀だのバットだのを握っている。リベンジのつもりなのか。

萌絵が亮平をかばって前に出た。

「ここは私が食い止めます。佐分利さんは逃げて」

「女の子を残していけるか」

「紳士的で嬉《うれ》しいけど、逃げてもらったほうが戦い易いです」

無量と忍もスコップを振りかぶる。萌絵はふたりを従えて八極拳《はっきょくけん》の構えをとった。

「タケノコ泥棒はお互い様でしょ。そっちこそ御鳥箱とっとと返してくれませんかね」

「なんのことだ」

「しらばっくれんな！」

「行って！　サブリン！」

一斉に動いた。襲いかかってきた男たちの木刀をかわし、萌絵は肘《ひじ》を固めた体当たりで相手を吹っ飛ばす。乱闘になった。忍と無量もスコップで追っ手に立ちはだかり、通せんぼして亮平の逃げ道を確保した。

「佐分利さん、早く！」

すまん、と叫んで亮平が走り出す。

「亮平、きさま……！」

幸い山道は狭い。ひとひとりがやっと通れる幅だから、相手が多勢でも必ず一対一になる。萌絵がしんがりになって追っ手を引き受ける。亮平は先へ先へと走った。

しかし運が悪かった。道の先が崩落していて崖《がけ》のように道がえぐれてしまっている。

「まずい……っ」

行き止まりだ。濃霧で先が見えなかった。しんがりを務める萌絵と無量たちもとうとう追い詰められてしまう。

「悪あがきはよせ、亮平。もう通報した。じきに警察がやってくる。あきらめてそいつを渡せ」

賢が近づいてくる。亮平は背中の転法輪筒をかばって足元の崖を見る。小石が転がって深い谷底へと落ちていく。

「それが例の転法輪筒やろ。弘法大師が埋めたっちゅう」

「なんで賢おじが知って……っ」

「六国《ろっこく》さんも探してたやつや。やっぱり堺でなくうちの山にあったんや。おまえ、三体月を見たんやろ。早死にしとうないやろ」

「なんで知ってんねん。誰にも言うてへんのに」

「晃平が病床で言うてたで。子供の頃におまえと三体月を見たて。自分が死ぬのはそのせいやろかて」

「関係あらすか！」

万事休す。そうなりかけた時だった。

「あきらめるのは、そっちですよ。賢師匠！」

今度は賢の背後から声が聞こえた。濃霧の向こうから人影が現れた。

見ると、一番弟子の富樫たちがいる。

「富樫！……なんでここに！」

「清彦師匠の指示で、あなたがたの動きを逐一見張ってました」

見ると、斜面のあちこちから正弟子たちと氏子たちが現れて、賢たちを包囲しはじめた。証拠を押さえるためのハンディカメラを持つ者、乱闘に備えて木刀を持ってきた者、猟銃を構えている者までいる。

富樫が手にしていたのは、スマホだ。音声は電話口の向こうにずっと届いていた。

『ええ加減悪あがきはやめろ。賢。おまえの負けや！』

スマホから最大音量で発せられた太い声は、雄彦だ。朝の山林に響いた。

『亮平たちにそれを掘ってきてくれ、と頼んだのはこのわしや。不法侵入でも盗掘でもない。土地の主《あるじ》のこのわしが頼んだんやで。なんか文句あるか』

賢は顔を引きつらせている。

地権者本人に言われては、さすがに言い返すことができない。

無量たちと亮平も思いがけない急展開についていけず、ぽかんと立ち尽くしている。

雄彦の声が駄目押しで響いた。

『もう一度言う。おまえの負けや、賢。おとなしく引き下がって、亮平に後継の座を明け渡せ』

＊

こうして無事、佐分利家の山で発見された遺物は本家に持ち帰ることができた。

金銅製の転法輪筒は、清彦と雄彦のふたりによって中身が確認された。

判定は「本物」。

佐分利家に伝わる〝弘法筒〟はこれであるとみて間違いない。そう結論した。

無量たちは中身を見ることはかなわなかったが、判定に異論はない。本物の〝弘法筒〟を「小道具」に用いた『三体月』の演能を今夜執り行うことが正式にきまった。

「なんで助けにきてくれた。富樫」

亮平が訊《たず》ねた。あそこで富樫たちが助けに入らなければ危なかった。

「俺が跡継ぎになるのに反対なら、あのまま賢おじを止めずに傍観してる手だってあったはずやろ。なのになんで」

「宗主の指示に逆らうわけにはいきませんから。それに」

富樫はメガネの奥の切れ長な目を少しそらして、

「私だって発心流の一員。よそものに『三体月』を演じられるのは、我慢ならんのです」

亮平は富樫の複雑な胸の内を汲《く》み取って、それ以上は何も言わなかった。バイクの細工の件を問いただすこともしなかった。

「……兄貴が死んだ今、発心流の正統に一番近い芸、身につけちゃあるんは、やっぱり、おまえやと俺は思うぞ。富樫」

「亮平さん」

そんなふたりの姿を玲奈《れな》が物陰から見つめている。声をかけたのは忍だった。

「……あのふたり、意外にバランスがとれてると思うんですけどね」

「相良《さがら》さん」

「力を合わせれば、晃平《こうへい》さんの夢も叶《かな》うだろうに」

能楽堂では今夜の『三体月』演能のための準備が始まっている。

ここから先は無量たちにも読めない。

「萬海さんがめっちゃ走り込みしてたけど、一体、何が起こるんだろう」

萌絵と無量たちは外での手伝いを申し渡されていたが、清彦たちが何をもくろんでいるのかは、わからない。

固唾《かたず》を呑《の》んで今夜を待つのみだ。

＊

佐分利家の庭には篝火《かがりび》が焚《た》かれている。

熊野の山は闇に沈み、川の音だけが響いている。

五月にしては空気がひんやりとしていて底冷えする夜だった。

門から能楽堂までの道を、篝火が明々と照らしている。

六国醍醐《だいご》を乗せた車が佐分利邸に到着したのは、午後九時前のことだった。

あえて遅い時間を指定したのは、できるだけ外の雑音がなくなった時間帯に演じたい、という清彦からの申し出によるものだ。

国道をゆく車も減り、谷間を照らすものは、あがってきたばかりの赤い満月と篝火だけだ。いつもは和装の六国がスーツ姿とは珍しい。袴姿《はかますがた》の富樫が迎え出て、六国を控えの間に案内した。傍らには、影のように付き従う馬淵孝四郎《まぶちこうしろう》の姿もある。

「宗主はすでに支度に入っておりますので、お迎えできず、申し訳ありません」

「……君たちは舞台にあがらないのかね」

発心流の弟子は普段ならほとんどが地謡《じうたい》や囃子《はやし》方《かた》や後見として演能に加わるのだが、なぜか富樫を含め全員で迎えに出たので、六国は怪《け》訝《げん》な顔をした。

「はい。このたびの曲は舞台上には四名しかおりません」

「たった四名か」

「秘曲の秘曲たるゆえんにございます。では支度が終わり次第、お迎えにまいりますので、それまでしばし、こちらでおくつろぎくださいませ」

富樫が控えの間から出ていくと、玲奈が入ってきて茶と茶菓子でもてなす。亮平の母・馨《かおる》が夫にかわって挨拶《あいさつ》にくる。とりとめのない談笑が続く。馬淵の膝元《ひざもと》にはやけにお堅いビジネスバッグが置かれている。

「こたびは特別演能でございまして、ご高覧賜りました方々のお名前を子々孫々に残すため、頼宣公以来、必ずご署名を頂戴《ちょうだい》するしきたりとなっております。恐れ入りますがこちらへ」

芳名帳を差し出した。

頼宣の名を出されて機嫌をよくした六国は筆をとり名を記した。

「これでよろしいかな」

馨と玲奈はつつましく一礼した。

山際からあがってきた大きな月がこうこうと庭を照らしている。建物の影がくっきり出るほどのまぶしさだ。

「すげー月」

庭にいた袴姿の無量が呟《つぶや》いた。忍と萌絵とともに弟子にまぎれこんでいた。

「そっちの仕込みはどう？」

「完璧《かんぺき》。そろそろ来るかな」

六国が迎えの者とともに能楽堂へと案内された。馬淵もついていこうとしたが、

「大変申し訳ございません。こたびの演能をご覧になるのは六国様おひとり、と承《うけたまわ》っております」

「なんだと？　それはおかしい。話は通してあるぞ」

馬淵が猛然と反発したが、弟子たちは下手に出つつも決して道を開けない。だが馬淵も必死だ。秘曲『三体月』をその目で観られる機会など数十年に一度しかないのだから、なりふりかまってなどいられない。必死になるあまり、押し問答になってきた。

「おい。なにをしている、馬淵。早く来んか！」

騒ぎに気づいた六国に呼ばれたが、そうこうするうちに馬淵の様子がおかしくなってきた。腹を押さえて急に黙ってしまったのだ。

「どうかされましたか。お顔色が……」

無量が近づいていたわるように声をかけた。馬淵は脂汗を流しながら、前屈《まえかが》みになってしまっている。

「な……なんだか急に腹の調子が……」

「えっ。大丈夫ですか？　こりゃ大変だ。トイレっすよね。どうぞこっちです」

無量に案内されて馬淵はトイレに駆け込んでいく。無量は去り際に「ＯＫ」サインを萌絵たちに出すのを忘れなかった。今度は忍の出番だ。能楽堂の入口で待ち受けていた忍が六国の前に立ちはだかった。

「六国様。大変申し訳ございませんが、お持ち物の確認をさせていただいてもよろしいでしょうか」

「なんだと。なんのためだ」

「規則で録音録画機器の持ち込みが禁じられております。規則ですので、念のため、入場されるお客様には必ず確認を」

「無礼者！」

　雷のような一喝が轟《とどろ》いた。六国は額に青筋を浮かべ、

「この私を誰やと思っとる！　六国醍醐がそのようなさもしい真似をするとでも思うのか！　ひとを見て物を申せ」

　は！　と忍が深々と頭を下げた。

「大変失礼いたしました！」

　六国は不機嫌そうに能楽堂に入っていく。だが忍の目はしっかり確認した。いつも和装の六国がスーツを着て来たのはなぜか。その胸ポケットに指してあるボールペン。ボールペンに見せかけた盗撮装置だ。これは用意周到だ。おそらく馬淵のカバンにはもっと高画質のハンディカムが仕込んであったのだろうが、万一持ち込みが禁じられた時に備えて、六国自身の服にも盗撮機器を忍ばせていたらしい。

「食えないじーさんだな」

　忍のあとを引き継いで、萌絵が六国を席に誘導していく。広い見所《けんしょ》（客席）に椅子はひとつしかなく、客も六国しかいない。

　戻ってきた無量と萌絵が忍のもとに集まった。

「始まるね」

「さて。どういう舞台になりますやら」

能には「開演の合図」というものはない。

揚幕の向こうで囃子方が楽器の音を出して調整する「お調べ」をするのが合図といえば合図だが、地謡や囃子方がそれぞれ舞台に出てきて定位置につき、後見という役割の者が作り物（大道具）を設置して、その流れでいつのまにか始まるというのが、能の開演の仕方だ。

だが地謡と囃子方はひとりずつしかいない。亮平と雄彦だ。

後見とおぼしき者たちが運んできたのは、大きな三角形の壇だ。

六国も何か違和感を覚えたのだろう。能の作り物にしては重厚すぎる。自分の家に護摩壇を作るほどの密教オタクでもある。並べられていく道具も、本物だと気づいたらしい。あからさまに訝《いぶか》しんでいたが眼は好奇心でらんらんと輝いていく。何かとてつもないものが見られるのだという期待で異様なほど目を見開いているのが暗がりの中でも見て取れた。

小鼓の音が高く、能楽堂に響き渡った。

亮平が謡を始める。

「〝霜月に　暮るる熊野のもみじやま〟……」

小鼓のみで笛はない。朗々と謡が響き、場の空気を作っていく。

舞台の上は晩秋の熊野だ。そこへワキにあたる弘法大師役が登場する。

だがそれは発心流の能楽師ではない。

萬海だ。

墨染めの法衣に身を包み、するすると摺《す》り足も見事に出てきて、そのまま謡うでもなく三角形の壇の正面に座った。袖《そで》を悠然と払いながら、作法通りに仏具を扱っていく。あろうことか中央の炉に火まで付けたではないか。

これには六国も度肝を抜かれた。本物の火だ。舞台上で生火《なまび》を扱う曲など、聞いたことがなかったからだ。

萬海が始めたのは、まさに密教の修法だったのだ。

めらめらと燃える護摩壇の前で、印を結び（身）真言を唱え（口）観想する（意）。これらの行は「三密」と称する。萬海が行うのは十八道行道という修法の第一段階だ。修行者の観念によって場に「見えない壇を作る」。作壇行法と言い、イメージの力で強力な場を作り上げて目的の仏を招来し、その法力を発揮してもらうための行だ。

「オン・キリキリ・バザラ・バジリ・ホラ・マンダ・マンダ・ウン・ハッタ」

目に見えない金剛の橛《けつ》を場に建て、結界する。

謡とは節回しがちがう。能には真言が出てくる曲もあるが、それともちがう。六国も「これは能ではないのではないか」と喉元《のどもと》までこみあげていたが、これが秘曲『三体月』の正体かもしれず、しかも萬海の発する声や手さばきがあまりにも真に迫っていて、声を挟む余地がなく、さしもの六国も前のめりになって興奮し始めた。

当初は謡を披露していた亮平も、鼓を打っていた雄彦も、いつしかそれを止め、手には数珠《じゅず》をつけ、萬海の修法に同調するように真言を唱え始めているではないか。

「な……なんだ……これは。これが『三体月』なのか……？」

度肝を抜かれている六国の前で、能舞台にはさらなる動きがあった。

突然、五色の揚幕があがり、そこから霊女の面をかけた清彦が橋懸かりに現れた。

真っ白な衣をまとい、手には白木の三方。

その上には金銅製の転法輪筒が載っている。

六国は思わず席から立ち上がりかけた。

「転法輪筒……っ。いや、まさか。まさか、いまやっているこれは……」

清彦が恭しく運んできた転法輪筒を、受け取ったのは萬海だ。そのかたわらには、人の形をした半紙と、小さな不動明王像がある。

あ！　と六国は息を呑《の》んだ。半紙に書かれている名前は、先ほど芳名帳に自ら書き込んだ名だ。「六国醍醐」の四文字ではないか。

萬海は人形《ひとがた》を手に取ると、明王像の足で激しく数度打ち据え、折り畳んで〝弘法筒〟の中に放り込む。

六国はとうとう椅子を蹴って立ち上がった。

「な……なにをしとるんだ！　なぜ、わしの名を……！　おい、その人形をどうする気だ！」

だが萬海にも清彦にも聞こえていない。

萬海の調子がかわり「転法輪法」を修し始めると、それに合わせて清彦は面を変えた。
忿怒《ふんぬ》相の青い不動の面をかけて、扇を広げる。
陀羅尼《だらに》の読み上げに合わせて足拍子を踏み、扇をもつ手をぐるりと回す。

あたかもそれが一曲の能であるかのように。

「待て……待ってくれ、やめてくれ」

六国は恐怖にかられて顔を歪《ゆが》めている。足がガクガク震えている。

『三体月の修法』の呪いを受ける対象が、それを観ている自分だと気付いたのだ。

護摩壇からは紅い炎が躍り立ち、萬海の気迫に満ちた力強い声が能舞台を揺さぶるように響く。法衣の袖の中では絶え間なく印を無数に結び続け、明々と照らされたその顔は熱に晒《さら》されて朱《あか》く、物凄《ものすご》い迫力だ。炎の熱は生々しく見所にまで届き、六国の老いた肌まで焼き焦がす。萬海の行と清彦の舞が一体となり、荒拍子はますます力強く、森羅万象を踏み割り、天地を裂くかのようだ。

見守る者も皆、圧倒されている。一番後ろで見ていた無量たちも鳥肌が立った。

「これが……空海と覚鑁の、呪法……っ」

萌絵の全身にもびしびしと伝わった。まるで灼熱《しゃくねつ》のマグマのそばに立っているかのようだ。真夜中の火山だ。火口のふちで溶岩が噴き出すのを命がけで見ている。闇の中に赤熱《せきねつ》のかたまりが燃えている。人知を超えた力だ。ともすれば巻き込まれて、こちらまで焼かれてしまいそうになる。

「……なんなのこれ……なんなの！」

炎の向こうで清彦が舞う。まるでその身ごと炎に包まれているかのように見えるではないか。凝縮した仕草が生む緊迫感は凄《すさ》まじく、この場に生身の不動明王が降臨したかと皆が目を疑ったほどだ。

「オン・スンバ・ニスンバ・ウン・バザラ・ウン・ハッタ」

不動を中心に、降三世《ごうざんぜ》明王と大威徳《だいいとく》明王の二尊を加えて、怨敵《おんてき》を破る。巨大な三体の明王が囲む対象は自分だと言うのはもう逃れようがなくあきらかで、六国は逃げ場がない。清彦が厳粛かつ荒々しく足拍子を踏むごとに六国を脅し、威圧し、追い詰めていく。

「やめてくれ！　この行を止めてくれ……まだ死にとうない！」

六国は胸に指した盗撮ボールペンを放り投げ、床に膝《ひざ》をついた

「堪忍してくれ……！　このとおりや。わしが悪かった、だから呪うのはやめてくれ！　あかん、まだ死にとうない……死にとうないんやあ！」

とうとう土下座した。六国は額を床にこすりつけて震えながら助けを求める。

六国の脳内では、巨大な三尊の明王が三体の月から三体の太陽に姿を変えて、小さな老体を押し潰《つぶ》さんばかりに迫ってくる。即滅の降伏法だ。

「ひー！」

頭を抱えてうずくまる。

これには無量たちもギョッとした。断末魔の悲鳴のように聞こえたからだ。

あまりの恐怖で六国の体がビクビクと痙攣《けいれん》しはじめる。興奮のあまり胸を押さえて苦《く》悶《もん》している。まともに呼吸ができていない。まずい、と忍が思わず駆け寄った。

「や、止めてください！　萬海さん、清彦さん！　このままでは本当に六国さんが死んでしまう……！」

だが呪法は容易には止められない。

目の前にいるのは生きた明王と化した清彦だ。仏にはちっぽけな人間の嘆願など届かぬというように荒拍子を踏み続ける。

「もう十分です！　ここまでです、どうかこのひとを助けてやってください！」

忍の悲鳴のような叫びが届いたのか。清彦がピタリと足を静かに下ろし、静止した。

舞を止め、ゆっくりと扇をおろしていく。

萬海はしばらく行を続けたが、それは「行を中断するための作法」だった。

仏を涅槃《ねはん》に帰す「撥遣《はっけん》の真言」が唱えられ、能楽堂がようやく静まりかえったのは、それから数分経ってからのことだった。

「六国さん、もう大丈夫です。大きく息をしてください。曲はやみました。もう明王はいません。さあ大きく息を」

呼吸困難を引き起こしかけている六国を、忍と萌絵が介抱する。ようやく息は整ってきたが、顔は真っ青で恐怖に引きつったままだ。

「……なんちゅう……なんちゅう恐ろしい曲や……『三体月』……」

戦慄《せんりつ》がおさまらない六国は、心の底から震えあがっていた。
「……こない恐ろしい曲はもう二度と観とうない……。もう二度と……！」
うずくまって「堪忍や堪忍や……」と消え入るような声で拝んでいる。
無量たちは舞台上にいる清彦を見た。
清彦は粛然と観音のような顔をして、六国を見下ろしている。
演能は終了した。
熊野の空には眩《まぶ》しいほどの満月が輝いている。

終章

六国《ろっこく》醍醐《だいご》はよろよろになって能楽堂から出てきた。

顔は青白く、げっそりとやつれ、ひとりではまともに歩けないようだった。

とうとう『三体月』を観ることができなかった馬淵《まぶち》がすがりついて、しきりに「どうでしたか」「どうでしたか」と訊《たず》ねるが「思い出したくもない。聞くな」と言って、ろくな挨拶《あいさつ》もなく帰っていった。

「そうとう応《こた》えたみたいだな。六国のじーさん」

端で見ていた無量《むりょう》たちも、その怯《おび》えっぷりにどん引きしたほどだ。

「なまじ密教の知識があったからだろうな。六国氏はあれが空海の転法輪筒だと気づいたようだし。たぶん馬淵が観れたとしても、ああはならなかったはず」

呪いというものの本質を、忍《しのぶ》も目の当たりにした気がした。

あのまま続けていたら、六国氏は本当に心臓が止まって死んでいたかもしれない。精神を追い詰めることは命の危機に直結する。呪法《じゅほう》とはああやって「人を死に追いやる」のだと思い知ったら、途端に背筋が寒くなった。

「六国氏にあれだけトラウマを植えつけたんだ。もう二度と『三体月』には手を出さないだろうし、馬淵にも手を出させないだろう」

ただ、あの分だと六国氏は発心流を恐れて、援助もやめてしまうかもしれない。

「清彦《きよひこ》氏も覚悟の上だろう。……ところで永倉《ながくら》さんは？」

姿が見えない。

実は六国の他にも、清彦たちの「演能」にあてられた者がいた。

萌《も》絵《え》だ。

見所《けんしょ》に座り込んでいた萌絵は震えが止まらない。無量がさすがに心配して声をかけると、立ち上がろうとしたが足がついていかなかった。よろめいた萌絵の体を、無量が正面から抱きかかえた。

「おい大丈夫？」

「ご、ごめん。……膝が震えちゃって」

無量の腕の中で萌絵はガタガタ震えている。

「……すごいね。何かを極めたひとたちって、すごいね……」

呪法にあてられたのではない。萬海《ばんかい》と清彦、ふたりのせいだ。道を究め、芸を極めた人間が発する凄《すご》みをまともに浴びて、衝撃を受けてしまったのだ。

「……私なんて全然だ。全然、中途半端だ……」

萌絵と同様、亮平《りょうへい》もショックを受けて茫然《ぼうぜん》としていた。

能楽堂から出てきたが足取りもおぼつかない。無事に六国たちを追い払えたというのに喜ぶ素振りもなく、むしろ青ざめている。舞台上の至近距離で清彦の「不動の舞」を目撃してしまった亮平は、完全に打ちのめされていた。

「……あれが……ほんとうの発心《ほっしん》流……。おやじの……」

よく見るとこちらも小刻みに震えている。

「俺は全然わかってやんかった……。俺なんかじゃ……一生かかっても……」

うめくように言うと幽鬼《ゆうき》のように部屋へ戻っていってしまう。「武」や「芸」といったものに「道」を見いだしている者たちをここまでズタボロにするとは。

「すごいものを見ました……」

一番弟子の富樫《とがし》も戦慄して、忍に感慨を述べた。

「私はいま……、発心流の一員であることを心から誇りに思います」

〝枯れ〟を最上の美とする発心流の、真の正体を――本質を見た、と思った。

枯れゆく木々がその根に密《ひそ》かに宿す赤熱《せきねつ》、枯れても消えない、その生命の赤熱が、どれほど烈《はげ》しいものなのか。富樫は清彦の舞を観て思い知ったのだ。

もちろん、今日演じたものは本当の『三体月』ではない。

萬海が修した「転法輪法」は「三体月の秘法」のベースではあってもそのものではないし、清彦が踏んだ不動明王の足拍子も全編のたった一部でしかない。

それでも、同じ道を志す者たちの魂を震わすには十分だったのだ。

無量も右手がまだ興奮している。

芸事は無量にとって「遠くてよくわからない世界」だったが、無から有を生む表現の世界の凄み、というものを生まれて初めて身を以《もっ》て体験した気がした。

それにしても、と無量が忍に問いかけ、

「盗まれた御鳥箱の中身を、六国氏が前もって見てたんなら、今日のあれは本物の『三体月』じゃないって早々に気づけそうなもんだけど……？」

「うん。俺もそこは心配してたけど」

気づいた様子はなかった。それどころではなかったのか。

それとも六国氏は見ていなかったのだろうか。

「まあいい。続きはまた明日《あした》考えよう。今夜は俺も余韻を噛《か》みしめたい気分だ」

忍もまた、心の奥底にこびりついていた何かが、彼らの炎に焼かれて昇華した想いがした。そう、焼かれたのだ。たぶん。

先ほどまで山際で存在感を示していた大きな満月も、今は空高いところに遠ざかって小さく輝いている。

熊野の山は静寂に包まれて眠りにつこうとしている。

＊

明けて翌日、発心流の後継者指名式は粛々と執り行われた。晃平《こうへい》の四十九日法要の後、能楽堂に集まった全ての弟子と関係者の前で、宗主・佐分《さぶ》利《り》清彦が発表する。

次男の亮平を指名した。

反対する者は出なかった。

一番弟子の富樫とその一派からも、とうとう異論は出てこなかった。佐分利賢《けん》は欠席。先日の空き巣関与の疑いで、警察に事情を聞かれているためだ。俵田《たわらだ》夫妻は来ていたが、口をつぐんだまま何も言わなかった。

六国の姿もなく、荒れるかと心配されていた指名式だったが、蓋《ふた》をあけてみれば、拍子抜けするほど何事も起こらず、平穏のうちに亮平の跡継ぎ決定が承認された。

羽織袴姿《はかますがた》の亮平が能舞台にあがって挨拶をする。

昨日あれほど憔悴していたのが嘘のように、目には力があり、堂々としている。彼の中で何かが起きた。後継者となる自覚が芽生え、自らの意志で発心流の芸を究めることを心に決めたのだろう。

「……今まで宗主がなされてきたように、私も芸の高みを見つめ、発心流の真髄をこの身に得るまで精進を重ねる所存です。まだまだ未熟者でございます。皆様の助けが必要です。どうかこれからも末永く、ご指導ご鞭撻《べんたつ》のほど、よろしくお願い申し上げます」

満場の拍手に包まれた。

立派になったじゃねえか、と一番後ろの席で見守っていた萬海が感心した。

「次男坊、この二、三日で顔つきが変わったねえ。えらい頼もしくなりやがって」

「そうっすね。能の宗家の跡取りらしい顔つきになったっすね」

無量も頼もしそうに見ている。

萌絵は両手を合わせて拝んでいる。

「サブリン尊すぎて泣きそう……。発心流チャンネルやってほしい。友の会で能装束バージョンのアクスタ売って欲しい。なんならランブロ買いまくる」

「永倉さん……」

忍は「そういえば」と気づいた。御鳥箱の話題が全く出なかったが、どうなったのだろう。

指名式を終えた後、無量と忍と萌絵の三人は、応接間に呼ばれた。

清彦と亮平から感謝を告げられ、封筒と菓子折が渡された。

「えっ。謝礼金なんて……こんなのいいすよ！　友達だから協力しただけなんすから」

「いや。けじめだから受け取ってくれたまえ」

危ない目にも遭わせてしまったし、このままでは気が済まないのだという。

わかりました、と忍が三人を代表して受け取った。

「なら、せっかくなのでこれで温泉にでも入らせてもらいます。ところで、御鳥箱はどうなったのですか。その後、見つかったんですか」

　すると、清彦と亮平が目配せをして風呂《ふろ》敷包《しきづつ》みを取りだした。開けると、中に入っていたのは朱《あか》い根来塗りの文箱《ふばこ》――「御鳥箱」ではないか！

「今朝方、雄彦《たけひこ》師匠が届けてくれた。賢おじさんが持ってきたって」

「そうだったんですね！　賢氏のもとにあったということは、やはり六国氏や馬淵はすでに『三体月』の謡本《うたいぼん》を……」

　それがな、と亮平が言い、箱の蓋を開けた。

　無量たちは「あっ」と前のめりになった。中に入っていたのは能の謡本ではない。

　古い着物の端切れだ。

「これはどういう……。『三体月』の謡本が入っていたのでは……」

「謡本は別の場所に厳重に保管してある」

　謡本ではなかったのだ。悪心を起こす者への牽制《けんせい》として、一種のダミーの役割をしていたという。亮平も雄彦も賢もまんまとだまされていた。清彦だけが御鳥箱がなくなってもやけに冷静だったのは、そのせいだった。

「これは……清姫の小袖《こそで》と呼ばれるものだ」

　無量たちは驚いた。

「清姫というのは、道成寺の清姫さんのってことですか」

「いや。これはもうひとりの清姫だ」

もうひとりの？　と萌絵が訊《き》き返した。

「清姫がふたりいたということですか」

「そうだ。こちらは、湯河直春《なおはる》の娘の清姫だ」

戦国時代、この日高地方を治めていた国人領主・湯河直春。

秀吉の紀州攻めで、本拠地・亀山《かめやま》城を捨てた直春は、熊野に潜伏してゲリラ戦を繰り広げた。

「その直春には娘がいた。その名も清姫。女ながらに鉄砲を扱い、戦の最前線に立って戦っていたという」

この小袖は清姫が戦場でまとっていた遺品だった。

「……一進一退の攻防で、潮見峠を挟んだこのあたりは激戦地となったという。清姫は敵に包囲され攻め込まれた砦《とりで》で自害した。最期に自らの髪を切り落とし、家臣に託してこう伝えた」


〝我が髪を人形に添えて『三体月の秘法』を執り行え。

忿怒《ふんぬ》の炎をもって、必ずや怨敵《おんてき》を焼き亡ぼさん〃

「清姫の遺髪と片袖は直春のもとに届けられ、一族の者は深く嘆き悲しんだそうだ」

国人衆の連合軍は果敢に戦い、秀吉軍を退けて、ついにはめでたくも和睦《わぼく》が相成った。

紀州は秀吉の弟・秀長《ひでなが》が治めることになったが、湯河氏の本領は無事安堵《あんど》されたのだ。

だが和議のために訪れた大和郡山《やまとこおりやま》城で、あろうことか、直春は他の国人衆とともに秀吉に謀殺されてしまった。

嫡子・光春《みつはる》は秀長に仕えた後、浅野《あさの》氏に仕えて、その移封先の安芸《あき》へと移っていった。湯河一族はこの地を去る際、滝尻寺に清姫の遺品を寄進して菩提《ぼだい》を弔うよう、頼み残していったという。

「それが、御烏箱の中身の正体」

清彦はうなずいた。

「墓は建てずともよい。かわりに供養人形を作ってやってほしい。一族の者が去って寂しがるといけないから、盆や正月はにぎやかにしてやってほしい、と。そこで先祖らは清姫の人形を作り、ひとりでは淋《さび》しかろうと内裏雛《だいりびな》に仕立てて供養したという」

「ではあの〝道成寺雛〟はもともとは」

「そうだ。湯河の清姫追善のために上方の人形師に頼んで作らせたものだった」

紀州藩主・徳川頼宣と発心流が出会ったのは、その数年後のこと。

滝尻能と出会って秘曲『三体月』に惚《ほ》れ込んだ頼宣は、彼女にまつわる逸話を知った。頼宣には心に期すものがあったのだろう。「三体月の秘法」を執り行うために、佐分利の先祖から清姫雛の頭と遺髪を手に入れ、ついに萬海の師祖・円海《えんかい》上人の手によって、秘法を執り行ったのだ。

「……実は湯河直春が秀吉に謀殺された折も、家臣の手によって『三体月の秘法』が執り行われていた。むろん秀吉調伏のためだ。清姫の遺言通り、遺髪と〝紙の人形《ひとがた》〟を転法輪筒に納めたと。それを知った頼宣公が『我も』と思い立ち、清姫の遺髪と〝人形《にんぎょう》〟の頭《かしら》を用いたとみえる」

江戸でも執り行った形跡がある。

誰を懲らしめようとしたのか。

それを知るのは頼宣と萬海の師祖だけだ。

「つまり、あの経筒から出てきた遺髪というのは、湯河の清姫のものだったんですね」

清彦は「そうだ」とうなずいた。

「頼宣公が秘法を執り行ったことが幕府に知れれば、大変なお咎《とが》めを受ける。ゆえに佐分利の者も清姫雛の頭《かしら》の件に触れるのはタブーとなった。頭がない理由は当主のみに伝えられた。一族の者すら、真実を知らないのはそういう理由だ」

幼い亮平が清姫雛の頭がないのはなぜか、と訊《たず》ねたときに、清彦が異様な反応をしたのは、そういう理由だったのだ。

「宗主しか事情を知らなかったから、いつしか、道成寺雛として伝わるようになっていったんですね。でも、なぜいま、それを僕たちに話したのですか」

忍が問いかけた。清彦は亮平を見、

「発掘現場で亮平が経筒を見つけたのも偶然とは思えない。きっかけは六国老の企てかもしれないが、これは『事実を世に示せ』という清姫の導きがあったんじゃないかと思ったのだ」

　堺御殿の経筒とその内容物が埋蔵文化財として扱われることにも、清彦は異を唱えなかった。

　徳川頼宣研究の一助になるならば、と。

「でも、もしかなうなら、清姫雛の頭《かしら》、もとの姿に戻してあげたいですね」

　萌絵が言った。

「もちろん埋蔵文化財だから制約はあるかもしれないけど、首がないままじゃかわいそうです。内裏雛はウェディングフォトのようなものですし」

「そうだな」

　清彦は穏やかな顔をしている。

「冷たい土の中からようやく出られたんや。私も清姫を温かい家に帰してやりたい」

　道成寺の清姫も、湯河の清姫も。

　無量は忍とうなずきあい、亮平に親指を立てて見せた。

　亮平も安堵しきった顔で、親指を立てた。

　四十九日の喪が明けた佐分利家にようやく活気が戻ってきた。座敷では宴《うたげ》の支度が始まっている。

「にぎやかになって晃平も喜んでくれるやろう。さあ、今夜は久しぶりの宴や。愉《たの》しんでいってくれ」

＊

以下は、無量たちが亮平から伝え聞いた後日談だ。

清彦は「御鳥箱」の盗難届を取り下げた。

〈安珍〉の正体・佐分利賢の処遇については、本来なら破門とすべきところだったが、清彦は寛大にも幹部からの降格処分だけで許した。会社員としての立場から六国の指示は断れなかったことを情状酌量したのもあるが、なにより経験豊かな玄人《くろうと》の能楽師を失いたくなかったのだ。

俵田夫妻についても後援会幹部からの降格のみとなった。

俵田の先祖は元根來衆で、堺御殿が廃される際に藩から「その土地の管理人」となるよう命じられたという。発心流とは熊野潜伏の頃からの古い縁で、後援会員になったのもその流れだった。

発掘調査の依頼はやはり六国の意向だった。

現場荒らしの目的は奇《く》しくも「覚鑁が最初に用いた転法輪筒」を探すことだった。俵田家には「頼宣はそれを用いた」という誤った口伝があったので、堺遺跡にまだ埋まっているものと思い込んだらしい。

コージの仲間を小遣い稼ぎで釣って、騒ぎを大きくさせた罪は重い。

現場荒らしは警察を通じて処理される。佐分利家に対しては俵田が次回公演費用を全額持つことで和解とあいなった。出土した経筒の取り扱いも、佐分利家とも協議の上、決めることになった。

馬淵は、といえば『三体月』復曲の野望はまだ捨てていなかったようだが、六国が発心流から手を引いてしまったため、頓挫《とんざ》した。

発心流は大口のパトロンを失ったが、どの道、これからは寄付頼みの運営ではやっていけない。広く発心流を知ってもらうには発信力も必要ということで、亮平と玲奈《れな》と富樫たち、若い力で新しい道を模索することになった。

幸い亮平には商業演劇で得た大勢のファンもいるし、業界にも顔が利く。知名度を生かして今後も積極的に俳優として露出することで、発心流の存在をアピールする。「熊野でしか観られない能」の稀少《きしょう》性を大事にして、あくまでPR活動の一環としての出張演能は続け、「古い物を目新しく感じる」人たちにも働きかけていくという。

若手の取り組みに心動かされた清彦は、秘曲『三体月』の演能を、代替わりの時だけではなく、数年に一度行うと決めた。

一子相伝は素晴らしいが、伝承者の死で絶える危険もある。

定期的な演能で確実に継承することはもちろん、発心流の秘曲としての知名度を高め、その厳粛さを世に広く知らしめることで、六国や馬淵のような輩《やから》を牽制《けんせい》し、中途半端な流出を防ごうという意図もあった。

後に、発心流の秘曲『三体月』はその謎めいた成り立ちも相まって「六年に一度、熊野でしか観られない稀少能」として評判が評判を呼び、演能するたびに席を求めて争奪戦が起こるほどの「発心流の代名詞的名曲」となるのだが——。

それはまた、ずっと後の話だ。

一方、無量たちが掘り当てた「空海の転法輪筒」は佐分利家からの申し出により、あらためて専門家のもとで内容物の解析が行われることになった。

経典の残欠に記されていたのは金剛頂経《こんごうちょうぎょう》とみられ、空海の真筆である可能性も高いという。

これが本物なら世紀の大発見だ。

佐分利家の山にはあらためて調査の手が入ることになり、関係者の間では「滝尻神宮寺」にまつわるさらなる発見が期待されているという。

「で、結局、サブリンのバイク事故は、誰のしわざだったの？」

話は、発心流の指名式が終わった、その夜に戻る。

無量と忍と萌絵の三人は湯《ゆ》の峰《みね》温泉へとやってきていた。風呂《ふろ》上がりのロビーで、萌絵が訊ねると、浴衣《ゆかた》の無量は昭和のマッサージチェアを堪能《たんのう》しながら、

「俵田氏、サブリンが発掘現場にいたのが完全に想定外だったみたい。六国じーさんの

たくらみを暴きにきたと勘違いして」

　亮平を現場から追い払うために、コージの仲間を買収した。改造バイクに乗っていた連中だ。夜の稽古《けいこ》にまぎれて送り込み、ブレーキを……。というのが真相らしい。

「じゃ元メカニックのお弟子さんは関係なかったんだね」

　萌絵は胸を撫《な》でおろした。

「富樫さんたちのしわざだったら、みんな破門になっちゃうって心配してたんだ」

「俺も。あのひと謀略家っぽかったし」

「ま、玲奈さんをめぐって一悶着《ひともんちゃく》はありそうだけどね」

　浴衣姿の忍がフルーツ牛乳を飲みながら言った。ふたりは目を剝《む》き、

「どういうこと？」

「あれ？　気づかなかった？　富樫さんと佐分利さんは恋のライバルだよ」

　萌絵は牛乳を噴きそうになり、無量も「マジか」と前のめりになった。

「あれ恋だったの？　サブリンはバレバレだったけど富樫さんもなの？」

「兄弟子の妻だからね。切なかったんじゃないのかなあ……」

「また推しが……また推しが……」

「玲奈さんはどっちにも行かなそうだけど」

　亡くなった夫への想いが深い。悲しみを癒《い》やすには時間がかかりそうだが、亮平たちがそんな彼女の想いにそっと寄り添えればいい、と忍は思った。

「亮平さんは富樫さんの正統芸を認めているし、富樫さんは亮平さんの華やかさに惹《ひ》かれているし。リスペクトしあって、いいライバルになるんじゃないかな」

忍は清彦との会話を思い出していた。

あの後、実は少しふたりで話したのだ。なぜあの演能でほんの少しとは言え、『三体月』を舞ったのかと。本来なら秘曲を盗もうとする怨敵《おんてき》のような相手に、ほんのわずかでも見せたくはなかったはずだ。忍はずっと不思議だったのだ。

――実は私も揚幕を出る直前まで、舞うつもりはなかった。

清彦は両手を袖《そで》に入れて腕を組みながら、心境を語った。全く関わりのない別の舞を考えていたと。

――だが舞台に出て、あの萬海の修法を耳にしたら、体がどうしても舞ってみたくなったのだ。あの場で『三体月』を。

本来なら決まりに反する。だが体の底から突き上げてきたものに抗《あらが》えなかった。

――もう一度『三体月』をやってみたいと思った。

その秘曲は代替わりの時にしか舞えない。一生に一度のそれが、次に演能できるのは、自分の死後だ。

――私は亮平の『三体月』をこの目で観てみたいのだよ。アレにしかできない不動の舞を。……死んだ後では、観られないからね。

亮平に託そうとしている「発心流の魂」。清彦は先細りする未来よりも、より磨き合う未来を選択しようとしていた。

——筒から解かれた清姫が、きっと背中を押してくれたんや。

無量は古い天井の木目を眺めている。

「あのときの女の人は……やっぱり清姫さんだったのかな」

何度か無量の腕を引き、夢の中にも出てきた。その顔は見えなかったが。

幽霊なんて信じないという立場を崩さない無量だが、その心が土に残ることはあるんじゃないかと思う。彼女の心が〈鬼の手〉を引いたのだと。

柱時計がぼーんと重い音を響かせる。古い木造旅館は心落ち着く香りがする。良いひとときだ。

「休みも明日までか……。また掘んなきゃ」

と言って「あー！」と無量が勢いよく身を起こした。

「そういや現場荒らされてたんだった。一からやりなおしじゃん。サイアク」

「なら、俺たちも本来の目的を果たしますかね」

すっかり忘れていたが、忍と萌絵はカメケン・チャンネルの動画を撮りに来たのだった。

「とりあえず、外の公衆風呂にも入ってこね？」

「いいねえ。なら、夜の温泉街をそぞろ歩きするか」

部屋に置きっ放しの無量のスマホには、ひっそりと短いメッセージが着信している。

発信者の名は「降旗《ふるはた》」とある。

熊野の夜はまったりと更けていく。

*

朝から風はひんやりとして空は気持ちよく晴れ渡っていた。

この日、無量と忍と萌絵がやってきたのは、熊野本宮大社だった。

紀伊山地の奥深くにあるその古社は、熊野詣にやってきた多くの参詣《さんけい》者の目指す社だった。熊野三山の中でも最も特別とされる聖地であり、古《いにしえ》からあまたの人々がここを終着点と定め、ひたむきに目指した。

かつては広大な熊野川と音無川《おとなしがわ》、岩田川の合流地点の中州にあり、壮麗な社殿が建ち並んでいたが、明治の大洪水によってほとんど流され、現在は右岸の小高い場所に再建されている。

鳥居の前で無量たちを待っていたのは、和装の亮平と修験者の萬海だった。

「おーい、遅いぞ。無量」

「すいません。朝風呂、堪能しすぎました」

杉木立の参道には「熊野大権現」と記した奉納幟《のぼり》がずらりと立ち並んで、風にはためいている。石段をあがっていくと大きな注連縄《しめなわ》を飾る神門が建っている。その向こうに、檜皮葺《ひわだぶき》の古色蒼然《そうぜん》とした社殿が待ち受ける。

三棟四殿の社が東西一列に並んでおり、正面に建つ社殿が、証誠殿《しょうじょうでん》。主祭神・家津美《けつみ》御《み》子大神《このおおかみ》を祀《まつ》っている。素戔嗚尊《すさのおのみこと》と同一とされる神だ。

五人並んで参拝した。

杉林を渡る風がすがすがしい。

「屋根が檜皮葺で、きらきらしていないのがかえって歴史の重みを感じさせますね」

右の二殿は奥行きがあり、左の一殿のみ横向きにされ鰹木《かつおぎ》の向きも違うので、建て構えにどこか不思議なリズム感がある。彩色のない社殿は色味も少なく、木材そのままの色で統一されているので、独特の渋みがある。それが厳粛さを生んでいる。

「ここにくると、いつも背筋が伸びるんよ」

亮平にとっても特別な場所だ。発心流の能楽師はことあるごとに訪れる。

正式に後継者となったことを報告に来たのだ。

「俺たち熊野の人間の、ここは魂のふるさとみたいなもんやからな」

無量にもわかる気がした。

それがなにとはわからないが、ここにはなにか大きなものが鎮座している気配がする。遥《はる》か昔から、はるばる遠方より人々がここを目指して歩いてきたのもわかる。その願いや想いを受け止めてきた懐深い社なのだ。

亮平は授与所で熊野本宮大社の熊野牛王《ごおう》符を手に入れた。図案化された八咫烏が何羽も組み合わさって「熊野大社」の四文字を表し、牛王宝印《ごおうほういん》が捺《お》されている。

「昔のひとはこの裏に約束を書いて誓約書とした。約束を破れば、熊野の神様の罰が当たる」

　発心流の後継者は必ずこれに誓約の言葉をしたためる。芸道を究める誓いをしたため、宗主に差し出すしきたりになっていた。

「ならもうわがまま言えないすね。下手にごねたら八咫烏に三本足で豪快に蹴《け》られそう」

「俺はサッカーボールか」

　亮平は無量をこづいた。

「秋の襲名演能で久しぶりに『道成寺』のシテをやることになった」

「まじすか。やったじゃないすか！」

「親父にはまだまだ叱られっぱなしやけど、いまできる俺の精一杯の清姫をやるから、みんなで観に来てな」

「はい。それまでに能の勉強しときます」

「はは。勉強なんかいらんいらん。考えるな、感じろの世界やから」

　萬海はここから大峯山までの奥駈道《おくがけみち》を歩いて戻るという。

「じゃあ、ここでお見送りですね」

　忍がいうと「世話になったな」と萬海は言った。

「それで、頼宣公の木簡の解読は済んだのか？」

「はい。今朝方メールが届きました」

忍がスマホを取りだした。そこには頼宣が執り行った「三体月の秘法」の願意が記されているはずだ。相手の名も記されているかもしれない。

「し……記されていたんですか」

萌絵たちはゴクリと唾《つば》を呑《の》んだ。

「だれだったんですか」

忍は「それが」と溜《た》め、

「願意は〝怨敵降伏、国家安泰〟……それだけでした」

「それだけ？　相手の名はなかったんですか」

「まあ、書けないよ。万一経筒が掘り起こされた時を考えたら。どこまでも脇を固めて用心深くなければ生き残れない時代だったしね。具体的に誰だったのかは、頼宣公たちは心におさめて墓場まで持っていったということだな」

その相手が三代将軍家光だろうが、幕閣の誰かだろうが、いずれにせよ証拠になる文字を残すのは命取りだ。

「後世に己がどう語られるのかまで考えを巡らせて行動するのが、君子というものだしな。頼宣公はおそらく、戦のない世に向けて、もし己の存在が治世の妨げとなるのなら己自身も怨敵である。そう言いたかったのかもしれん」

萬海はすっきりしたように、

「この熊野から徳川幕府を——いや、この日本を、護《まも》る。そういう力を、新たな政《まつりごと》の中心となる江戸へと送る。そのための呪法だったと、俺は信じるよ」

参拝の後、無量たちがやってきたのは「大斎原《おおゆのはら》」と呼ばれる旧社地だ。

かつての熊野本宮大社はここにあった。

熊野川と音無川と岩田川、三筋に挟まれた中州にあり、昔は橋がなかったため、参詣者は川に浸《つ》かって渡った。「濡藁沓《ぬれわらうつ》の入堂」と言い、これを最後の禊《みそぎ》としたという。

いまは田んぼの真ん中に巨大な鳥居が立ち、こんもりとした杜《もり》があるのみだ。社殿があった場所には石祠《せきし》が建って、かつては厳粛であったろう神域の名残を留《とど》めている。

樹木の他は、なにもない。が、その独特の空気に忍たちは呑まれた。

「この中州にあったイチイの木に三体月がひっかかっていたのを猟師が見て、祠《ほこら》を建てたのが最初だったそうだ」

その三体月こそ熊野権現。熊野三山の神々だった。

今でもこの大斎原では折に触れて様々な神事が執り行われる。

かつて「ここが浄土」と信仰された。

ここを目指して大勢の人々が熊野古道を歩き続けた。

憧《あこが》れと祈りを抱いて。

無量たちは、河原におりて川風に吹かれてみた。

大勢の熊野詣の人々が川を渡ってくる水しぶきがみえるような気がした。

民も天皇も等しく祈りを捧《ささ》げるために、渡ってきた川だ。

風が心地好《よ》い。

太陽がまぶしい。

無量が手をかざすと、一羽のカラスが飛んできて、日食の月のように、その大きな翼で太陽を横切っていった。

「ここが浄土、か……」

無量はその風を胸一杯吸い込んでみた。

熊野川はきらめきながら、聖地の山をゆったりと流れていく。

主要参考文献

『図説日本の城郭シリーズ⑧　和歌山の近世城郭と台場』水島大二　戎光祥出版

『根来寺を解く　密教文化伝承の実像』中川委紀子　朝日選書

『根来寺の能面』田邊三郎助監修　淡交社

『マンガでわかる能・狂言』マンガでわかる能・狂言編集部編　スペースオフィス＝マンガ　小田幸子監修　誠文堂新光社

『能から紐解く日本史』大倉源次郎　扶桑社

『古寺巡礼　道成寺の仏たちと「縁起絵巻」』伊東史朗編　東京美術

『さいたま市岩槻人形博物館ガイドブック』さいたま市岩槻人形博物館

『見るだけで楽しめる！まじないの文化史　日本の呪術を読み解く』新潟県立歴史博物館監修　河出書房新社

『図説日本呪術全書』豊島泰国　原書房

なお、作中の発掘方法や手順等につきましては実際の発掘調査と異なる場合がございます。また考証等内容に関するすべての文責は著者にございます。

執筆に際し、数々のご示唆をくださった皆様に心より感謝申し上げます。

本書は、文庫書き下ろしです。

遺《い》跡《せき》発《はつ》掘《くつ》師《し》は笑《わら》わない

三体月《さんたいづき》の呪《のろ》い

桑《くわ》原《ばら》水《みず》菜《な》

令和３年 11月25日　初版発行

発行者●青柳昌行

発行●株式会社KADOKAWA
〒102-8177　東京都千代田区富士見2-13-3
電話　0570-002-301（ナビダイヤル）

角川文庫 22914

印刷所●株式会社暁印刷
製本所●本間製本株式会社

表紙画●和田三造

●お問い合わせ
https://www.kadokawa.co.jp/（「お問い合わせ」へお進みください）
※内容によっては、お答えできない場合があります。
※サポートは日本国内のみとさせていただきます。
※Japanese text only

ISBN 978-4-04-111232-8　C0193

◇◇◇

角川文庫発刊に際して

角川源義

第二次世界大戦の敗北は、軍事力の敗北であった以上に、私たちの若い文化力の敗退であった。私たちの文化が戦争に対して如何に無力であり、単なるあだ花に過ぎなかったかを、私たちは身を以て体験し痛感した。西洋近代文化の摂取にとって、明治以後八十年の歳月は決して短かすぎたとは言えない。にもかかわらず、近代文化の伝統を確立し、自由な批判と柔軟な良識に富む文化層として自らを形成することに私たちは失敗して来た。そしてこれは、各層への文化の普及滲透を任務とする出版人の責任でもあった。

一九四五年以来、私たちは再び振出しに戻り、第一歩から踏み出すことを余儀なくされた。これは大きな不幸ではあるが、反面、これまでの混沌・未熟・歪曲の中にあった我が国の文化に秩序と確たる基礎を齎らすためには絶好の機会でもある。角川書店は、このような祖国の文化的危機にあたり、微力をも顧みず再建の礎石たるべき抱負と決意とをもって出発したが、ここに創立以来の念願を果すべく角川文庫を発刊する。これまで刊行されたあらゆる全集叢書文庫類の長所と短所とを検討し、古今東西の不朽の典籍を、良心的編集のもとに、廉価に、そして書架にふさわしい美本として、多くのひとびとに提供しようとする。しかし私たちは徒らに百科全書的な知識のジレッタントを作ることを目的とせず、あくまで祖国の文化に秩序と再建への道を示し、この文庫を角川書店の栄ある事業として、今後永久に継続発展せしめ、学芸と教養との殿堂として大成せんことを期したい。多くの読書子の愛情ある忠言と支持とによって、この希望と抱負とを完遂せしめられんことを願う。

一九四九年五月三日